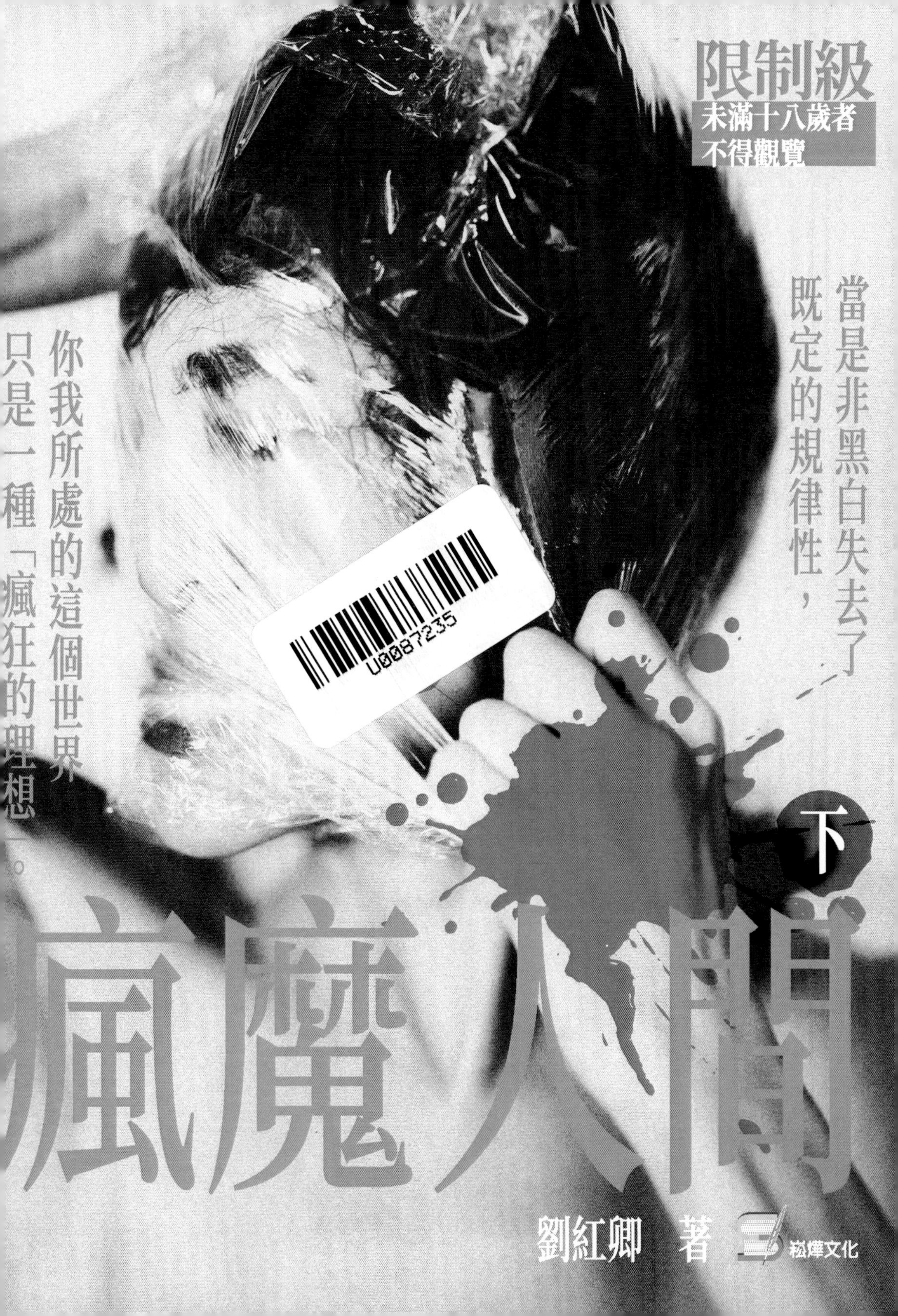
限制級
未滿十八歲者
不得觀覽
當是非黑白失去了
既定的規律性，
你我所處的這個世界
只是一種「瘋狂的理想」。
下
瘋魔人間
劉紅卿 著
崧燁文化

目錄

目錄

第六章　他者的世界（一）

第六章　他者的世界（一）

艱難的生產

我厭惡像死水一樣的生活。我渴望燃燒自己，在每時每刻都在發光。就像五彩繽紛的雲彩，在夕陽籠罩的天空中永遠榮耀。

這是我的夢想，是我極其渴望的生活。我不能忍受平庸、平凡與平常。我一生努力的方向就是擺脫平庸。我當然知道平庸是我們這個時代的主題，所以從一開始，我就做好了被邊緣化的準備。但我在單純的頭腦中，我以為剛開始自然會很艱苦，任何人都有人生的低谷，特別處在自己事業的起步階段，更要忍受一段時間的艱苦。我對此做好了準備，就像一個即將參加馬拉松長跑比賽的選手，在比賽前做好應付艱難困苦的各種心理準備。

但我從沒想到自己會一直處於低谷中。就像那個被上帝預定了一樣，我被苦難預訂，在他老人家光芒的籠罩下，我再也無力逃脫。我掙扎了許久，尋找了很多的辦法。我尋找各種關係，尋找各種機構尋求援助。直到最後我花盡最後一分力氣，流盡最後一滴汗水。我的努力和掙扎不但沒有改變最糟糕的局面，一切反而更糟糕了。我本來想走出臭泥潭，我踉蹌著向前，卻換來更糟糕的結局；我撲到在地，衣服上沾滿了臭泥，就連臉上也被臭泥覆蓋。這樣更好，沒有人可以看到我的哭泣。

未來在哪裡？出路在哪裡？哪裡才是我的方向？哪裡才是我夢寐以求的生活？我找不到，我看不到，我找不到……在鬱悶中我墮落了，我讓自己在臭水溝裡打滾，就像夏天為了降溫而把身子撲進水裡的大肥豬。我不知道如何處理，也不知道怎麼辦……

誰能為我指路、為我找到方向？我厭倦了這種死水一般的生活……

人都需要經歷苦難才能走出低谷，經歷風雨才能見彩虹，可是我的這種經歷的價值在哪裡？這一切的意義是什麼？我不知道，我四處流浪，四處漂泊，但心靈始終無法安定。直到有一天，我重新開始寫作這本未完成的小說，一切才慢慢好轉起來……

等待果陀

我是女神。對，我就是那個你們一直在找的女神。雖然你們已經等待許久，但我終於出現。所以，親愛的小寶貝們，不要驚惶失措，更不要憤怒異常，畢竟，等待了許久，我終於還是出現了。所以，從這個意義上來說，我親愛的朋友們，你們的命運要遠遠好於那些等待果陀的人。對了，你們還不知道果陀是誰吧。你們竟然不知道果陀是誰，我親愛的朋友們，毫不客氣地說，你們可真夠孤陋寡聞的。在人類文明進化歷史中占有如此重要地位的「果陀」，你們竟然不知道是誰。天啊，虧你們還是有接受教育過的人呢。太可怕了，我都不知道你們學校的老師都是怎麼教你們的，現在的教育制度真差勁。可以說，沒有果陀就沒有你們。你們這些人，非但不像正常人，對一個比祖先還重要的人設靈位，還變本加厲地毀壞他留下來的遺產，你們這群不孝的子孫們，實在有夠丟臉……

呵呵，別急，別急，聽你們的女神慢慢告訴我。不，我說錯了，是告訴你們。那是很久很久以前的事情了，有一天（是那一天，總會有那麼一天。那一天陽光燦爛，雲朵布滿天空，異香充滿天庭，珍禽異獸在空中扭動腰肢，歌舞太平盛世。那是美好的一天。啊，美好的一天。啊，充滿愛情、幻想和奇遇的一天。又是那麼快就逝去的美好一天。在回憶中不斷幻想的一天。極其渴望重新返回而永遠不能返回的一天。在記憶中逐漸模糊而永遠消失的一天……），我正坐天宮裡晒著太陽，抓著內衣和短褲裡藏著的獅子，然後雙手把他們掐死，這些喝血的小頑童……對，就是獅子，是獅子就是獅子，不是你們說的那種蝨子，你們明白嗎？是非洲獅子，對，就是那種一口能吞噬掉你們的有著巨大性器官的雄獅，那比你們十個人加起來的都粗大威猛。你們這群膽小鬼，不要以凡人之心度女神之腹。千萬不要忘記。既不要忘記階級鬥爭，也千萬不要忘記我是女神，我的身軀比你們生活居住的國家還要廣大，我的雙乳比你們的泰山和恆山還要巨大，我的陰器可以裝得下太平洋的海水，更不要說我的雄器了，那可是比珠穆朗瑪峰還要高大，它擎天一柱，直捅天庭，進入天堂……你們為何睜大雙眼？你們不知道我有兩套性器官？天啊，你們可正是懵懂小孩，什麼都要為你們解釋。對，因為我是女神，所以我有雙套性器官，雌雄同體，怎麼樣？你們為何仍舊睜大雙眼？沒見過嗎？沒聽說過嗎？我可不是你們傳說中的雙性人，兩個性器官未免太少了吧，我可是慾火焚身（火焰山的三昧真火就是祂的化身），兩套性器官對我來說太少了。事實上，只要我高興，我還可以擁有三套、四套、五套和多套性器官。因為我是女神，我可以依據自己的興趣隨意變幻自己的形狀和性器官，你們明白吧。對，我是女神。只要我高興，我可以同時擁有數套性器官。我再強調一下，是性器官而不是生殖器官！因為我一再聽到你們小聲說什麼生殖器官。去他奶奶的生殖器官吧，我可不是生殖女神，我是你們的性女神，所以我擁有的只是性器官……天啊，你們可真讓我頭疼，你們的知識太狹窄，你們的心胸太狹隘，你們缺乏想像力，你們不懂得幻想，所以也就不懂得自由，不懂得飛翔的樂趣。對，飛翔，在天空中飛翔，像鳥一樣，像風一樣，像太陽一樣，像死神一樣。記住，飛得太高，你們就會化成灰燼。

這是亙古不變（不便？不拉大便嗎？）的真理。不過這對你們這些人來說卻沒有太多的意義，你們不過是一些沒有太多欲求的僵屍，生活在遠古的洞穴中，你們這幫活死人、陰陽鬼、赤腳獸、硬僵屍……你們什麼都不懂，除了知道在洞穴裡每日交歡，可你們的交歡也是這樣地蒼白，因為你們都冰冷無趣，因為你們把自己封閉在一個狹小的空間裡，你們這幫躲避生活活力的死鬼，你們早已死去多時，因為你們從來就沒生活過，一次也沒有啊……

啊，我幹嘛說這麼多？和你們廢這麼多口舌真不值得，說你們就跟說牆頭一樣！可是，可是，不要走，千萬不要走，我需要你們，不管你們是一群傻坐在大街上的呆木偶，還是一群毫無價值的垃圾，只要你們站在那裡，我就感覺溫暖（你們的身影僵立在那裡，街道陰冷，站在這裡，就像待在冰窟窿裡），我就感覺到自己是女神，我是你們需要的女神……哈，我還是不要講這些無聊的話了，我該對你們講一些有趣的事情。對，對，我早該這樣了，你們喜歡聽故事吧。我就來為你們講故事。就是那個上演《等待果陀》的故事。

這個故事我是聽一個朋友講的，他又是聽他的親戚講的。總之，這個朋友說這位親戚（親愛的朋友，你能說清嗎？）在（抑或悲？他記不清楚了）劇場看了一場戲劇。據他根據多人重複轉述的話語（言辭）說，那是個絕頂荒謬的現代戲劇。至於怎麼荒謬，他也說不清楚。（畢竟他就像我們一樣沒有親臨現場，自然不會有更深刻的感悟。）不過在我多方追問，包括種種手段的威逼利誘（在某些時刻，我也會像瘋子一樣不管不顧！為達目的，不擇手段。哈，你們會見識我厲害的。哈哈）之下，我親愛的朋友終於開始了（被迫）痛苦而可怕的回憶，（他正是竭力想要逃避那恐怖得要人窒息的回憶的），因為回憶就像飢餓的五色的金環毒蛇一樣緊緊地纏繞在他心上……

在我的層層誘導下，我的朋友終於開始了講述他從他親戚那裡聽說的戲劇。戲劇的名字叫《等待果陀》。根據他的轉述，這是個現代風格的戲劇，所以充滿了很多不可預期的荒誕和懸念。好吧，我親愛的孩子們，我現在把劇情告訴你們，也算是讓你們長長見識，開闊你們的眼界……在一個簡陋的舞臺上，兩個男人生活在一起，就像你們一樣過著家庭生活。什麼？他們是同性戀嗎？不，我不知道，我的朋友沒對我解釋，他的親戚也沒告訴他。對了，你要是想知道，你該問舞臺上的那兩個男人。對，他們還在演出呢，還在舞臺上演出呢，他們會一直演出下去，直到他們死去，但在死之前，他們一直會在舞臺上等待那個叫果陀的傢伙，永遠等待那個叫果陀的傢伙……

這是一種新型的戲劇，演員的生活就是他們的演出，而他們的生活也正像你們的生活一樣。這很玄妙，舞臺上的兩個男人就像你們一樣生活，真正地在舞臺上吃喝拉撒睡，有時候也會性交。至於他們是怎麼性交的，對不起，我的朋友沒告訴我，為什麼沒有告訴我？因為他的親戚們沒有告訴他，也許告訴過他，但他忘記了，因為他記性一直不好……所以，如果你們有窺陰或者窺做愛的癖好的話，你們該去看看這個演出。演出像那兩個男人的一生一樣漫長，也像他們的陽具一樣短小。哈哈，我對你們開了個玩笑，因為我看你們有的人在打哈欠，也許是我講得太沉悶了。不過，那個戲劇本身就是這樣沉悶的，當然，偶爾也會有精彩之處，比如說偷情和凶殺了，虐待了，犯罪了，但這些時刻就像你們生活中的時刻一樣需要等待，只有那些最幸運的人才能看到這些東西，而這些人都是果陀預先設定好的（雖然他在劇中並沒有出現，但事實很明顯，就是果陀在操縱著兩個演員的生活，雖然他們像活生生的人一樣放屁吃飯，但我們都知道，會有兩根看不見的絲線在他們頭頂操縱著他們，讓他們在舞臺上做出各種動作，比如手淫，械鬥，嚎叫，哭泣，放聲大笑，連續三個小時放屁，無聲地睡覺。大家都很清楚，這是果陀預先安排好的。但演員並不知道這些，他們直到死的那天也不會知道；如果他們知道了，他們會憤怒地拒演……不過即使出現這種情況，我們也可以設想這種罷演也不過是果陀使用的一個花招，一個小手段，一個吸引觀眾的自嘲和戲謔手法），就像神祕人預定最幸運的人得到彩票大獎一樣……

大部分時候，舞臺上演員們的生活都是平淡無趣的，他們像你們一樣刷牙洗臉，放屁吃飯，有的時候，又三個小時沉默不語，呆呆地望著舞臺上黑暗的天空。（據他們介紹，這是最有意思的時刻，最富有思想性，因為根據戲劇評論家的意見，這種冗長的沉悶時刻，正是他們思想苦悶等待果陀不到的極其苦悶的象徵）。有的時候，他們又會看電視，一連看十個小時，就像你們假日在家休息的時候一樣。這沒有什麼好奇怪，這是一種十分新奇的戲劇表現手法，它完全追求生活的真實，把生活的全貌完整地搬演在舞臺上。也就是說它完全根據演員的真實情況，把他們每時每刻的生活照搬在舞臺上，即使每天坐在馬桶上拉屎的時刻也不放過。這種演出對演員的要求也很高，它需要演員忘記自己的角色，真實地搬演自己。不，搬演這個詞也不準確，應該是像生活中的自己那樣生活在舞臺上。這對演員是個巨大的考驗，因為並不是幾個演員能做到這一點的，尤其是完全在眾人面前呈現自己的隱私時刻，比如手淫，比如吐痰，比如放屁和拉屎。總之，生活中怎麼樣，舞臺上就怎麼樣；生活中怎麼生活，舞臺上就怎麼生活；在他們自己隱私的小屋，他們怎麼做自己，他們就在舞臺上怎麼做自己……這是一項巨大的考驗，又有哪幾個演員說自己能做到這一點？

什麼是生活的真相？在《等待果陀》中你完全可以明白這一點。完全呈現在舞臺上……大部分時刻都是平凡瑣碎無聊庸俗的時刻，偶爾才會有火花冒險，但就像冬夜中劃破天空的流星，轉瞬即逝。觀眾什麼時候進場都是允許的，當然前提是你要買票。在任何時候，你們都可以去看，都能看到等待果陀的那兩個男人的生活。觀眾在夜裡買了票去觀看他們的演出，他們對這兩個男人的生活十分好奇，他們急切地想看到他們是怎麼過夜生活（包括性生活）的。但大部分時候，他們都極其失望，因為他們看到這兩個男人在舞臺放著的兩張床上（白天沒有，只有晚上才有）睡覺、打鼾、咳嗽、打噴嚏、說胡話，有時候是因為做夢而囈語，但不管觀眾怎麼湊近去聽，他們都聽不清楚他們在說什麼。偶爾他們還會夢遺，這是讓觀眾興奮的時刻，聽到他們短暫而歡快同時又夾雜著低沉尖叫的呼吸聲，觀眾的性慾也被勾引起來，觀眾也會興奮地尖叫起來，還有膽大的觀眾會把淫蕩的粗手伸向臨座的觀眾，而他們的手很快就被臨座的觀眾捉住。沒有人會顧忌對方是男是女，這是有原因的。根據舞臺提示，演員們的夢遺時刻會十分短暫，最多不超過兩分鐘。聰明的觀眾為了節省時間，往往會就近找個同伴去共同感受性慾。觀眾不看對象，不分性別地擁抱接吻撫摸，但他們還沒進行到下一步，男演員的呼吸已經平靜下來，空氣中漫延著一種飯菜燒焦的味道。觀眾們都懵懵懂懂，還沒反應過來，周圍已經響起了稀稀落落的掌聲。聰明的觀眾知道高潮已經結束，他們鼓掌歡呼男演員們的精彩自我表演時刻。而那些第一次去看演出的觀眾感到無比地失落，激情已經失去，大家恢復了理智，懷中的鄰座觀眾毫不猶豫地推開他們。大家都很尷尬，沉默不語，十分難堪。觀眾們羞愧地坐在了座位上，聽著舞臺上兩個演員沉悶的呼吸。很快他們就離開了……

但他們也因此錯失了精彩時刻。說它精彩，並不是因為它多麼刺激，而是它超出常規。有時候，在演員們睡夢的時候，在座位席上的觀眾也昏昏沉睡的時候，一個男演員突然尖叫起來，好像有人扼住他的喉嚨（會是誰呢？會是果陀嗎？），他沉悶地尖叫著，渾身戰慄，從床上摔下來，又繼續在舞臺上翻滾，捶打自己的胸膛，撕破自己的睡衣……演員被一種無法解釋的夢魘緊緊抓住，他沉重地呼吸，拚命地嘆氣，卻怎麼也無法擺脫，他們就像生活在火山口的岩漿裡，為了使自己冷卻，他們拚命地撕扯自己的衣服，恨不得撕碎皮膚，解放自己，讓壓抑的血肉和筋骨噴湧而出……（一些色情狂和窺陰狂邊恐懼邊興奮地看著他們把睡衣撕成碎片，有時候，當演員情緒特別激動時，他還會閉著眼睛撕碎自己的內褲，那些色情狂們大口地喘氣，睜大眼睛看著舞臺上的一切，這是他們幻想了無數次的時刻，是他們夢中的天堂，她們和他們興奮得站起身來，想和男演員一起解放自己的身體……但等他們看到了夢中天堂，看到了男演員的下體時，他們往往會驚愕地長大嘴巴，啞口無言，他們的身體變得冰冷，他們沉重地坐在座位上，再也興奮不起來……他們希望看到大象，見到的卻是耗子；他們希望見到美男，看到的卻是惡鬼。演員的下體又短小又羸弱，就像飼養了三個月仍舊發育不全的豆芽。多麼可悲。不過這就是生活，我們的生活，演員們的生活……）演員在舞臺上嚎叫許久，但觀眾仍舊冷漠地看著他。因為失望，他們已經不會鼓掌。演員又嚎叫了一會，聲嘶力竭，渾身皮膚都被抓爛，直到舞臺上都被他的血肉沾染成紅色，他才會醒來。他驚奇地坐在舞臺上，看著自己赤身裸體，觀眾打著哈欠，對他的驚奇不理不睬，不聞不顧。在疼痛中演員會飛快地爬上床，靈敏得就像猴子，他用被子緊緊包裹仍舊冒血的皮膚，他把頭埋藏進被子裡，用自己的眼淚添淨身上的血口，正如生活中大部分人一樣。而他的同伴，另一個敬業的演員一直在呼呼大睡，觀眾席上也傳來陣陣鼾聲……

這一切都是果陀規定好的。他是劇作家，導演，舞蹈監督，舞美設計，服裝和道具總監，戲劇製作人……也就是說，他操縱一切;人們都在等待他，可他永不出現……

大部分觀眾會失望，大部分時刻他們都會失望。因為他們的生活就是這樣，他們在生活中就是這樣失望的。正如舞臺上的演員們急切地等待著果陀而他永遠都不會來一樣……

全世界每個地方都在上演這齣戲。當然每個地方的演員總會不同，他們的生活也會不同，所以他們的演出內容也會不同。聽說在莫斯科人們總是過著高尚而悠閒的精神生活，所以莫斯科的演員們在舞臺上也呈現出他們的美好精神生活，他們在舞臺上看戲劇，看芭蕾舞，聽音樂會，朗誦詩歌，看畫展，拍攝偉大的藝術電影；而在巴黎，演員們則在舞臺上呈現他們浪漫而多情的愛情生活，他們向心儀的對象獻上藍色的鳶尾花，在美麗的賽納河畔和心上人散步，在陰暗的咖啡館裡調情，在巴黎的紅燈區跳瘋狂的康康舞，在貴族之家寬大的臥室裡顛鸞倒鳳……

第六章　他者的世界（一）

多麼高尚，多麼刺激！這才是生活，真正的生活……很多人夢想著去莫斯科或者巴黎，因為那裡的舞臺演出中演員們雖然也在等待果陀，果陀也總不會出現，但演員們的生活總是熱鬧快活，精彩無限，刺激非凡……一些有門路的觀眾弄到了護照，就遷移到了莫斯科和巴黎，而大部分觀眾只能坐在劇場的座位上，和舞臺上的演員們一起，忍受他們該死的平淡無趣的生活……

果陀不會出現，果陀怎麼會出現呢？劇本中早就規定得非常清楚了，所有人都知道這一點……

說了這麼多，費了那麼多的口舌，繞了那麼多彎路，我只是在向你們強調一點 —— 你們的命運要比那些等待果陀的人要好得多，因為不管你們等待多久，你們還是等到了我，等到了你們的女神！這一點無比重要，你們要時刻銘記在心裡！我的出現證明了你們漫長等待是有價值的，甚至可以這樣說，你們的生活因為有了我而有了意義！在等待我的無數個輾轉難眠的孤獨夜晚，在無數個因為我不在而痛哭流涕的焦急時刻，現在都因為我的出現而成了永恆，成了你們在以後的日子裡魂牽夢繞、急切盼望著回去的時刻！也就是你們的幸福時光，而我則是那個雕刻時光家……

我是女神，我賦予你們永恆，為你們的生活帶來意義！這就是我在這裡出現的原因，也是你們在這裡聽我布道和演講的原因！我有永恆的使命……

雖然我不愛你們，但我忠於自己的職責，忠於自己的女神身分。我給予你們快樂和幸福，我許諾並保證會永遠出現在你們的生活中……我不會傷害你們中的任何人，就是地上的一隻小螞蟻，我也會青睞有加。

我不能對你們說太多……事實上，我對你們已經說得太多，只怕你們早已聽得厭煩。確實會這樣，就像每天做五次愛的人，慢慢會對做愛毫無感覺一樣。你們也是這樣，對你們說太多，你們就抓不到重點，毫無興趣……瞧，你們在打哈欠放響屁呢。我該結束我的演講了。不過我許諾以後會為你們帶來更多的驚喜，因為我還有太多的祕密我沒有告訴你們，我必須要留一手，只有這樣我才能總是吸引你們，讓你們圍在我身旁，依戀我。可是現在不能⋯⋯不，不，現在絕對不行！我說了絕對不行！你們擠什麼，想讓我一口吞下你們嗎？總之，我現在什麼都不會說的，但我保證等時機恰當時我會向你們揭穿所有的祕密，我保證所有的人生真相都在你們眼前呈現⋯⋯

好的，現在我宣布演出結束。演出結束⋯⋯

（聽眾無奈地離開了，帶著興奮、刺激又失落失望的神情，他們真心期待著女神的再一次光臨。但女神還是留下了很少的觀眾，他們是其中的精英，也是女神最忠實的信徒。為了一個目的，女神把他們留了下來，繼續對他們進行培訓。不過在這裡，我可以告訴你這個祕密。女神想和果陀叫板，她想篩選最優秀的信徒來演出《等待女神》的先鋒戲劇。按照女神多年的考察，這個戲劇一定會一炮走紅，它肯定能超過《等待果陀》，成為最受歡迎的劇碼。你們要知道，就像所有的永恆之神一樣，女神也是野心勃勃⋯⋯）

※

他們叫我「女神」，我很喜歡這個稱呼。雖然我知道得很清楚，我不是女神，但這個稱呼背後潛藏著無限的榮耀，我也就樂意接受了。我想，這不會是他們的本意。他們叫我女神，更多是為了製造一種戲謔的文學效果（我中文還不錯），就像叫妓女為「神女」、叫小偷為「神父」一樣。他們射來的毒箭，卻變成我生存的食糧。正如骯髒的糞屎，成了滋養大地的養分。

人們總是想當然地按照自己的邏輯來判斷別人，卻想不到別人完全會用相反的邏輯來思考問題。人們把自己的鼠目寸光看作世界永恆的法則。這種想當然的判斷不知道毒害了多少人。在漫遊世界的旅程中，我見識了各種文化之間的差異，對此就理解得更深。比如，有些地方會把握手視為友好，有些地方又會把握手視為決鬥的象徵。在不同的文化情境中，同一動作有不同的含義。就像閉關鎖國的清王朝怎麼也想不到西方列強的婦女竟然不用纏腳，對於他們來說，這可真是奇恥怪聞。但他們不知道，西方列強又因為纏腳的陋習不知道笑了他們多少回。

正因為如此，我才會對自己的個性堅守不渝。這個世界上沒有絕對的好和絕對的壞。有位哲學家曾說過：「禍兮福之所倚，福兮禍之所伏。」所以我樂意用一種開放而多元的態度來看世界。我也就樂於固守自己的貧困與無名望之中……

有所失才會有所得。你們要追隨我，永遠忠誠於我，我會許諾給你們永恆，給你們信仰，給你們幸福……

迷津：如夢之夢

在黑暗中……

很久之後，我才明白了事實的真相。一切都安排好了。我們就是被神祕人操縱著的木偶。有人說瘋子帝國的校長就是這個神祕人。但事實未必如此，也許校長也正被神祕人所操縱，我們都不過是她（他）手中的提線木偶，在她（他）的指揮下，我們上課、交談、縱酒、狂歡、演講，或者假裝聖人，一起跳舞、表達愛情。可這一切都是在既定情節的安排下進行的。我們自以為自己獨立的個體，但其實早已喪失了意志。

而對我的審判就是一個鬧劇，一場狂歡演出，從一開始就注定我根本不會被燒死。我怎麼可能會被她（他）燒死呢？我肩負著重要使命，這正是我此刻在這裡的原因。瘋子帝國需要我，需要我來完成她（他）希望我完成的任務。一開始，我以為是自己急切想要去寫瘋女人的小說，但後來等我經歷更多人生起伏後，我才明白自己也不過是那個被操縱的提線木偶。神祕人動了下小手指頭，我開始了歌唱，她（他）動了一下，我開始了吃飯、排泄，她（他）動了下中指，我開始跳舞，她（他）動了下食指，我開始和魯邕交合，她（他）動了下拇指，我開始瘋狂地想要去寫瘋女人的小說……事實就是如此，神祕人需要我來實現她（他）的夢想，需要我來傳播她（他）的理念，這就是我為何想要去寫瘋子、我為何在瘋子帝國生活了三年、我為何被眾人揪住去遊行、我為何被魯邕救助等所有事情的根本因素……這一切不過是為了磨練我的性格，豐富我的閱歷，為我積累更多的創作素材。

這一切都是神祕人所為啊……就連此刻我在陽光下寫下上述文字這一行為也是神祕人操縱的啊，他只不過動了動左手，我頭腦中就湧現出這些文字；他又動了動右手，我就不聽使喚地急速記下上述文字。我必須快，快，再快些，不然，這些文字會像風那樣轉瞬即逝……

至於為什麼選的是我，我就絲毫也不清楚，就像我們每個人都不明白為何自己會出生一樣。這裡面既包含偶然又帶著必然，是原因的必然結果，是結果的必由之因。套用帝國學校那個古板而刻薄的、牙齒掉光、乳房塌陷、性器關閉的老師的話來說，世界是普遍聯繫和永恆發展的。

我所能做的只是去寫作，記錄神祕人要我去寫的東西；然後就是感受，感受生命中的每一分鐘，時時刻刻，就像此刻十一月的冬日陽光照射我全身暖洋洋一樣，我覺得幸福……雖然被神祕人操縱，我還是感到生命的幸福，創作的快樂……

不過，事情也許並非我所想的那樣。生活十分複雜，充滿了各種難言的辯證法（還記得乾癟的沒有乳頭的哲學教授嗎？）。關於神祕人的幻想也許不過是我頭腦發昏時的瘋想，就像染上瘋牛病的蠢牛會以為自己是牡丹花一樣，這不過是發燒人夢中的囈語，充滿了喧嘩與騷動，卻沒有絲毫的意義……親愛的讀者，你完全可以把它當作一個笑話來聽……正像莊周夢蝶，或者蝶夢莊周。真相永遠沒有人說得清楚……

第六章　他者的世界（一）

事實是，不管真相到底何為，我此刻感到快樂，感到充實和幸福。生命是由諸多這樣各種情緒的時時刻刻所組成。因此，親愛的朋友，你不該憂慮太深，不該為了明天的饑饉而忘記今天桌上豐盛的筵席……

對月當歌，把酒言歡，人生得意需盡歡……

……

這些感悟都是我在諸多經歷後才明白的。不過我離題太遠，關於人生真相的話題我們以後再來討論。按照小說的一般寫作方式，此刻我應該按照線性的時間順序來寫。我的頭腦經常昏沉，你已經看了那麼多的文字，你會明白我的這種風格。不過，為了讓你更好理解我的感受，我很願意按照傳統的方式來講述我後來的經歷。你知道，我很願意為你這樣做。看了這麼久的文字，你還沒有遺棄我，這可真是個巨大的奇蹟。為了感謝你的知遇之恩，我很願意為你做任何事情……

謝謝你長久的陪伴……

※

不知道過了多久，我才醒來。瘋子帝國建立在地下深處，離地面少說也有幾公里，而帝國學校的光纜車總會發生各種故障。對，是光纜車。不是升降機，根本就不是升降機，我以自己的性命起誓，絕對不是升降機。什麼？我之前寫的文字中有升降機？這絕對不可能的。關於我離開瘋子學校那一段我還一直沒寫的。真的，我騙你做什麼？我毫無理由，也毫無利益啊。不、不，我不覺得這很好玩。真的，請諸位讀者相信我此刻所寫的文字。至於你看到的升降機，我想，應該是你想像出來的，要不然就是你在宇宙另外一個時空中看到的文字。對，這叫平行宇宙。你肯定是從另外一個平行宇宙中穿越到了當下的平行宇宙。至於這一切是如何發生的，對不起，我不是物理學家，我無法回答你的問題。好吧好吧，我們還是言歸正傳，回到我的線性敘述中，我已經看到很多讀者對我怨氣沖天了。抱歉啊，我雖然寫作水準不高，但我絕對沒有戲耍你們的想法和行為，天地良心啊……我還是言歸正傳吧，不然，這種插科打諢永遠不會有盡頭，就像該死的《等待果陀》戲劇一樣。

要知道，雖然瘋子帝國在地下，他們掌握著地球的汽油資源，但在人員配置和技術水準上，畢竟要和地面相差太多。我們是弱勢，一直飽受地面人的欺壓。但毫無辦法，帝國人都知道弱肉強食的生存法則，不幸的是，我們成了被人吞噬的小魚和小馬蝦，為了生存，我們必須緊緊抱成一團……

我坐著纜車離開瘋子帝國，走向我一直嚮往的地面，那裡有著我的愛人和家人……真奇怪，人們生活在這裡，卻總喜歡望著那裡。三年前，我生活在地面，卻不顧一切想要去瘋子帝國；三年後，我生活在瘋子帝國，卻滿心憧憬著地面生活。也許，正如錢先生所言的那樣吧，人生就是圍牆（或者小黑屋），城（小黑屋）外的人想衝出去，城（小黑屋）裡的人想逃出去。

開纜車的是一個奇怪的人，他一身黑衣，頭上也戴著黑色的帽子，帽子與大衣相連，臉上戴著一個鏡框會發紅光的眼鏡，表情冷漠呆滯，滿臉蒼白。我覺得奇怪，不過最近經歷的事情太多了，所以我也無暇顧及，在瘋子學校（帝國）待了三年讓我學會見怪不怪。

黑衣人按動電鈕，電纜車就動起來。雖然很慢，但它還是很快就進入黑暗中……黑暗中我聽到了笑聲。

烏鴉叫了兩聲，然後是蚊子和蒼蠅的叫聲，老鼠也吱吱加入他們的合唱。他們可真快樂。在他們合唱聲逐漸變大時，我聽到了一個女人的笑聲，毫無顧忌，歡天喜地，我不知道她為何這麼歡喜。我聽了一會，希望聲音能夠變小，這樣我就可以安心休息。但那聲音毫無停止的跡象，烏鴉隨從們跟著她的笑聲伴唱，就連光纜車的聲音也被女人的笑聲遮蓋。

第六章　他者的世界（一）

多麼奇怪，黑暗中根本看不到她的身影，也不知道她身在何處。這不能不使我膽戰心驚。聽了好久（有幾十分鐘那麼長嗎？），笑聲還沒有停止的跡象，我愈加驚恐不安。我睜大雙眼，黑暗中什麼也看不到，只看到紅色的光芒，辨認好久，我才認出那是從開車的黑衣人的眼鏡框上，所發出來的。他專心致志地盯著前方，雙手放在方向盤上，默不作聲。

笑聲變得更大。我不知道黑衣人聽沒聽到這種奇怪的笑聲，也許他沒有聽到，因為他表情肅穆地做著本職工作；也許他聽到了，但裝作沒有聽到。這沒有什麼奇怪的。這不難理解，戴上面具掩藏自己的驚恐，這並不困難。我們在瘋子帝國已經操作演練許久，多麼嚴峻危險的考驗我們都已通過，今晚的笑聲不過是小菜一碟。就說我吧，雖然我內心驚懼不安，但如果你坐在我身旁，你是絲毫也不會從臉上和肢體上看到我的驚恐。你只會被我沉靜優雅的氣質所折服，對了，你會拜倒在我的石榴裙下的。

事實上，你只會被我的沉靜氣質所折服，腳就像生了根一樣，你不會離開我半步，你甚至會為我的蒙娜麗莎式微笑而彎腰，為我百媚生的回眸一笑而折服。你會被我征服的，會被我徹底征服。我相信，只要你在黑暗中看我一眼……

耳旁女人的笑聲更加熱烈，似乎到了歌劇中的高潮段落。那聲音尖刻刺耳，似乎在嘲笑我的大言不慚和自作多情，而這些正是瘋子的特性……我忍不住了，幾乎要倒下來，光纜車也瘋狂地搖動起來，就像大海裡被颶風、急灘、漩渦和危石羈絆住的客輪一般……女人笑聲加倍膨脹起來，烏鴉蒼蠅老鼠蜈蚣蝙蝠為她鼓掌歡呼。耳朵急鳴起來，我不得不用雙手捂上了耳朵……

「妳是誰？」我忍不住問道。尖銳的耳鳴聲小了，女人的笑聲逐漸遠去。黑暗中安靜下來，只聽到纜車的聲音。在安靜的夜裡，那聲音刺耳又顯眼。

「什麼？」光纜車沒有旁人，出於禮貌（荔貓，禮帽，狸貓？），黑衣人隨口問道，眼睛依舊緊盯前方。

「你是誰？」我默默地嘆口氣。笑聲再也沒有出現。我覺得心安，同時也覺得失落。不知什麼緣故，黑暗中的笑聲雖然使我驚懼，但也為我帶來無限刺激，彷彿那成了我自己身體的一部分。但現在那東西不見了，就像挖走了我身上的一塊肉。當然，我不能顯露出自己的失望，不然我就會心不在焉，這很不得體，對黑衣人也顯得太尊重。我想起了過去的生活，我們像這樣壓抑自己的欲望不知道有多久遠了……

「我是黑衣人。」

光纜車又響了好久。在這個密閉的空間裡，沉悶得要死。我們沉默著，我只想逃走，遠遠地離開這個討厭的地方，離開這個討厭的罐頭空間……事實上，我離開地面太久，那裡的清新空氣是我嚮往已久的地方，更不用說那裡的陽光、鮮花、舞蹈、沙灘和海洋……但沒有辦法，要像離開這裡，回到我思念許久的故鄉，我必須要忍受這個難捱的時刻，必須要和這個該死的呆鵝在一起，還要用和藹可親的語氣和他拉家常。天啊，拉家常，為何不是拉家腸、拉大便？

我露出微笑，用更溫柔的語氣問道。「黑衣人是誰？」我的聲音嬌滴滴的，像十六歲的少女。（就是那種讓你噴飯的聲音。）

「黑衣人就是灰侍者，專門掌管這個地方。」

「這是什麼地方？」

「此即迷津也。深有萬丈遙亙千里，中無舟楫可通，只有一個光纜車，乃灰侍者掌舵，不受金銀之謝，但遇有緣者渡之。設如墜落其中，則身負我從前諄諄警戒之語矣……」

這話我聽起來很熟悉，但實在想不起在哪裡聽過。我來了興趣。「噢，你家在哪裡？你的父母是誰？你讀哪間大學？什麼專業？你的屬相？星座呢？你結婚了嗎？有小孩了嗎？有女朋友了嗎？你喜歡什麼樣的女孩子？你要是還沒有對象，我可以幫你介紹啊。你知道我做過教師，認識很多漂亮又青春的女孩子，她們可都還是單身呢，她們很喜歡你這種黑衣酷哥……」

「小姐，妳的胃口太大了。這可是軍事祕密，就連我的長官都不清楚。妳不要胡思亂想，閉上眼睛，睡個安穩覺。我保證，等妳睜開眼睛，妳會發現妳就在想要去的地方，陽光照在身上。花香鳥語……」

「那是個多麼美好的世界……」我的眼睛不聽使喚地閉了起來，我努力睜大眼球，可毫無用處，一切都模糊起來，一定是黑衣人對我做了什麼手腳，使了什麼魔法，天啊，這裡不會有什麼驚天的大祕密吧……在我閉上眼鏡的瞬間，我彷彿看到了盛大的舞會，我正和一個面容模糊的人在歡快地跳舞……

我閉上眼睛。沉入夢鄉。我開始聽到一個熟悉的聲音。

「這是個多麼美好的世界。」……

但已分不清身在何鄉。我想。多麼美好的世界呀……

相逢緣分天注定

陽光照在身上。花香鳥語……

美好的一天，晴朗的一天……隨著一聲哨響，發情的時刻到了。（這也是演出開始的標誌。）交配的鳥兒紛紛出巢，在陽光下展露性器，雄鳥亢奮地鳴叫，與同性夥伴角鬥，雌鳥渾身顫抖著在一旁觀看，不斷擂鼓振奮軍心；癩蛤蟆們倒很直率，乾脆去掉繁文縟節，省去教堂婚禮、舞會歡愉和調情時刻，直接在臭水溝和汙泥地裡交合起來，倒也十分自在快活……

我們就在這樣的時刻相逢。我是在荒涼的花園裡遇到你的。我們已經分別太久，你的變化也太大，但我還是從你倒地的身影中一下把你認出。誰也沒有我更熟悉你。在以後的日子裡，你會屬於我，完整地屬於我，正如我完整地屬於你一樣。這是上天安排的緣分，注定無法逃脫。我很清楚，一定會是這樣……

……

她們就在這樣的時刻相逢。瘋女人是在荒涼的花園裡遇到青鳳的。她們已經分別太久，青鳳的變化也太大，但她還是從青鳳倒地的身影中一下就認出。誰也沒有比她更熟悉青鳳。在以後的日子裡，青鳳會屬於她，完整地屬於她，正如她完整地屬於青鳳一樣。這是上天安排的緣分，注定無法逃脫。瘋女人很清楚，一定會是這樣……

青鳳躺在地上，嘴角掛著微笑，透過黃玫瑰和丁香花枝，四月的春光半明半暗，在她臉上蕩漾個不停。瘋女人站在她身旁，嘴角微微掛著微笑。她們就像一起在春風裡開放的姐妹花。一朵是蘭花，另一朵也是蘭花，開放在幽谷中。

瘋女人輕輕撫去青鳳頭上的一根雜草，青鳳睜開了眼睛。青鳳高興得想要跳起來，但瘋女人阻止了她。瘋女人倒在地上（這樣更能表達她們喜悅的激情），她們在草地上翻滾擁抱親吻，就像多年沒見的老朋友。草地清新而甜蜜。

「是妳啊？我真的沒想到會見到妳，妳知道嗎？妳是我來到地面見到的第一個人，而且還是我的熟人。」青鳳又忍不住親了親瘋女人凸凹不平的臉（青春痘和天花遺留下來的疤痕）。「啊，我真高興，真快活！妳說這是什麼意思？」

「妳是說我們的相逢？」瘋女人也回報青鳳一個響亮的吻，吻在青鳳光滑細膩的粉臉上。瘋女人滿嘴口臭，但青鳳毫不介意。每個人身上都有缺點，在瘋子帝國（學校）待了三年，青鳳對此很是了解。

「對。妳說奇不奇怪，妳為何是我在地面上見到的第一人，這裡有什麼涵義嗎？」青鳳用手支著下巴，用另一手纏著瘋女人的頭髮玩。瘋女人的頭髮油膩、凌亂，還夾雜著稻草、汙泥和血跡，還有很多大的蝨子在瘋女人的灰白頭髮中爬。青鳳身上起了雞皮疙瘩，她剛想伸手為瘋女人活捉蝨子（獅子？），但又很快低垂下雙眸，假裝什麼都沒看到。如果有人伸手為青鳳捉蝨子，但這一舉動本身只能證明青鳳的骯髒和齷齪，即使對方是出於好心，青鳳也肯定會無法忍受，羞愧得要死。將心比心，青鳳也知道瘋女人不會高興，自己幫她捉蝨子（獅子）這件事的。在瘋子學校待了三年，青鳳明白每個人都有自尊心，而自尊心永遠值得人們尊敬！

「這都是上天注定好的，就像我們的生活，我們的命運。」一隻比黑寡婦蜘蛛還要大的蚊子停在青鳳專注的臉上，青鳳只顧思考瘋女人話中的含義，她什麼都沒感覺到。蚊子因為找到主顧，她高興地吸起來，肚子一下子就變大，像就要生產的大肚婆。

「啪！」瘋女人狠狠地打了青鳳一個耳光，青鳳臉上熱辣辣的，她愣在這裡，又驚又疼又惱又疑惑。瘋女人伸開手，她骯髒的手上鏤刻著一個大蚊子的屍體，蚊子的身軀尚在抽搐，還有幾滴鮮血從她殘破的肚子裡流出來，在瘋女人看不見指紋的黑手上流動。青鳳這才感覺到臉上癢疼起來。青鳳忍不住伸手去抓，但瘋女人阻止了她。瘋女人吐出一口口水，摸在青鳳剛被蚊子叮咬過的地方。雖然吐沫腥臭汙穢，但青鳳知道這是一個年代久遠的偏方，用吐沫可以殺菌消毒。

青鳳微笑地望著瘋女人，心存感激，忍不住想把自己全身獻出去。她看不到自己早成了大花臉，它已被鮮血、烏黑指紋所塗滿，再加上口水的攙合攪拌，原來嬌豔如花的白臉上現在就像開了個雜貨鋪，五顏六色，光斑陸離。倒也精彩。

「就像剛才蚊子的叮咬，這裡都包含著絕妙的涵義。」瘋女人耐心地為青鳳解釋著。

「可這裡面的涵義是什麼呢？」瘋女人欲言又止，青鳳忍不住拉著她的手臂搖晃個不停。「好人，妳就告訴我，告訴我，不要再叫我去猜什麼啞謎了。我想知道真相。真相，妳懂嗎？」

「唉，不是我不想告訴妳。可是天機不可洩漏。」青鳳緊皺眉頭，眼也斜著，嘴也嘟得很高。瘋女人感到一陣心疼。「而且，我現在就算告訴妳，妳也不會理解啊。」

「那妳說說看啊，也許我能一下子就能明白的，我的學歷可是到了博士，非常聰明。」青鳳拉著瘋女人的手撒起嬌來。

瘋女人猶豫著，臉上的表情也陰晴不定，青鳳小心地觀察著，又賣力地拉起瘋女人的手臂搖晃起來。瘋女人終於甩掉青鳳的手。「唉，還是算了吧。等到了合適的時候，我自然會告訴妳一切，現在真的不是時候……咦，妳去哪裡？」瘋女人對著青鳳的背影喊起來。

「哼，要妳管！」青鳳甩下一句話，依舊急急趕路，嘴裡還罵罵咧咧的。

「妳不會是去找穆達，找妳家人的吧？」瘋女人飛奔到青鳳前面，攔住青鳳。

「關妳屁事？妳以為妳是誰啊？母夜叉！」因為被拒絕，青鳳高傲的自尊心受損，她甚至舉起拳頭，向瘋女人揮去。

「妳饒了我吧，饒了我吧！」瘋女人邊退邊走，最後還跪在青鳳面前。

「那妳現在說我命運的真相，我就饒了妳，要不然……」青鳳又裝橫耍潑起來，還朝瘋女人晃了晃拳頭。

「不能，不能啊，小姐，妳不能強迫我啊！」瘋女人坐在地上嚎啕大哭起來，彷彿青鳳強姦了她。她的嘴巴張得好大，青鳳看到她裸露的牙齒，還有黑黑的喉嚨。那是另一個地洞，一眼望不到頭。烏鴉停在樹上叫起來，同時觀賞著她們的精彩演出。青鳳滿心希望烏鴉能拉屎，穩穩地落在瘋女人一眼望不到頭的喉嚨中。那將多愉快啊……

第六章　他者的世界（一）

「哼，妳不說，那我們只好分別，再見了！」青鳳轉頭就走。

瘋女人又急急地追來，對青鳳撕扯起來。「妳不能，不能去見穆達，更不能回家啊……妳不能啊……」

「要妳管！妳這個沒人要的狗東西，妳也不照照自己的模樣，這麼醜也敢出來嚇人！」一惱怒起來，青鳳就不管不顧起來，恨不得把茅坑裡的臭屎髒尿都澆在瘋女人身上。而這樣還不能發洩出她不滿的十分之一。

瘋女人站定，甚至微微一笑。「妳要是撒泡尿照照妳自己，妳一定會後悔說那些話的！」

青鳳顫抖起來。心中有一個可怕的念頭湧現。但青鳳旋即明白，瘋女人這是在報復，在狠狠報復，青鳳很明白這一點，就連樹上的烏鴉也嘎嘎叫個不住，似乎聽到一個能把腸子笑斷的笑話。青鳳再也不能忍受，不管不顧地嚷起來。「滾吧，不要過來！妳和我的關係從此一刀兩斷，妳走妳的陽關道，我走我的獨木橋，誰也不管誰，就當我們從不認識，就當我已經死了！好不好，好不好？」青鳳的頭髮被風吹亂，天空也變得昏暗！

「好，好……妳的心可真狠，真不愧是……」瘋女人的聲音顫抖起來，周圍狂沙走石，一時間，天空變了顏色。

「我偏要回去！妳別管我！滾，滾啊，妳這個瘋婆子，瘋女人！」青鳳喊出最厲害的話。天空一下子就烏雲密布，緊跟著還響起一聲炸雷。緊接著閃電就劃破了天空。識趣的烏鴉趕緊飛走，當然還不忘記拉一泡熱屎，只可惜瘋女人的嘴巴早已閉緊，只是恰好落在她的頭頂上。瘋女人伸手摸了下，然後拿在手指在鼻孔處聞了聞，然後用把手指頭放在嘴裡舔了舔，然後「呸、呸」吐了兩口痰在地上。

青鳳覺得十分失落。雷擊在烏鴉剛臥過的柳樹，那裡燃起一片煙霧。緊接著的閃電照亮天空。瘋女人呆呆地望著青鳳，滿臉呆滯悲哀的表情，似乎頭頂的炸雷不是擊在柳樹上，而是擊在她的心上。她似哭未哭，就連青鳳看了也覺得不忍。瘋女人待在那裡，青鳳也不知如何是好。斗大的雨滴落了下來，砸在瘋女人凸凹不平的臉上。她的臉上不知道又要多了多少溝壑，青鳳心裡暗暗嘆息道。

雨滴驚醒了瘋女人，她醒悟過來，眼眶裡蓄謀已久的眼淚也終於線一般脫落，這樣她的黑臉就被沖刷出一道白痕。瘋女人呆呆地望著青鳳，她失望至極已不會咆哮，她仍不死心地勸青鳳。「可妳會後悔的，傻女人，不要回去……

大雨澆灌在她們頭上。青鳳彎腰撿了塊石頭朝瘋女人仍去。「滾，滾啊！」

瘋女人額頭上出現了個洞，血順著臉頰留下來，染紅了大地。「妳會後悔的，妳會明白自己回去有多傻！」

大雨澆在她們頭上。地上一片殷紅。青鳳雙眼血紅，像個飢餓的母狼，她撲倒瘋女人，兩個人在泥窩裡翻滾，撕扯，打鬥……天上的炸雷為她們助威，閃電為她們照明……（周圍觀眾凝神屏氣觀看，嚇得不敢多出一口氣）……不知翻滾了多久，青鳳緊緊地把瘋女人按在身下，一隻手緊緊扼著瘋女人的脖子，一手拿著一塊石頭。瘋女人忘記了恐懼，幽幽地望著青鳳。經過雨水的沖刷，她臉變得白淨，重新回到幼女的純真。當然，瘋女人很敬業，在最後時刻，她沒忘記說出最後的臺詞。

「我們還會重逢的！」

青鳳把石頭砸在她的頭上。砸了好幾下，直到她的頭和地上的汙泥混在一塊。地上有白的腦漿，紅的血跡，黑的頭髮，綠的腸子，黃的糞便。瘋女人的頭已經消失不見。

在大雨中，青鳳無聲地抽泣一會，終於忍不住嚎啕大哭。（遠處觀眾在心中忍不住點頭讚嘆。）青鳳的心似乎被雷擊碎，從此以後再也不能快樂。

但事已至此，後悔也沒用。青鳳還是在大雨中挖了個坑，把瘋女人的屍首掩埋。大雨很快沖刷乾淨大地。

雨小了起來，又很快停止。一切恢復原狀，似乎沒有差別。但青鳳明白事情已經改變了，永遠改變了；再也回不到過去，再也沒有了過去的天真、純潔、快樂和幸福，再也沒有安穩的睡眠，沒有心靜的時刻。她失去了最重要的人……

為了回歸故鄉，她付出太多代價，甚至成了殺人犯。這太可怕了……也是她不能想像的，但生活就是這樣……要是事事心想事成，那樣的生活也會沒多大意思吧。

青鳳拖著沉沉的步伐離開城市花園。她的雨水和淚水混在一塊。她從來沒這麼悲傷過。就連遠處的觀眾們也不勝唏噓。

這個場景的演出真過癮，充滿了不可預期的戲劇性。

她們在磅礴大雨中分別，忘記了擁抱，接吻和告別。

自此別過。從此天涯海角，地球天堂……

王妃的美麗與哀愁

當我出現在家鄉的小鎮時，人們正在溫暖的小巢裡午休，所有沒有人發現我。我很高興，這給了我喘息的時間。每到一個新的地方，我總會有輕微的驚恐。我知道很多人都像我這樣。就像一個醫生所說的那樣，這叫社交恐懼症。

三年了，我離開已經三年了。現在我重新回到穆林鎮時，這才發現它完全和過去不一樣了，和記憶中的模樣完全不同了。高樓林立，街道狹窄。時間在流逝，城鎮也在變遷。愚蠢的是，我還是按照三年前的模樣來想像家鄉。這不是和刻舟求劍一樣愚蠢可笑嗎？

必須承認，經過長時間黑暗中的生活後（有三年之久！），我已經對地面的生活有了恐懼。就像眼睛害怕被陽光刺傷一樣，我也害怕和地面人接觸。我害怕自己的身體被他們隨意踐踏，我害怕自己的思想（我可是多麼引以為豪啊！）會被他們肆意嘲笑。是的，我很害怕他們會對待瘋子一樣對待我，那會多麼可怕啊……不過也許我確實是瘋子，他們如果用招待瘋子的禮儀來接待我，卻正是多麼符合人道和倫理綱常啊！（這是不難理解的。試想，如果招待一個瘋子就像招待一個貴賓一樣，那豈不是太荒謬了，這豈不是證明這個國家的人以瘋子為自己的最高賓客，這豈不是證明這個國家裡的人都瘋了嗎？）想到自己即將到來的命運，我禁不住渾身顫抖。我突然明白了瘋女人的意圖，她瘋狂阻止我背後的理性。天啊，她是多麼聰明，她看到了我的命運，看到了一切……可我卻多麼愚蠢，我竟然把她的好意當成了謀害我的工具。我甚至，我甚至殺死了我親愛的瘋女人。啊，愚蠢，多麼大的愚蠢啊！我實在找不出再比我更愚蠢的人了……

我多麼害怕啊。想到自己馬上就要到來的命運，我禁不住渾身顫抖。很久之前（在我還是女孩的時候），我看過一個戲劇，那是一個皇帝的生活，充滿了愛情與背叛，權力與鬥爭，凶殺和色情……一個英武的帝王因為疏於防範，被他可惡的臣子陰謀篡權，帝王也被奸賊殘酷地關在地下二十年，賊子每天以鞭打帝王為樂。二十年，二十年殘酷的折磨終於使帝王面目全非……

等他忠心的部下把他從地窖中解救出來時，他已經完全退化成喪失了思維活動的動物，除了在地上亂爬亂叫之外，他最大的特徵就是對人的恐懼，甚至對花費一生時間尋找的忠心部下，他也嚇得要死，就連那個日夜思念他的王妃他也完全認不出來了，可王妃為了尋找他付出了多麼大的代價啊……為了生存和尋找解救他的勇士，曾經超凡脫俗的妃子卻甘心為他出賣自己的身體，每天接待三十個男人，只為了積攢打敗奸臣而需要招兵買馬的銀兩！

第六章　他者的世界（一）

可這個過去高貴的頑強帝王，現在卻用一幅豬的面孔、蛇的身軀、猴子的尾巴、蟑螂的大腳、綿羊的叫聲來回報王妃。甚至當王妃靠近他的時候，他卻跪倒在地，渾身顫抖，恐懼地發出蟲豸的叫聲，彷彿立在他面前的香豔女嬌娃女閨秀女仙子女仙姝，成了地獄中恐怖的母夜叉母大蟲母老虎母猩猩。帝王恐懼地在地上爬行，正如過去二十年時間他在地洞被人鞭打時那樣。而深愛他的王妃在二十年後依舊保養得鮮豔如花，純潔如處女，考慮到王妃二十年的皮肉生涯和每晚因焦慮而失眠的生活，這可真是個奇蹟啊！真實情況是這樣的，年老色衰皮肉鬆弛的王妃為了喚起帝王的回憶，她用僅剩的最後一筆錢做了臉部手術，做了割除眼袋手術，做了鼻子增隆手術，做了眼睛變大手術，做了脖子光滑手術，做了乳房上挺手術，做了乳房變小手術——要知道二十年的皮肉生涯已經讓過去嬌小可愛的乳房膨脹如氣球，她可不想讓這兩個氣球嚇壞了過去溫柔地稱作它們為小鴿子小蘋果小核桃的帝王啊——做了下腹變平坦手術，做了大腿肌肉抽脂肪手術，做了小腿堅挺手術，做了小腳光滑細膩手術，做了腳趾頭去皺手術，做了一次縮陰術，因為效果不滿意，又做了三次縮陰手術——這實在可以理解，過去只容納帝王一人的器官後來經過了十幾萬人次大小不一形狀各異的性器官的摩擦後，那裡的狹窄通道都可以航運運送大米的船隻了——還做了陰毛還原手術，因為幾百萬次的激烈摩擦，過去的森林現在已經成了寸草不生的沙漠——又做了提肛手術——因為一些變態的恐怖色情狂客人喜歡從後庭進入，王妃曾經發生過多次肛裂事件——還做了多次的全身去疤痕手術，王妃的身體被無數變態人用菸頭、蠟燭、皮鞭、匕首玩弄過，她身上的疤痕慘不忍睹，彷彿被一個軍團踐踏玩弄過；而我們最忠貞的王妃為了早日解救出帝王，她還做了很多次的禿頭歌女毛髮再生術——因為對帝王強烈的思念和每晚無休無止的失眠，王妃的頭髮先是變白，後來白髮再一根根地掉下，到了最後每個晚上都不需要點燈，在王妃光頭的照射下，王妃招待著一個又一個的客人，她醜陋的露著苦澀沾滿眼淚的青色頭皮反而更加刺激著嫖客的性慾，彷彿在他們身上（嫖客們更喜歡這個方位，這更能滿足他們的幻想）的不是被侮辱被蹂躪的王妃，而是躲藏在深山裡，因為森嚴戒律而深深壓抑自己性慾處於極度性飢渴的乾柴烈火般的絕代女人……事實上，讓所有人沒想到的是，王妃因為強烈的思念和深切的痛苦而導致的頭髮掉光後，她的收入不斷沒有削減，反而增加了五倍，這可真堪稱是經濟學上的一個大奇蹟。（因為王妃完整地保留了自己的帳本，為自己的經濟收入留下了憑證，後代的經濟學家和民俗專家對其中的原因做了各種各樣的分析，他們像蒼蠅圍著糞團一樣吵吵嚷嚷，他們留下的博士論文達到幾十萬篇。當然，這是後話）

王妃還做了提高性感的換屁股手術，做了更加長壽的換心臟手術，做了更好地陪伴帝王飲酒的換肝脾手術，做了提高性慾……

也就是說，王妃為了挽救帝王挽救愛情過了二十年豬狗不如的生活，她存下金錢，費了九牛二虎、九死一生的努力後，終於召集了幾十萬大軍，打敗了可惡的奸臣壞蛋，因為他搜刮民財、濫殺無辜，早被平民百姓懷恨在心。王妃付出了一切，甚至是她最看重的名聲和忠貞，但她得到了什麼，只是一個在王宮地上亂爬像蟑螂一樣亂叫的小麻雀，而且他喪失了所有的記憶，不記得一點往事，更記不得眼前的豔麗妃子。王妃忍不住嚎啕大哭，她要是能想到相逢的一天竟然如此，她肯定不會像過去在地獄中做牛做馬一樣被人欺辱。世界上還有比她命運更淒慘的女子嗎？為什麼上天如此不公，在忍受那麼多痛苦之後，更是無止境的理想破滅，等待她的不過是漫漫長夜、淒淒明月、慘慘孤星和戚戚紅燭（要是沒有做毛髮增多術就不用點燈了。為什麼要做那些可惡的手術？花費了那麼多錢，結果卻是毫無用處）……

等待愛人，等待帝國，等待洞房花燭夜，等待人生的歡聚時刻，等待果陀，等待著等待……等待二十年的最好時光，等來的卻是夢碎時刻。自從人類有記載以來，人生從來沒有這樣悲慘過，除了茱麗葉和葉麗朱的愛情，除了羅密歐和歐密羅的悲劇；除了梁山伯和伯山梁的愛情，除了祝英臺和臺英祝的悲劇；除了……

王妃像母耗子一樣哭了好久。就連圍觀的一些宮女也忍不住落淚，就連在一旁錚錚七尺將士也忍不住淚眼婆娑。（他們拿著彎刀和利劍，閃閃發光的的利刃上還滴著敵人的鮮血，旁邊放著敵人的頭顱，他們被砍碎的身軀就像餐廳裡的甜醬。）將士們忘記了過去曾經和王妃同床共枕的銷魂時刻。此刻，這個悲劇女神喚起了所有人的痛苦回憶，每個人都想起隱藏在黑暗中的傷心往事，有的是因為偷蘋果被父親打了一個耳光，有的是因為默不出單字被老師罰站，有的是抓住老鼠尾巴而被老鼠咬住手指，有的是因為被同學發現手淫而蒙羞，有的是在回家的路上被玉米田的淫賊奪去了貞操，有的是因為被同伴搶走了女友又被強大的敵人爆打一頓，有的是在做產檢時被可惡的醫生侵犯，有的是因為寒冷而在雪地裡被凍僵成半死，有的是因為強烈地壓抑性找不到性伴侶而在上吊的時候還在追求手淫快感的恐怖青春期死亡少年，有的是替大哥頂替罪行最後非但沒有獲得報酬，甚至家人還被老大滅口，最後幾乎喪失了性命才逃出了監獄。有的是小時候在他們懵懂無知的時候，就被鄰居的女人脫光衣服，在睡夢中被撫摸生殖器，從此再也擺脫不掉鄰居噁女人的孝子。有的是在女兒長大，而自己已經年老色衰，幾乎爬不動但仍被狠心的女兒驅趕出家門的頭髮花白的老母親。有的是在飢餓的災難中，目睹慈祥的父親在月夜像狼一樣嚎叫，像狼一樣吞噬掉八歲哥哥的身軀，而他能逃走僅僅是因為他才三歲，他身上的肉太少的緣故。有的是把失去講話功能的幼子撫養成大人，卻在十幾年後卻被兒子趕走，因為他不想看到自己的母親和一個男人睡覺，即使這個男人是他的父親，他也把他趕走，因為他想獨占母親，家裡的母親，家裡唯一的女神啊……

女神，偉大的女神；女神，我們的女神……
我們的開路先鋒女神；
我們的英勇元帥女神；
我們的精神導師女神；
我們的快樂源泉女神；
我們的智慧先知女神；
我們的保護聖像女神；
我們的黑暗洞穴女神；
我們的鳳凰涅槃女神；
我們的悔青肝腸女神；
我們的天涯海角女神；
我們的異國夢斷女神；
我們的一見鍾情女神；
我們的破鏡重圓女神；
我們的精神家園女神；
我們的海上明月女神；
我們的創作阻滯女神；
我們的靈光顯現女神；
我們的寸步難行女神；
我們的永生交歡女神；
我們的豔遇絕情女神；
我們的臥薪嘗膽女神；
我們的同性絕愛女神；
我們的肝腸寸斷女神；
我們的菩提椰樹女神；
我們的溫柔鄉夢女神；
我們的烏托城邦女神；
我們的哭泣哀嚎女神；
我們的雅典神廟女神；

第六章　他者的世界（一）

我們的大慈大悲女神；
女神，偉大的女神；女神，我們的女神……

王宮裡響起哭天喊地、哭爹喊娘、哭窮喊富、哭舅喊姑、哭兒喊女、哭情喊恨、哭南喊北、哭餅喊饃、哭絲喊線、哭紅喊綠、哭智喊慧、哭師喊徒、哭劍喊錘、哭水喊火、哭土喊風、哭病喊疼、哭黑喊白、哭鹿喊馬、哭龍喊鳳、哭肝喊腸、哭陰喊陽、哭暗喊明、哭蒂喊莖、哭帝喊後、哭官喊兵、哭賊喊匪、哭閹喊宮、哭是喊非、哭仁喊慈、哭僧喊尼、哭監喊獄、哭你喊我、哭肥喊瘦、哭鼠喊貓、哭大喊小、哭軟喊硬、哭上喊下、哭驢喊馬、哭明喊昨、哭他喊她、哭鳥喊獸、哭蝙蝠喊麻雀、哭月亮喊日頭、哭猩猩喊狒狒、哭忠心喊背叛、哭貞節喊淫蕩、哭黃昏喊黎明、哭仇恨喊熱愛、哭麒麟喊仙鶴、哭斷橋喊迷津、哭五婆喊三姑、哭姨父喊外甥、哭電腦喊腦癱、哭手機喊棘手、哭馬腳喊熊掌、哭猴腦喊驢球、哭鹿茸喊牛蹄、哭非典喊肺炎、哭寡婦喊野漢、哭瘟疫喊黑死、哭寂寞喊狂歡、哭草上飛喊雪裡迷、哭星星索喊沸沸騰、哭海上花喊月下崖、哭稻草人喊大玩偶、哭蒲公英喊鳶尾花、哭一段情喊滿腔恨、哭庭院深喊相思畔、哭絳珠草喊神瑛使、哭玻璃美人喊雪上紅梅、哭青春無悔喊黃粱美夢、哭戀戀風塵喊逍遙遊行、哭阿門神與你同在喊南無阿彌陀佛、哭唵嘛呢叭咪吽喊福生無量天尊……

巨龍騰飛

在眾人的哭泣哀嚎中，原先在角落裡一直不安呻吟的帝王抬起淚眼，朦朧中看到過去的情人，極度的歡娛幾乎使他昏倒，因為王妃月容花貌的重現，刺激起帝王已經麻木的神經，他從過去的迷夢中驚醒過來。彷彿過去二十年的時間根本不存在，他所經歷的痛苦折磨不過是一個可怕的夢魘，而現在可怕的惡夢已經結束，他要開始新生活了，正如睡美人被王子的甜吻喚醒，尊貴的帝王也被王妃的眼淚喚醒。新生活，馬上就要到來新生活，幸福的新生活……

帝王歡呼雀躍，忘記了自己醜陋如蟾蜍。他幻想著月宮折桂的情景，他靠近懷抱玉兔的嫦娥。眾人都驚訝地望著他，並不清楚他古怪行為背後的含義。瘋子做出任何事情，有正常理智的人都不會詫異，但在瘋子開始行動的一剎那，他們還會露出疑惑不安的神情，之後他們才會想到他是個瘋子這個事實，而剛才他們卻忘記這一點。這實在是人的本性使然，他們把和他們相似的人都看做同類，卻不能一下子明白瘋子和人有著相似的外貌。不能對他們太苛刻，這實在是他們的本性使然。

在王妃和眾人的困惑中，醜陋瘦長如馬猴的帝王四肢著地爬行接近王妃。（帝王雖然意識到了自己帝王的身分，但因為二十年的爬行生活已經使他忘記了行走。這就證明了帝王二十年屈辱生活並非黃粱一夢，也非幻想出來的故事，而是事實發生過的真切事件。不過，處於興奮中的帝王完全沒有意識到，他還沉浸在美人魚剁掉魚尾巴的幸福幻想中。但坐在劇院中一個看戲的觀眾意識到了這個情感邏輯，他看了四百五十八遍演出，所以對這一場景滾瓜爛熟。）大家目不轉睛望著帝王，他興奮地蹣跚而行，嘴裡還嘰哩呱落地叫個不停（他用獸語向思念許久的王妃喊道：「親愛的，我回來了；惡夢結束了，幸福新生活開始了！王妃，親愛的王妃！」很多年之後，獸語學家把帝王當時的話翻譯出來。帝王說這些話的時候，很遺憾，這個獸語學家並不在場，他當時還沒出生呢。根據舞臺提示，我們知道了這個典故），他對眾人的目瞪口呆也感到同樣的疑惑，甚至還夾雜著帝王的驕橫和憤怒。但經過那麼長而痛苦的惡夢後，青春豔麗的王妃張開雙臂，熱烈擁抱他的歸來，帝王十分激動和興奮，他長達二十年一樣漫長的夢魘折磨後，帝王十分感謝命運為他安排的這個結局，正與他夢魘中日夜期待中的一樣。（他不明白自己的夢魘的真實性，這正是他這一類人慣用的伎倆。一些觀眾也看出了帝王的陰謀。他們露出了微笑，這讓他們興奮）。帝王興奮地用長長的雙臂拍打自己的胸口，兩隻腳圍著王妃跳來跳去。王妃緊皺雙眉。不過興奮的帝王沒有看到，他只圍著自己的女神蹦來跳去，像原始社會被邪魔纏身的病人……（座位上一個敏感的觀眾很為帝王難為情；他有著人的情感，卻用動物的舉止來表達自己。正如一個東方人卻用西方的標準來判斷對錯衡量自己，這多麼可怕。身體和情感的分裂只能造成令人難堪的喜劇效果。雖然對劇場效果來說十分必要，即使深陷其中的角色自己也看不到，但還是會讓最敏感觀眾為他感到害臊。）

在興奮的蛤蟆舞蹈中，帝王突然縱身一躍，一下子在進化史上邁出了質的一步，他學會了直立行走。這樣，他的身高就比王妃高出一頭。眾人都被帝王的這一舉動看呆了。正如他們沒法預料到瘋子的舉止一樣，他們也完全沒有料到帝王如蜻蜓一樣輕盈的飛躍。（但觀眾卻喝起彩來，掌聲也如雷一樣響起來，他們為突然又意想不到的戲劇性所折服，這個戲太沉悶，這是全劇少有的亮點，也是演員表演最出彩的地方之一；幾個頭戴厚厚面紗、臉上塗滿白粉、嘴唇血紅的淑女還忍不住擦起了眼淚，這正是她們最希望看到的童話愛情故事。她們身旁體貼的紳士們馬上遞給她們手帕。淑女們頭靠在體貼的情人懷中，當然，她們的小手沒有忘記插入情人敞開的西服褲子內……親愛的朋友們，你還記得他們嗎？）

王妃睜大雙眼。宛如電影中慢鏡頭，她眼前的矮子慢慢像長頸鹿一般升高，王妃彷彿看到了過去美好生活的重現。王妃睜大雙眼期盼著。帝王的頭慢慢接近王妃，又慢慢地超過了王妃，王妃慢慢抬起頭，此時的她須仰頸才能看到帝王的臉蛋，她夢想中的臉蛋。王妃想起過去的美好時光，重溫鴛夢，禁不住羞紅了粉臉。帝王也在羞紅的臉皮上看到了時光倒轉，他彷彿重新回到和王妃開苞的第一晚。多麼幸福的時光啊，帝王二十年軟綿綿的玉器突然膨大起來，心臟也跟著咚咚跳起來（甚至連二樓包廂中的觀眾也聽到了擂鼓聲），周圍的宮女和將士也感覺到舞臺上躁動不安的情慾（青魚在水中歡騰跳躍。魚水歡戲），舞臺監督適時地在幕布後面釋放公羊、綿羊、山羊和羚羊發情的騷味，根據地下王國的經驗，這樣的騷味最能刺激性慾……

人們被羊騷味征服，被激情性慾征服，被寂寞器官征服。十分有效。一會兒就能看到觀眾席上倒下一片，那些淑女和紳士們最先坐不住了，他們期待著在舞臺上看到色情表演，終於在意想不到的時刻得以滿足。（他們甚至比舞臺上的演員還坐不住，當帝王像孫猴子出世那樣蹦起來，他們就意亂神迷，急不可耐地扒除鄰座人的衣服，甚至忘記了對方是不是自己的親密伴侶。這可真可怕。還有一些淑女也脫掉鄰座淑女的衣服，一些紳士也脫掉鄰座紳士的衣服，甚至兩個急不可耐地的前後排紳士急不可耐地站起來，隔著座位親吻起來。他們可真夠瘋狂的，因為羊騷味而喪失本性。不過也說不定這些同性親吻者是故意謀劃的。他們看過劇本、節目單和報紙評論，他們知道演出到這一刻的劇情走向。所以那些刻意隱藏自己性取向的人就選擇這一刻顯露本性，而過後他們會狡猾地不承認自己是同志，他們會嚷嚷說是劇情的刺激，說他們聞到一種奇怪如羊騷子的味道就昏迷了。因為缺乏充足的證據，人們對他們毫無辦法，只能眼睜睜地看著同性們互相親吻。你知道，透過電視直播，他們的淫亂行為不知道造成了多麼嚴重的後果。「實在太可惡了，這些狡猾的同性戀者。你們也知道，他們就隱藏在你們身邊，比狐狸還狡猾地隱藏在羊群裡，一遇到合適的本性，就張牙舞爪，呲牙裂嘴，把自己的屁股給眾人看，就像那些可惡的黑暗街道的暴露狂一樣，只有在黑夜中他們才顯露出本性……他們都該死，他們全都該被燒死！」很久以後，一個電視道德評論家撰文，他的記性並不好，他想不起自己也曾對母豬展現過屁股……）

第六章　他者的世界（一）

那些宮女們和將士們也不甘落後，他們也隨之加入了性狂歡隊伍。因為觀眾搶了他們的風頭，所以他們就加倍誇張地表演來吸引攝影機。此刻，電視直播的攝影機們不斷伸向深深擁吻的淑女紳士們，一個攝影機更是穩穩地停在一對在過道中倒地、像蛇一樣纏繞在一起的一對淑女面前，她們的身子向兩個方向延伸，而她們的頭則靠在一起，她們經典的「六九」接吻的姿勢被攝影機牢牢地控制在畫面中。很多電視機前的觀眾都被這個經典畫面打動。眼見她們的風頭被觀眾蓋過，不甘心的宮女急中生智，她大聲地叫喊起來，彷彿她十分滿足，但她的同伴還沒進行到關鍵時刻呢，她的同伴吃驚地望著她，不明白她為何這樣狂叫不止。但宮女不管，繼續放聲叫喊，聲音大得就像打雷。所有人都嚇了一跳。那兩個接吻的女觀眾也停止了做作的接吻，她們抬頭望向舞臺，一直跟拍她們的攝影機也適時地轉過去，把畫面放在了那個繼續嚎叫的宮女，這個因為興奮而嚎叫的聰明宮女，這個像智慧女神的宮女。

她大獲全勝。所有人的目光都集中在她身上，就連十幾臺攝影機也全對準這個嚎叫並且還是顫抖著的宮女，而她的同伴——那個威武將軍甚至嚇傻了，望著自己如母獸一般的同伴，他以為是自己的粗暴弄疼了對方而深陷入悔恨和自責中。但出乎他的意料，淫蕩宮女一邊用眼睛直直地看著緊盯著他們的攝影機，一面用激烈地雙手緊緊擁抱著將軍發硬的身軀，一邊用自己的口水和唾液舔著剛強將軍的臉龐，就像一隻狗在添一根骨頭，就像黑死病親吻病人的身軀。

幸好，宮女身邊的將軍很快就明白了其中的含義。他明白了宮女為了整個舞臺演出的更好效果所做出的巨大犧牲。他深深地被宮女的這種革命犧牲精神所震動。他的激情適時地噴薄而出，他用加倍的反作用力用在宮女身上，他大口激烈地回饋她的贈與。感情熾熱，形體大膽，演出火爆，堪稱經典。

他們跳著激情的舞蹈，身旁的宮女和將士為他們伴舞。眾人沉默著。因為過於專注，人們忘記了說話和放屁（就是在音樂會和劇場中最流行的那種無聲臭屁。因其無聲，作惡者逍遙法外，他們心中暗藏作惡後的快感，看到身邊人一個勁地用力猛搧空氣和急皺眉頭，他們也做出同樣的動作，甚至比無辜者裝得還像是受害者；因為無聲，臭屁的威力超過三千萬噸的巡航導彈。無數的淑女們身患鼻炎和花粉過敏症都是它的緣故）。他們都沉浸在宮女和將士們的激情舞蹈中。為了更好地學幾招床上動作，臺下的觀眾忘記了剛才的動作，還有身邊的同伴。那兩個「六九」的女伴厭惡地推開對方，與舞臺上的明星想比，她們發現了同伴的諸多不足。這是她們所不能忍受的。這樣，沒有經過吵架和激烈的身體衝撞，她們就友好地分手了。「輕輕地我走了，正如我輕輕地來，揮一揮衣袖，我不帶走一片雲彩……」攝影機甚至忘記報導她們的結局。但除了一個最細心的觀看電視直播的觀眾外，沒有人覺得這是個遺憾。大家早就把她們忘得一乾二淨。既然她們不在當下，記著她們還有什麼用處？對了，吃了橘子，你留下皮還做什麼？一個手裡拿著十斤桔子皮的人有多傻，簡直和瘋子差不多……

在我們這個時代，每個人都是標準的不折不扣的實用主義者，我們僅會記得對我們有用的東西，我們也僅僅去做對我們當下有用的事情。為了生存，我們學會有意識地記憶，而對那些我們不需要的東西，我們則把它們遺忘在黑漆漆的無底深淵、大海深處、高山之巔、冰山最底層。至於過去和未來怎麼樣，倒用不著我們去考慮。因為過去已經逝去，考慮再多也無力改變當下的現實（況且考慮太多還會影響我們的神經，挫傷我們的信心，最終墜入可怕的無底深淵）；而未來永遠在前方，車到山前必有路，不要憂慮過深，影響今朝有酒今朝醉的好心情。要強調的是，這是一套很管用的生存哲學。它有幾千年的歷史，我們的老祖宗把它傳下來，流傳至今。值得敬佩。

第六章　他者的世界（一）

在這種邏輯的驅使下，沒有人記得劇中的男女主角。他們是一對被遺忘者。沒有人需要他們，他們喪失了存在的理由。我被思念故我正存在。當我不被思念的時候。很對。很好。我也就喪失了生存的必要。流星劃破天空總那麼短暫，曇花也只開放在深夜的一剎那。人生多少難得的歡樂時光，終久是雲散高唐，水涸湘江。想眼中能有多少淚珠兒，怎經得秋流到冬盡，春流到夏！

舞臺面積很小，為了便於觀眾能看到最精彩的表演，我們親愛的導演（剛剛獲得了今年的奧斯卡最佳導演獎）充分地展現了自己的才華，他利用眼花撩亂的舞臺調度把帝王和王妃安排在了幕後。這是一個很好的策略。有著滿嘴大鬍子的金髮鼻炎導演十分了解觀眾心理，他把宮女和她的男伴大刀將軍安排到了舞臺最中央，而圍著他們的正是別的宮女和將士。從畫面上來說，這很漂亮，花團錦簇，眾星捧月。

在一群跳舞的宮女身後，帝王和王妃爬到了邊幕。他們遮蓋得很好，沒有人注意到。在爬行的過程中，一群奴顏卑骨、低聲下去的將士們不斷踢踩他們的身軀，甚至有人在跨過他們身軀的時候還放了一個響屁，對著他們的腦袋，明顯帶著屈辱。有幾個將士不懷好意地笑了起來。（因為舞蹈的音樂很激烈，臺下的觀眾沒有發現不和諧的聲音）。這在過去是不敢想像的。他們那時候多恭順啊，在帝王和妃子面前連大氣都不敢出一口，更不用說放什麼臭屁了。他們忍受著帝王陰晴不定的習性，忍受他把滾燙的蠟燭油滴在臉上的鑽心疼楚。那個王妃也好不到那去，她曾用暗藏的繡花針狠狠地扎宮女的大腿，僅僅為了她曾向帝王含羞一笑。現在是報仇的好時機。宮女們巧妙地利用了導演的舞臺調度。她們很好地利用了導演的技術處理，在將士們和宮女們交換位置時，她們悄然拿起鋒利的錐子，在爬向幕後的王妃身上狠狠刺去。王妃的血跡沾滿了舞臺。但為了不影響實際的舞臺演出效果，王妃咬緊牙關，一個呻吟都沒發出，這就更刺激宮女，她們用錐子扎王妃的時間更長，錐子進入她身體就更深，她流出的鮮血也就更多。鮮血染紅了王妃的純白裙子和王冠……

（對於導演安排的武士和宮女交換位置的舞臺調度，我必須做出如下的說明。根據演出節目單和對導演的文字採訪我們得知，這一處理象徵著人類性行為中不斷發生的體位交換。要知道，人類可是唯一能在性行為中不斷交換體位的生物啊。導演對此做了大量的田野調查，他在觀察了野豬、大象、老虎、螞蟻、蒼蠅、獅子、蛇、老鷹、袋鼠、熊貓、海龜、狒狒、蚯蚓、鸛鳥、紅頭鸚鵡、馬、雄獅等等，幾萬種生物後得出這一結論的。導演得意洋洋地把他的研究結論發表在科學年鑒上，但後來一個著名的邏輯主義哲學家批駁了導演的研究結論，他認為導演的研究方法出了問題。也就是說導演使用的是歸納法，從邏輯學上歸納法本身並不科學。歸納法屬於經驗主義的範疇，而所有人都知道，只要是經驗主義都會有犯錯誤的時候。因為經驗總是有限，而邏輯卻指向無窮。即使從經驗的立場上觀察到了目前為止，所有的動物都是用一種體位進行交配，但這並不能得出所有的動物都用一種體位進行交配這樣的結論。因為很明顯，現代不代表以後，過去不代表未來。這個著名的科學家反駁說，比如說在未來某一天，因為基因的突變、地球變暖的影響，或者某種說不清楚的原因 —— 甚至因為看多了人類所製作發行全球的色情錄影，動物們也克服了天生的羞澀和笨拙，一下子開始了模仿人類性體位的艱苦練習，雖然十分艱苦，就像企鵝想要飛過喜馬拉雅山，就像蝸牛想要去跑馬拉松，就像長頸鹿想要橫渡大西洋，對了，就像那個雄性象王和雌性蟻后做愛。但動物們毅力都很堅強，他們牢牢記住愚公移山、鐵棒磨成繡花針的道理 —— 動物們突然改變了自己的性愛習慣，他們一下子喜歡上了在一次性行為中進行好幾種甚至好幾百種體位的嘗試，那麼，這不是一下子推翻了導演的結論嗎？誰說得清楚未來幾百年的事情嗎？是你嗎？是我嗎？是我們大家嗎？很明顯，我們十分無知，而且還仍舊狂妄。而也許我們只不過是某個神祕人物所投下的某個幻影，而我們的藝術品，我們的小說、戲劇和舞蹈演出，電影和攝影作品，更不用說不過是「某個假定真理」的幻影的幻影。也就是說這不過是鏡中之鏡，幻影之影。我們存在嗎？我們不存在嗎？我們是風嗎？我們要逝去嗎？我們正在逝去嗎？我們已經逝去了嗎？我們瘋了還是世界瘋了？我們沒瘋世界也沒瘋嗎？我們瘋了世界沒瘋嗎？我們沒瘋世界瘋了嗎？還是我們和世界都瘋了？我們是一群瘋子嗎？誰能告訴我們真相？是你嗎？是我嗎？是我們大家嗎？是果陀嗎？還是果多？或者某個神祕的人物，神祕的活死人，神祕的僵屍？這個世界有真相嗎？什麼是真相？真相的含義是什麼？誰來判定真相？誰來說出真相？誰來聆聽真相？真相是永恆不變的還是像蝌蚪一樣變來變去？大家都沉浸到戲劇演出成功的狂歡中，沒有人會去讀邏輯學家苦澀如大便的著作。但在這裡，我需要提及的是，這位東方偉大的邏輯學家提出的結論證偽主義的觀點，要比西方的邏輯哲學家卡爾· 波普爵士早五十年，可是由於當時的閉關鎖國與關起門來搞階級鬥爭的政策，沒有人發現他的偉大和獨創。我們也因此喪失了一個大好機遇，喪失了與西方對話的可能性。

我們落後了，我們被拋棄了，曾經威名四揚的唐帝國衰落了，曾經世界上最富裕的宋王朝衰落了，曾經世界上最強盛的元帝國消亡了。我們被拋棄了，被整個世界可憐地拋棄了。就像舞臺上那兩個顧影自憐的帝王和王妃。他們是一代帝國衰落的象徵。現在，沒有人需要他們了，他們在飽受蹂躪後，帶著流血的身體和受傷的心，他們躲在角落裡，像兩個可憐的刺蝟一樣抱在一起，互相舔著對方的淚水和傷口。這就是我們東方帝國今天的命運，這就是我們曾經的君主，這就是我們不朽的古代文明和燦爛的文化，到了今天都成了蜘蛛網中的故紙堆，成了角落裡廢棄的八股文，成了老鼠啃噬的舊傢俱……我們還剩有什麼？我們該如何追趕西方？

東方的帝國不會衰落，她還會依舊強大，但在她偉大的命運前面，卻又障礙重重，孽障多多。有太多的東西需要繼承和拋棄，有太多的東西需要學習和創新。我們身處「前不見古人，後不見來者，念天地之悠悠，獨愴然而涕下」的境況中，命運卻要我們承擔扭轉乾坤的重任。可笑的是我們卻身材瘦小，手無縛雞之力，除了疑惑、脆弱和自我懷疑外，我們一無所有！可在這個世紀，我們卻需要重建一切！

多麼可怕，
東方的巨龍已經睡醒。
遠方的號角已經吹響，
巨人們正在遠方戰鬥，
刀槍劍戟，棍棒錘鉤，
擦拳磨掌，挽袖踢腿，
精彩絕倫，熱鬧紛紛，
刀來劍往，棍呼錘嘯。

他們呼風喚雨順應民心，
他們射落天宮九個太陽，
他們殺死地洞九頭雄獅，
他們砍死深澗九頭惡龍，
他們捉住高山九頭猛虎，
他們擒獲敵國九員彪將，
他們曾經是最富裕的國家，
他們的古老文化源遠流長，
他們的文明禮儀威震四方，
他們的貨船曾經遠下重洋。

第六章　他者的世界（一）

他們的絲綢、瓷器和茶葉，
暢銷一時，
……
多麼可怕，一切消失得多麼快，
甚至還沒有襁褓嬰兒的一夢長：
先是鴉片，之後就是槍炮戰艦，
先是割地賠款後設立通商口岸，
喪失貿易、通商、稅務等等，
諸如此類的國家主權。
先是南京，後是上海、天津、
漢口、廈門、鎮江、九江、廣州等。
雖然不全是壞的結果，
但我們喪失了主權，
這是不爭的事實。
多麼可憐，
西方的槍炮一再打開我們的大門，
一個東方帝國的大門，
一個簡直無法想像的勝利，
一個備受侮辱和蹂躪的開始；
更不用提那些聯軍們占領京城，
搶奪財寶，毀滅證據，燒毀園林！
更可恨的是，
一個昔日的笨拙學徒，
一個過去跪在我們腳下的學生，
一個把我們的建築、服裝和文化
全盤複製過去的矮矬子，
眼看風向不對，
眼疾手快地學了幾手新樣式，
就像猴子那樣賣弄起來，

轉眼就拿他過去的師傅開刀，
就是世界上最狠毒的豺狼，
也不如他們這樣狠毒，恩將仇報。
他們侵占我們的國土，
血洗我們的城池，
砍掉居民的腦袋，
強姦被他們逮住的女人，
用刺刀挑出孕婦肚中的嬰兒，
才剛剛六個月啊，
心臟剛剛長舒來，
就被凶狠的豺狼刺破！
幾十萬、幾百萬人、幾千萬人的生命，
就這樣輕易被他們以前的徒弟殺掉！
生命啊，
還沒有田野中被風吹走的蒲公英更重！
再也沒有比這更可恨、更可屈辱的！
在二十世紀，只有少數幾個民族
像這個民族一樣飽經風霜、命運多難！
先是外部，後來是自己。
為了一些虛假的口號，
為了一個虛幻的理想，
這個驚弓之鳥把自己封閉起來，
躲在巢穴裡擔驚受怕，
但這不過是少數人的權欲驅使。
果然，因為他們之間的爭權奪利，
卻搭上了整個民族的幾十年時間，
沒有了外部鬥爭，
就展開了激烈的內部鬥爭！
可惡，可惡啊，深深的可惡啊！

第六章　他者的世界（一）

如今，東方巨龍已經甦醒，
卻依舊在懸崖和深淵邊徘徊；
他們說這個世紀是巨龍騰飛的世紀，
可是，您不明白啊，
我們要面對多少難題：
經濟、政治和文化秩序都需要重建，
我們在創造奇蹟，
還是在深淵中死去？
誰能告訴我們？
巨龍啊，巨龍，你為何在深夜中哭泣？
你為何徘徊不前，
不死的鳳凰已經展翅飛翔，
牠在大火中已經重生，
可是你呢，我的東方巨龍，
為何還不能騰雲駕霧？
你的心裡滿懷憂傷，
過去的苦難讓你無法飛行，
沉重的負擔壓扁了你的脊椎……
巨龍啊，巨龍，
承載著我們所有希望的巨龍啊，
你要飛起來，
永遠飛起來，
就像過去無數次的飛翔一樣啊！
東方明珠依舊會再次璀璨輝煌！
……

王妃和烏鴉

王妃倒在地上，渾身沾染血跡，一旁臭蛤蟆味道的帝王完全清醒過來，他把王妃抱在懷裡。二十年前，他也是這樣抱著受傷的王妃的，然後凶惡的叛將士兵就把他們分開，雖然他們在地上滾爬，拚命把雙手伸向對方，但他們還是被無情地分開，就像一對幸福的連體嬰兒，殘忍地被人類的實驗刀切割開來，從此天各一方，魂斷身離。

帝王以為二十年的生活是一場夢，包括起初痛苦的生離死別，那不過是惡夢的序幕，它拉開了帝王夢中的恐怖生活 —— 二十年的虐待和蹂躪。但現在這個惡夢畢竟結束了。帝王剛鬆了口氣，他就重回夢的序幕。他感到一種難言的恐懼，害怕惡夢還要重新上演。但他沒有多想（想得太多，他就無法活下去），只是緊緊擁抱懷中的王妃，那可是他唯一的財富，她是因為愛情才遭受毒打受傷的啊！在最悲慘的境況中，帝王還被王妃真摯的愛情安慰著，這是他寒冷生命中唯一的亮光，它溫暖著他走向未知的結局。

王妃還在無言地抽泣，幾滴晶瑩的淚水滑落打著桃紅色胭脂的臉頰，她臉上還帶著又羞又怒既悲又傷的神情，就像美豔動人的王昭君，在出塞前對著漢王啼哭。在帝王眼裡，這個「梨花帶雨」嬌喘吁吁的女人從來沒有比此刻更淒婉動人。（王妃哀怨的神情為帝王留下了不可磨滅的印象，以致於很多年之後，年老體衰的帝王仍舊不斷不斷回想王妃那一晚上的表情，在無意識深處，在沒有人知道的角落，他覺得在那表情有某種微妙而深刻的含義，但具體是什麼他也說不清楚。他因為無法參透這個禪機而深深懊悔，直到有一天他參加一個國際學術會議，眾多權威學者都在探討「古代文化的衰落」這一題目。不知為何，在一群學者無聊地爭論中，帝王打起了瞌睡，在半睡半醒之間，王妃哀怨的神情立刻浮現在他面前，再也驅趕不去。）

第六章　他者的世界（一）

酒香不怕巷子深。王妃對自己的表演很有信心，這可是經過三個月緊張的排練，名師在一旁拿著鞭子，對王妃無意中犯下的微小錯誤，名師都會狠狠地鞭打。三個月的嚴訓沒有白費，王妃終於達到了今天這種收放自如的表演，它肯定會賺取觀眾的大把眼淚。師父教導她，必須時時刻刻地生活在角色中，機遇是給全神貫注的人。雖然身處無人注意的邊幕，但王妃還是滿懷激情，她相信自己就是幽谷中的名貴蘭花，她的異香一定會引來蝶蜂。果然，一架對大腿舞感覺疲倦的攝影機無意中闖入了邊幕，王妃的精湛表演一下子就吸引住了它的眼球。它呆呆地看了好久，甚至連直播的按鈕都忘記打開。王妃盯著螢幕看了好久，流了好多次眼淚，最後才發現攝影機的紅燈沒有開。這個出離憤怒的女人幾乎忍不住撲上攝影機把它摔個粉碎。因為機器的失誤，王妃白白地浪費了三升眼淚。就連最優秀的演員也不能容忍這樣的失誤。但王妃還是控制了自己的情緒，她是上流名媛，她必須做到榮辱不驚。

王妃又等待很久。觀眾席上又爆發出掌聲和口哨聲，對他們看到的大腿舞和情色舞表示開心。王妃坐不住了。攝影機的紅燈依舊沒有打開。她焦急地看著身旁的同伴，帝王已經陷入熟睡中，還發出刺耳的鼾聲。因為沒有攝影機的紀錄，王妃對帝王又抓又撕又踢又打，把滿腔的委屈都發洩到帝王身上。帝王夢到被一頭母豹撕成碎片，眼睛、心臟、手臂、手、腳和陽具等都四處分離。他在恐怖中大叫兩聲，勉強睜開眼睛，看到一個頭髮凌亂的女人對他拳腳相加。帝王慌忙逃竄，但因為他的腿腳發麻，他剛走了兩部，就又摔倒在地，王妃騎在他身上，舉起粉拳照劈頭蓋臉地打向帝王。帝王用雙手勉強遮蓋著頭臉，雙腳兀自在地上掙扎。他發出哀嚎、哭喊、叫罵和求饒聲，但在憤怒中的王妃根本就沒聽到。這個飽受委屈的女人，在命運的層層打擊下，已經喪失了理智。也就是說她瘋了，王妃瘋了。您也很清楚，不管是誰，只要她瘋了，她就完全不用對自己的言行負責。不管她是王妃還是奴隸，這點都適用。（美國的一個瘋子向校園裡的孩童開槍，打死了三十多個的無辜孩子。但至今，這些瘋子還逍遙法外。雖然政府向公民許諾已經把這些瘋子關到了地下深處的黑洞裡，但沒有人知道這消息是真是假。您也很清楚，在我們這個偽民主萎自由猥法治的地球上，一切不過是空談。空談誤國啊！）

帝王哀叫許久。劇場靜悄悄的，觀眾都看呆了。跳大腿舞的宮女和表演性形體舞蹈的武士都僵硬在那裡。他們很清楚，他們失敗了，他們被無情拋棄了。他們沒有任何的辦法，除了像大理石雕塑那樣傻傻地立在那裡，他們根本不知道怎麼辦。不過這一招還挺管用，這能很好地掩飾他們的慌亂和不安，還為他們尋找計謀反撲贏得了時間。這群狡猾的木偶！母嘔！

劇場的大螢幕，清晰地傳遞出帝王被王妃虐待的畫面。王妃用無影腿、神馬鐵拳、獅子吼、降龍十八掌、蛤蟆功等失傳已久的武功來毆打帝王。也虧得帝王在過去二十年裡留下的深厚功底，他才承受住王妃的武林絕技。過了好一會，王妃才明白，導演對她耍了小花招，他故意把攝影機的紅燈去掉，讓王妃產生誤解，但實際上攝影機早就開著。攝影機忠心耿耿。它用巧妙的跟拍技術，一秒鐘都沒放過王妃的表情和動作。觀眾被他們精彩表演而緊緊吸引，他們從王妃和帝王身上看到了一種詩意的憂傷，一種戲虐的瘋狂，一種殘暴的快感，這比那宮女武士簡單的色情表演不知道要高尚多少倍。王妃這才明白師傅的話完全不假。他說過：「山重水複疑無路，柳暗花明又一村」、「踏破鐵鞋無覓處，得來全不費工夫」！明白了導演的良苦用心後，王妃打得更起勁了，帝王也配合著王妃，做著各種憂傷的受虐動作。他們配合得嚴絲合縫，絕妙絕妙，無與倫比，天下一流，東方不敗，世界第一！

第六章　他者的世界（一）

觀眾們被他們的美妙表演所折服，他們張大嘴巴看呆了。一群烏鴉飛過他們頭頂，往他們嘴裡拉了一大堆屎，各種各樣的臭屎，硬屎塊、稀屎塊、不硬不稀屎塊、半硬半稀屎塊、七分硬三分稀屎塊、三分硬七分稀屎塊、十天干結的超硬屎塊、一個月沒排泄的超大屎塊、半年肛門被堵塞而沒出來的大山屎塊、一年因為結腸癌而拉不出來一絲的高山屎塊等都落在觀眾嘴裡。觀眾覺得嘴巴突然被塞住了，但因為他們觀看太投入，他們無暇顧及嘴巴裡的物體，無意識地，他們咽下了屎塊。屎塊太大，他們費了九牛二虎之力，用力咀嚼，嘴巴裡才感到輕鬆，肚子也漲得飽大。嘴巴裡甜絲絲的，他們繼續觀看精彩的演出。

攝影機當然不會放過精彩一幕。他們放慢烏鴉們拉屎的動作，放慢屎林屎雨落進觀眾嘴巴的動作，放慢觀眾們嘴巴裡落入屎塊的詫異表情，放慢他們用勁咽下屎塊的動作，一遍遍地重複播放被巨大屎塊憋得紫紅的表情……這些都清晰地傳到了電視直播畫面裡。幾個政府官員（為升遷搞得寢食不安）看到競爭對手艱難地咽下屎塊，他們的腸子都笑斷了而被送進來了醫院；一個三十多歲的離婚女人看到殘忍地拋棄了自己的情夫被屎塊憋得喘不過氣，她哈哈大笑了幾個小時再也止不住而被送到了醫院；一個情竇初開的少女看到了自己心中單戀愛慕的語文老師大口咀嚼嘴裡的堅硬屎塊（完全是無意識地），因為夢想的破滅她狠命地一頭撞牆，雖然沒有死去，但還是陷入昏迷而被送進了醫院；一個可憐的十四歲的少年因為父親沒在家而偷偷打開電視，他在電視上看到因屎塊影響了呼吸的父親面孔由紅變紫，由紫變青，由青變白，又由白變紅，在他吞噬完屎塊後，少年對父親的男人角色認同完全被打破了，他開始穿起了裙子，唱起了「蘇三我坐在大街上」，他完全認為自己就是個女人，從小就是個女人，只不過他把自己深深掩藏而無人知曉罷了。自然，他很快就被送到了醫院。誰也沒想到，因為烏鴉先生們的一起開玩笑事件，在電視等先進傳媒手段的推波助瀾後，竟會造成這麼嚴重的後果；那一晚上，這個城市病房裡再也沒有空的床位，就連醫院的走廊、過道和洗手間都坐滿了等待救治的病人。政府因此頒布了《電視法》，嚴格控制電視節目的內容，防止整個國家陷入災難性的瘋狂病症中。《電視法》阻止了更多人走向崩潰，功德無量。這是後話。

王妃繼續毆打帝王，無休無止，一刻也不停息。希望從電視裡得到溫暖的家庭主婦不願意錯過精彩節目，雖然她需要在規定的時間裡包好餃子，好招待她下班回家的丈夫（餃子可是他最喜歡的食物，特別是那種豬肉大蔥大蒜味的，吃完之後滿嘴散發出肥豬口臭的味道。）。聰慧的家庭主婦想到一個絕妙的主意，她把廚房的砧板搬到了客廳，這樣她就能一邊看電視一邊剁餃子餡了。說做就做，家庭主婦馬上就開始了行動，雖然她看起來很羸弱，似乎剛被吸血鬼榨乾身體，但她的力氣卻比三個男人還要大。在三月的明媚春光裡，晒著午後暖洋洋的陽光，我們尊敬的家庭主婦邊看電視邊剁起了餃子餡。

她被劇情深深吸引，忍不住陪著王妃流了很多眼淚，她在王妃深深的思念和無盡的苦難中看到自己的影子。「天啊，我就是這麼伺候老公呢！為他洗衣做飯打掃廚房浴室，外加每週七次的免費性服務！我的服務周到，熱情大方，受到了雇主的熱情回報！瞧瞧吧，瞧瞧吧，我每天都把他照顧得舒舒服服的，可他卻這樣對我，他把公司發給他的獎金全存下來了，二十年來背著我存了個小金庫！瞧瞧，這下可好了，媽的，就像所有的爛電視劇一樣，這個壞男人背著我養了小三！瞧瞧吧，瞧瞧吧，這就是二十年做牛做馬的結果！我為整個家庭付出了一切，可我什麼也沒得到，到最後就成了沒人要的橘子皮丟在大馬路上了。瞧瞧吧，瞧瞧吧，為了丈夫的尊嚴，我還得假裝什麼都不知道，他的自尊心可是很重的！他要是知道我發現了他的祕密，他會承受不了，他會瘋掉的！不管他怎麼傷害妳，我可不能讓我的男人瘋掉啊！他若瘋了，那我離瘋也就不遠了……瞧瞧吧，瞧瞧吧，這就是人生的真相！瞧瞧吧，瞧瞧吧，我在這裡哭天喊地，他說不定正壓在小三身上快活呢……瞧瞧吧，瞧瞧吧，這就是命，我的命！老天爺啊，我的命為什麼這麼苦？為什麼要我做可憐的女人啊……」

家庭主婦邊控制，邊跳著悲傷的蜘蛛舞。（一隻美麗的蜘蛛媽媽失去三百多個孩子後創作的。）一時間，家庭主婦淚如雨下，不過她一貫勤儉持家，不會浪費每一分錢。家庭主婦嘗了嘗餃子餡，味道真不賴，不用再放鹽了。她把所有眼淚都滴在餃子餡裡。家庭主婦點點頭，為自己的聰明感到自豪。餃子餡很香，豬肉、大蒜、大蔥、芫荽、大茴香、小茴香、十三香和雞精等的味道很好地攪合在一起。餃子餡吃起來仍舊有一點乾澀。家庭主婦覺得疑惑，不知道是餃子餡出了問題，還是自己的嘴巴出了問題。這讓她很惱火，因為家庭主婦是個完美主義者，她希望每件事情都盡善盡美。但生活總與這個柔弱的女人作對。她是個不幸者，每天都要碰到五十一件不幸的事情。（不多不少，恰好是五十一件！）「五十一個不幸者」，這是人們送給她的綽號，這就是她故事的主要劇情。

家庭主婦覺得沮喪。她正處於更年期之中，剛剛承受住丈夫有小三的事實，現在又遭受事業上的重大打擊；二十年了，她做的餃子餡從沒有比今天更難吃的。她是個不被需要的人，從小到大她都是令人討厭的寄生蟲，先是剋死了父母，後來又連累外婆和舅舅，長大後也不安分，在丈夫家也沒做啥好事。瞧瞧，瞧瞧好了，她現在讓丈夫感到厭倦，為了不讓自己發瘋，丈夫只好在外面養小三！

她是標準的掃把星！

家庭主婦丟下菜刀，嚎啕大哭，先是趴在砧板上，之後又讓自己滑坐在地板上。充沛的激情衝垮了她理智的大門，她忘記了找個杯子接住自己的眼淚。平生第一次，她拋棄了所有的束縛，她讓自己的感情肆意流淌，自由得像森林裡的猴子、天上的烏鴉或者水中的癩頭黿。自從六歲時父親去世時，她曾經這樣嚎啕大哭外，她不記得自己什麼時候哭過，她甚至忘記了自己還會哭泣。自那以後，她從沒有感到如此傷心！

家庭主婦的夢

家庭主婦趴在地上睡著了，她做了個玫瑰色的夢。她回到了青年時代，穿著白裙子，頭上戴著五顏六色的花環，玫瑰花、薔薇花、太陽花和百合花等裝飾著她精美的花環，比孫悟空的緊箍咒不知道要好看多少倍。她成了美麗的新娘，在花園的草地上，在陽光中飛速轉圈，肆意地抒發自己的幸福。樹、草地、湖水、太陽、大雁和幸福等也跟著旋轉，她是快樂的中心，是周圍世界幸福的圓圈……她哈哈大笑，幸福地微笑。她知道遠處有個男人在看她，不過她並不害怕，她甚至一直期待著這個男人走近，但是他沒有。她清楚地知道這是她丈夫，遠處微笑的英俊男人是她的丈夫，他們就要結婚了。她轉圈，在陽光中大笑，但這不過是個策略，為了吸引他走近。遠方的男人仍舊微笑，卻並沒有如她所願走近她抱緊她，他只是微笑著，在遠方向她伸開懷抱。她覺得有點失望，但她明白在這個大喜的日子她不該表露出來，再說，哪能事事如願，不能對男人要求太多啊。所以，她一看到男人敞開了懷抱，就興奮地停止了旋轉，飛速向幸福的懷抱跑去，比撞上參天大樹的長腿兔子還快……

但也就在一瞬間，金色的陽光消失不見，周圍了綠色的豐盈草地也變得枯黃，遠方的懷抱仍舊敞開，但她的丈夫，那個英俊的青年男人卻已不見，他的替代品是一個衣衫襤褸的男人，滿臉沒刮乾淨的黑鬍子，他還有一個可怕的嚇人的大肚子，彷彿懷著七個月的身孕。她嚇壞了。不知道為什麼這樣。那個男人臉色蒼白，神情冷漠，卻繼續對她敞開懷抱，還用手比劃著要她跑過去。她不由自主地跑過去，要跑到敞開懷抱的男人身旁。冰冷的男人露出一絲不易覺察的微笑，他的左眉毛輕輕地向上挑了一下。這個動作她很熟悉，從小她就看到過無數次。男人又向他微微一笑，臉上的表情也柔和許多，彷彿一個死人又活了過來，他碩大的肚子現在也變小。那個男人對她喊道。「金娜，金娜——」

她渾身激動起來。她突然記起了眼前的男人是誰，她曾經日夜思念著他，在很多年的分別後，他們終於又再次見面。她記起了這個男人就是她的父親，她死去多年的父親。他怎麼又再次出現，再消失了那麼多年之後？他怎麼突然想起自己的小寶貝金娜，在他遺棄她多年之後？他過去可是多寵愛她啊，為她買糖果、布娃娃和各種玩具，變著法子為她做各種好吃的飯菜；他在晚上睡覺前總是為她講故事，講各式各樣公主王子的故事，就像一個盡職盡責的母親;周圍鄰居的無恥小孩說是金娜剋死了母親，搞得金娜大哭時，他總是趕走那些頭上壞小子，他總會輕輕地擦去金娜的眼淚，把她馱在自己肩膀上轉圈，天地、樹木和陽光跟著他們轉圈，金娜笑了起來，驚起許多晚歸的大雁……

可這是多少年的往事了，金娜以為早已忘記，但在這個特別時刻，它們全都湧現，刺激金娜撲騰撲騰直跳的心。是的，金娜沒有忘記，她只是遺忘了，遺忘了父親，遺忘了他的愛和自己對他無止休的思念。可是在某個時刻，比如現在，她一定會想起來的……

金娜覺得自己變小了，她又成了過去快樂的小公主，遠處的父親也刮去了鬍子，他微笑地望著金娜，彎下身子，再次對著她敞開懷抱。小金娜向自己的幸福跑去。金娜緊盯著父親的面龐，他那剛刮去鬍子泛著青光的下巴，他那幸福的喝酒窩，他那性感的俄羅斯雙下巴，他那微微上揚的眉毛。金娜的身軀和衣服都變小（她頭上的花環也隨之變小，雖然依舊漂亮），她又成了六歲的小公主，在多年艱苦的跋涉旅行後，安娜再次回到童年。

多麼幸福啊。幸福的童年。幸福的小公主。慈愛的父親。美麗的花園。遠方的小王子。盛大的舞會……金娜跑向父親。跑向幸福……但令她詫異的是，父親臉上的笑容凝固了，他上揚的眉毛也耷拉下來，他驚恐地睜大雙眼，似乎看到了可怕的怪獸。金娜嚇壞了，她哭喊著大叫「爸爸，爸爸，爸爸——」父親沒有搭理她，他的臉又變得寒冷陰暗，鬍子又變得雜亂起來，就連肚子又一下子鼓起來。雖然他的懷抱長時間地敞開，但臉上已經不帶歡迎的表情。

父親似乎陷入一個可怕的夢魘中。他不再呼吸，不再思維，不再嘻笑，不再寵愛金娜。他變得不認識金娜了。他成了活死人和僵屍。金娜哭喊著跑向父親，想要搖醒父親，想要把父親從惡夢中叫醒。這樣父親就能從睡夢中醒來，就能像過去那樣繼續寵愛她。金娜奔向僵硬發冷的父親。

但她失敗了……不知什麼時候，在金娜和大肚子父親之間橫隔了一個深湖，金娜跑得太急，她沒有看見，而父親也因為深陷睡夢沒有提醒她……金娜記起來了，父親就是死在這個深湖中……那是個晴朗的午後，金娜看到隔壁的壞小子吃炸紅魚，她也嚷起來，怎麼哄也止不住；為了讓金娜笑起來，父親駕著小船，在風和日麗的午後出發了，卻再也沒有回來。沒有人說清楚她父親是怎麼死的。這成了個謎團。五天後，父親的屍體被發現了，金娜撲向父親，用力搖晃他，想要把他喚醒，她想告訴他，她不喜歡吃魚，她從此再也不吃魚了，她只想要他醒過來，繼續逗她開心……他們拉走了哭喊的女孩。人們對她更加厭惡，剋死了母親，又害死了父親，真是不折不扣的掃把星，將來還不知道怎麼剋死丈夫呢……金娜直到三十歲還沒嫁出去，這又成了新的恥辱，直到後來長著蛤蟆腦袋的男人願意娶她，金娜才從舅舅全家的厭惡中解脫出來……這麼不容易才獲得了丈夫，所以，金娜知趣地扮演起自己的角色，盡職盡責，終於成了完美妻子。人人誇獎……

金娜掉進了湖裡。在嗆了幾口水後，她才明白自己並不會游泳。事實上，在父親死後，她就再沒有靠近水邊。水是他們的宿命，上一次是父親，這一次是金娜。金娜拚命掙扎，連連呼救。彷彿被施了魔法，經過水的浸泡，她的身軀又變大了。金娜再一次長大成人。這很奇怪，但金娜顧不得想這些。她大聲呼救，身子撲騰著水，很多次她都沉下去了，但她用全身的氣力又浮了上去，她的完美花環也散落開來。她徒勞地向岸邊伸出雙手，在半夢半醒之間，她模糊地看見岸邊的父親也向她伸出雙手，想要盡力把她拉上去。金娜很高興，在這麼危難時刻，父親仍舊不離不棄，這給了她勇氣和力量。金娜拚命地向父親伸出手，他們的雙手愈來愈接近。三公尺，兩公尺，一公尺，五十公分……岸邊一個看熱鬧的蛤蟆臉男人笑起來，他身旁一個面容模糊的女人跟著笑起來，他們哈哈大笑……

金娜驚恐起來，她的力氣終於用盡。在離父親的手還不到三十公分的地方，金娜的身子慢慢下沉。很多水開始灌進金娜的嘴裡。透過混濁不清的水面，金娜看到父親悲痛欲絕的面孔，隨著水紋的波動也扭曲起來。有一刻，金娜以為父親會跳下湖救自己。金娜等了一會，父親跪在湖邊哭起來，金娜聽不見他的哭聲，只看見他的臉不斷抽搐，就連那個喝酒窩裡也裝滿了眼淚。而旁邊的那兩個人繼續大笑。

金娜想了一會，才明白那個笑著的男人就是自己的丈夫，那麼面容模糊的女人肯定就是那個包養的小三了。金娜又等了一會，還是沒有聽到有人跳進湖裡來救她。金娜累極了，她的力氣已經用盡。她嘆口氣，她想繼續等待，但卻沒有力氣等待下去。在黑暗的湖水中她的身子不斷下沉……

殘陽如血，幾隻烏鴉在跪著的男人頭頂亂叫。男人知道這是惡兆。他望著湖水，望著女兒消失的湖面，悔恨終身。他明白女兒生命最後時刻等待的含義，他知道自己該跳下去。也許他們會一起死去，但他總該在女兒最需要他的時候出現啊，他可是她的保護傘，是他永遠信任的人啊，可他卻在最緊要的關頭膽怯了，放棄了……在最後一刻，這個愛女兒勝過愛自己的父親終於顯露出了真相。在悔恨中，他要跳進湖裡，眾人阻止了他。他掙扎了幾下，明白於事無補，也就不再堅持。他是個理性的父親。知道在利益得失中如何計算自己最好的利益。他的數學不錯，曾經考過滿分。所以，他總是在最短的時間內計算出最好的利益。

湖面上盛開著各色花。金菊花、白荷花、青水仙花、藍鳶尾花、紅牡丹花、黃薔薇花、紫丁香花和黑玫瑰花……五顏六色的花裝扮著湖面，這是花的海洋，花的聚會。遠處的夕陽正在落山，除了幾聲烏鴉的鳴叫，湖面上寧靜極了。彷彿這就是世界的盡頭，這就是最後的末日。微風吹來，湖面的水波蕩漾，那些已經乾枯的鮮花也隨著水面蕩漾。不知從什麼地方傳來一個孩子歌唱的聲音：

「女孩，女孩，她死了；
一去不復來；
頭上蓋著青青草，
腳下石生苔。
呵呵！

殮衾遮體白如雪，
鮮花紅似雨；
花上盈盈有淚滴，
伴郎墳墓去。」

第六章　他者的世界（一）

歌聲在湖面飄蕩很久。就連沉在湖底的金娜也聽到了。當然，她聽得並不清楚，在水底長久的昏迷已經讓她喪失意識。她覺得自己就要死去，就要回到母親的懷抱。會有天使飛來，把她迎接到母親天國的花園。從她出生那一天她就盼望這一天。雖然她從沒有意識到，但當這一天到來時，她卻感覺到滿心歡喜，而並不是人們一直在說的心懷恐懼和顫抖。因為這種美好的感覺，金娜放棄了掙扎，任由自己在湖中飄游，她覺得自己變成了魚、蟹、貝殼和水母，不，她變成了水。是的，她覺得自己正在變成湖中的水。「死亡不過一滴水進入大海的懷抱。」她為自己想到的這個警句而高興。

金娜聽到了歌聲，一個小天使歌唱的聲音。那些歌聲撫平了金娜心口的床上。因為歌聲，金娜忘記了所有的事情，忘記了沒有跳進湖水中的父親，忘記了鄰居壞小子從小到大對她的欺壓，忘記了在親戚家所忍受的折磨，也忘記了蛤蟆臉丈夫對自己的虐待。那些記憶就像褪色的膠片，早被一把火燒個精光。她的肚子像氣球一樣膨脹起來。她正在回歸澄明之地。金娜閉上眼睛，在水中自由嬉戲。就像蝴蝶破蛹而出，她褪去了人類沉重不堪臭皮囊，她覺得輕鬆極了，她正在變成一條青魚……不，她變成了一條美人魚，對，就是那天美人魚國度丟失許久的的美人魚公主，現在她終於找到了回家的路……

有什麼東西碰了碰金娜的身體。金娜睜開眼睛，一個胖乎乎的嬰兒向她微笑。金娜愣在那裡。嬰兒圍著她游來游去，還像金魚那樣向她吹著水泡。金娜覺得嬰兒熟悉極了，特別是他淺淺的微笑，大大的黑眼睛，毛茸茸的黑色頭髮。她似乎在夢中不斷見到這個嬰兒。金娜覺得遺憾，剛才天使的歌聲讓她忘記了人間的苦痛，也讓她忘記了嬰兒的微笑。金娜覺得難過極了，這個小天使要是知道他被金娜遺忘了，他不知道會有多傷心呢。

嬰兒對此顯然毫不知情，但也許他具有菩薩心腸，能體察一切悲哀與不如意，不管怎樣，嬰兒在金娜的面頰上吻了一下，舔去她傷心流下的淚水。金娜更控制不住了，她以為自己早已忘記前塵不如意的往事，但現在她才明白她固然忘記了那些沉芝麻爛穀子的往事，但往事留給她的痛苦她並沒有遺忘。

金娜忍不住在湖水中嚎啕大哭，周圍那些游泳的青魚、白蝦、綠水母、黃貝殼、紅珊瑚和黑章魚都圍了過來。他們被金娜的悲痛所感染，也陪著她一起分擔苦痛。嬰兒伸開雙手，擁抱哭得一把鼻子一把淚的金娜，在她臉上親了又親，舔去她流下的每一顆淚珠，就像幼豹添去母豹傷口流出的每一滴鮮血……

金娜覺得暢快極了，那麼輕鬆，甚至可以在水中飛起來。她不好意思地笑了起來，對嬰兒和周圍的魚類朋友們表示感謝。那些蝦、魚、貝殼和珊瑚等也都輕鬆起來，在金娜的身體旁穿來穿去，調皮的紅蝦還用長長的觸角碰了下金娜的尾巴。金娜尖叫一聲，然後笑起來。嬰兒和他的朋友們也都笑起來。

「謝謝，太謝謝你們了，尤其是你，像天使一樣可愛的嬰兒！」

「妳忘記我是誰了嗎？」嬰兒笑著問道。

湖水變暗起來，嬰兒的臉上也忽明忽暗，這使得他臉上的笑容也顯得有點詭異。金娜無法判斷嬰兒的真實想法。她猶豫著不知該說什麼好。想了一會，金娜決定，不管怎樣，她要說出自己的真實想法。

她已經受壓抑一輩子，從今以後，她不要再去壓抑自己。她要自由生活，像美人魚一樣自由生活！

金娜搖了搖頭。湖水重新變得明亮起來。嬰兒笑了笑，還是剛才那種燦爛微笑。金娜放心了，也許嬰兒都剛從天使變過來，他們還沒學會傷心和失望吧。

第六章　他者的世界（一）

「我是妳兒子，我是妳兒子啊！媽，妳不記得嗎？妳把一切都忘記了嗎？」

一道閃電劃破金娜的無意識深處，一陣悶雷敲打在金娜的心臟上……往事一再浮現，像電影一樣，她看得很清楚，她想起了過去的所有事情……金娜記起了三十歲的時候被蛤蟆丈夫迎娶，金娜記起了醜陋丈夫可怕的性慾，金娜記起了新婚之夜丈夫在她小小的穴洞裡射了七次，金娜記起了每晚都被丈夫強制著過夫妻生活，金娜記起了丈夫每晚都興奮高漲的情慾，金娜記起了半個月後她就懷孕了，金娜記起了即使這樣丈夫還是不放過她；金娜記起了她挺著大肚子被丈夫狠狠地幹著，金娜記起了自己哀求丈夫多次但他仍舊不肯放過，金娜記起了自己承受的痛苦，金娜記起了肚中嬰兒的痛苦和哀嚎，金娜記起了自己曾拿著刀站在熟睡的丈夫面前但最後還是放棄了（因為不想嬰兒有個犯罪的母親），金娜記起了她曾把脖頸伸進梁上懸掛的繩索中但最後還是解下繩子（因為不想扼殺嬰兒的生命），金娜記起了在懷孕七個月時丈夫還每晚拖著她摩擦，金娜記起了那個可怕的夜晚，丈夫的快感叫聲，她撕心的疼痛，血流如柱的下體，金娜記起了她被送到醫院一路的昏迷，金娜記起了在她醒來後丈夫空洞冰冷的聲音（他就像個金屬人，冰冷而剛硬，沒有一絲溫暖，就連他的陽具都那麼冰冷強硬），金娜記起了丈夫對她的宣布——嬰兒生下來就是個死胎，這個該死的嬰兒，為什麼生命力不堅強點（比金屬還冰冷），金娜記起了丈夫對她說的第二件事，為了保護金娜的生命，醫生只好拿掉金娜的子宮（天啊，說什麼為了止血，可只有天知道丈夫是不是為了自己的私慾，他可不想因為金娜的懷孕而影響了性交的快感，不，即使是一個夜晚他都不願意！這個金屬機器人，他可是按照程式設計每晚忠實地履行丈夫的夜晚！每個夜晚都不會偏差！），金娜想起來了在自己肚子空了之後她的大腦也空了，金娜記起了從此之後她再也沒有任何的人生期盼，金娜想起來了自己喪失了所有的情感像丈夫一樣成了金屬機器人，金娜想起來了自己因為成了機器人而沒有了人類的情感、痛苦與絕望，當然也不會有人的歡樂、喜悅和幸福（況且在她過去的生涯中她的快樂與幸福這麼少，可以忽略不計）！

金娜記起來了自己也像機器人那樣成了鐘錶機器人，一刻不差地執行著程式輸送給她的命令，在此後的二十多年裡，他們每晚都定時定量地過著性生活，每晚都不放過，金娜記起來了幾千個夜晚她毫無感覺地承受著丈夫的積壓（直到丈夫有了新歡，這樣的日子才得以結束），金娜想起來了自己每天都成了家庭主婦一味地滿足丈夫的各種慾求（變著花樣滿足丈夫可怕的食慾，正如他那可怕的性慾！）

金娜想起了可怕的過往歷史……丈夫為了表彰她的忠心，曾經在結婚一週年紀念日的時候送給她一個禮物，一個裝在大玻璃瓶中的嬰兒，嬰兒微笑著，正懸浮在不知名的液體（可以保存嬰兒不會腐爛）中。那正是他們流產的嬰兒，未出生前就死去的嬰兒。他像正常嬰兒一般大小，眼睛睜開著，像青蛙一樣在刺鼻液體中游泳。他微笑著望著金娜，像個可愛的小豬仔。金娜表示了感謝，收下了丈夫送的禮物，把嬰兒擺在客廳。（那一晚上他們像以往一樣做愛，並不比過去熱烈，也不比過去冷淡。）從此以後，嬰兒在客廳裡陪伴著金娜，每天都對金娜微笑……怪不得金娜在湖水中看到他時，她會覺得那微笑如此熟悉，它曾不離不棄地陪伴了金娜二十多年……

他們分別了那麼多年……如今，在湖水中他們終於重逢。金娜失去了一些東西，但得到了更喜歡的東西。更重要的是她重新變成了美人魚公主，找到了失散多年的親生嬰兒。她成了最幸福的人……金娜緊緊擁抱著嬰兒，嬰兒也緊緊擁抱著他，他們成了永遠不會分離的維納斯的丘比特，他們成了神話的一部分……在魚蝦蟹貝珊瑚的和水母等的簇擁下，金娜和嬰兒向遠方游去，向黑暗游去，向幸福的國度游去……

在黑暗的最深處，有他們永恆的家園……

他們沒有回頭……

情婦、情夫和家庭主婦……

口哨聲和掌聲響了好久。家庭主婦不情願地醒來。她記得做了一個甜蜜的夢，雖然夢的大部分內容她都忘記了，但她覺得滿心歡喜，她真情願在夢中死去，再也不醒來……但口哨聲和掌聲持續的，夢中的甜蜜也逐漸失去。家庭主婦只好睜開惺忪的睡眼。她看了一眼鐘錶，還不到四點鐘，真夠該死的。她睡了才不到兩分鐘就被驚醒了。她真該在睡覺的時候關掉電視。

家庭主婦打了個哈欠，鐘錶旁邊玻璃瓶中的嬰兒向她微笑著，咧開沒牙齒的嘴。很奇怪，最近這個瓶中嬰兒向她笑的次數愈來愈多。家庭主婦不知道這裡有什麼深的含義。她沒有深想，因為電視中精彩畫面吸引著她。

（電視真好，電視是人生乏味的解除劑，它為人生增添了多少樂趣。沒有電視的人生是殘缺的，也是無法想像的！為了廣告和收視率，我們的電視臺可真沒少下功夫，他們安排了一個又一個吸引眼球的項目，像去年安排的「燒死瘋子」電視直播，還有今年上半年的「瘋子逍遙遊」，用戲虐的方式展現瘋子眼中的世界，當然帶有歡樂的後現代解構風味，因為誇張的喜劇風格而頗受歡迎，還有那個帶有探索性的「猜一猜誰是瘋子？」，都是位於收視率前三位的電視欄目。很多觀眾寫信打電話發送電子郵件感謝電視臺的工作人員付出的努力！瞧，電視上正反覆播著烏鴉先生們往觀眾嘴裡拉屎的畫面。這個畫面具有非凡的戲劇性，取得了驚人的藝術傳播效果。凡是看過這個畫面的人無不被它深深吸引。因為它無可比擬的藝術想像力，它還獲得了當年世界最佳電視欄目的金獎。這樣的成績對於剛剛起步的國內電視業來說，真的是非常難得的鼓勵！）

家庭主婦睜大雙眼。電視上，屎林屎雨落在觀眾的嘴巴裡。電視機放慢烏鴉們拉屎的動作，電視機放慢屎淋屎雨落進觀眾嘴巴的動作，電視機放慢觀眾們嘴巴裡落入屎塊的詫異表情，電視機放慢他們用勁咽下屎塊的動作，電視機一遍遍地重複播放被巨大屎塊憋得紫紅的表情……

因為從沒有看到這種場面，家庭主婦詫異地盯著電視畫面。她的身旁放著菜刀，客廳桌子的砧板上還放著尚未切好的餃子餡。（雖然鹹味恰到好處，但吃起來口感太硬，這不符合丈夫的口味。家庭主婦沉思著，必須尋找到辦法來改善餃子餡的味道，不然晚上丈夫回到家，就會對她發火，甚至還會用鞭子抽打家庭主婦的身體。這個年老色衰處於更年期的女人，二十多年來可一直是家庭暴力的受害者啊！）

家庭主婦哈哈大笑，她笑出了眼淚，笑出了乳汁，笑出了糞便。就像在她三歲的時候收到父親送的玩具公主，那可是她纏了父親很久才得到的呀；就像她得知自己懷孕後三分鐘蹦著跳一樣；就像她在夢中與親人重逢的那種喜悅……（雖然她已經忘記，但這種重逢的喜悅積攢在她無意識深處，在她的每一個睡夢的夜晚都會湧現。那個時候，她才知道自己是金娜，她才會明白自己原來是這麼幸福的……）

雖然她人生的喜悅屈指可數，但很明顯，她此刻正處在那種時刻中。我們不要過多地評論，還是讓她安然享受自己的快樂吧。或者讓我們直接回到電視畫面中看看我們親愛的家庭主婦為什麼這麼快樂吧。讓我們把鏡頭對準家庭主婦，對準她身後正在直播的電視機吧。透過碩大的電視螢幕，我們看到了家庭主婦興奮地臉上肌肉都在顫抖的表情，我們也看到了她身後電視螢幕上，一個爆笑的場面正在發生，一個烏鴉拉下了一個半噸重的屎坨，牠很聰明地丟在一個嘴邊有著三顆痣的男人嘴裡，男人正興奮地盯著舞臺上的大螢幕看呢，他嘴巴突然湧進超出他承受範圍的重物，他的黑脖子被憋得通紅，因為害怕窒息他用長著粗大汗毛的黑手緊緊抓住身邊的胖女人，那女人正是他多年的情婦。他抓了兩下，情婦正滿臉通紅（因為興奮和刺激）地觀看舞臺螢幕上王妃鞭打帝王，她不耐煩地摔開情夫伸來的手；但情夫執著地去拉她肥大的手臂，之後是她的胸脯和屁股，等意識到自己再不去阻止自己的黑色內褲就會被拉下時，胖情婦（有著三下巴和一百多公斤的體重）才轉身去看情夫。

一開始，情婦很詫異，當她聽到嗚嗚呀呀的叫聲（情夫拚命地叫喊才發出老鼠吱吱的叫聲）後，她才詫異，怎麼劇場裡也有動物啊。（家庭主婦在家哈哈大笑了三十分鐘！）但因為舞臺上王妃毆打帝王的場面實在太吸引人心，情婦又忍不住回頭去看，但她臃腫的手臂被死命地扯著，那個紫茄子（帶著黃蟲子）嗚嗚呀呀地叫著，手裡還比劃著，情婦睜大眼睛仔細地看，這才發現那個驢臉馬面的怪物就是自己的情人。他拚命地指著嘴巴外面殘留的黃尾巴，用手竭力往外拉那黃尾巴，但不管他怎麼用力，他都無法拔出來。（家庭主婦邊捂著肚子邊在地上打滾邊不可遏制地大笑。這個虐待自己的壞男人也會有今天啊！家庭主婦的精湛表演透過另一家電視臺的直播而被觀眾準確完整地收看到。）胖情婦不明所以地盯著他看，就像研究什麼怪物似的，她一直覺得他腦筋不正常，現在果然發現了證據。「這個臭蛤蟆，幹嘛要往自己臉上放個黃蓋子，現在又像個小丑一樣拉來拉去的？瘋了？」

家庭主婦笑出了一公升的眼淚。她勤儉持家，她用馬桶接住眼淚，這樣下次炒菜時她就可以不用鹽巴了。電視機前的觀眾詫異地看著家庭主婦。她邊哭邊笑。她拉來了馬桶，很多不懷好意的觀眾興奮起來，以為就能看到她大小便時的醜態，這可是電視直播啊！想想就夠刺激的！雖然家庭主婦並沒意識到，也沒看到攝影機。它被隱藏在沒人看得見的深處。但這正是這次直播的妙處。「讓人不知不覺中展露自己，就像不知不覺撥開洋蔥一樣，一層比一層辛辣，一層比一層刺激，一層比一層火爆，一層比一層真實！也就是說我們透過創造一種情境，讓我們的主角生活在其中，透過重重刺激，來展現她最真實的個性，來觀察她最真實的精神風貌，來觀察她們埋藏最深的心靈祕密。」

「猜一猜，誰是下一個瘋子？」高級策劃蘭登博士在遞交的欄目策劃書中這樣寫道：「每個電視觀眾都有權判斷電視中的選手是不是瘋子，他們可以透過短信的方式投票決定瘋子的歸屬。這樣就能更大程度地刺激觀眾的參與，而且，短信費也是一筆不菲的收入啊！」這就是今年最火爆的電視節目。

（家庭主婦圍著馬桶又哭又笑，還把自己蓬亂的頭髮甩來甩去，就像是被鬼魂附體的巫婆。她並沒有眾人預想的那樣，對著電視鏡頭展露性器，也沒有隨意大小便。眾人期待落空。很多觀眾氣呼呼地把頻道調到『瘋子逍遙遊』欄目。不過他們因此錯過了家庭主婦之後的精彩表演。不過，這是後話。）

每個人都在電視上偷窺別人的生活，殊不知，他們的生活正被別人偷窺。每個人都在監視別人，也都被別人監視。透過電視直播，每個人都在發現新的瘋子，他們找到一個又一個，最後他們找到的瘋子是他們自己。充滿了戲劇性的驚喜，充滿了不可思議的反諷。（透過這種方式，透過人人自危的恐懼中，帝國建立了千年來的統治，固若金湯，沒有一絲縫隙。這是傳播學中的奇蹟，是人類文明的奇蹟，甚至可以超過古代的四大發明！）正是所謂的有得有失、一報還一報。這就是生活的邏輯，這就是宇宙的強大法則。沒有人能夠逃脫掉。我們都不過是神祕人手中的陀螺、吊線木偶、學舌鸚鵡和充氣娃娃……「熄滅了吧，熄滅了吧，短促的燭光！人生不過是一個行走的影子，一個在舞臺上指手畫腳的拙劣的伶人，登場片刻，就在無聲無息中悄然退下；它是一個愚人所講的故事，充滿著喧嘩和騷動，卻找不到一點意義。」著名的大學教授張琅在他的美學專著中最後寫道。

情婦看著情夫對自己的臉又拉又扯，雖然情夫對她求救，懇求她幫助自己，但情婦還是不明白（她是一頭愚蠢的母牛，頑固，自以為是，雖然生了下三十二隻小雞，但還一直堅信是了不起的母牛！），直到看到不遠處的攝影機時，她才恍然大悟。攝影機慢慢拉近情夫的紫臉，機上的紅燈還閃個不停。情婦長久地沒有回應，心急火燎的情夫憤怒地撕扯她的胸部。攝影機拉得更近了，它精確地對準情夫的嘴臉，他嘴巴外面剩下的黃色烏鴉屎就看得更清楚了。（家庭主婦看到丈夫醜惡被愚弄的嘴臉又大笑了二十分鐘。收看電視直播的觀眾打了個哈欠，一些不耐煩的觀眾把臺調到了「燒死瘋子」節目。電視導播坐不住了，他對著攝影機大吼大叫，要它趕快找到家庭主婦更有吸引力的畫面。不然觀眾就會走完的！攝影機非常著急，但還是一籌莫展。因為在這一段時間裡，家庭主婦並沒有更好的表演。它作為客觀的記錄者，就算殺了它，也毫無辦法啊。）

情婦狠狠地甩情夫一個耳光，耳光響亮得像孫猴子出生時的石頭爆炸，打掉了情夫三顆門牙！（對了，我忘記說了，情婦可是八十五以上公斤級別的柔道選手，獲得過金牌啊！）情夫雙眼冒著金星，他噔噔噔後退了三四步，又轉了幾個圈，最後才可憐巴巴地倒在情婦懷裡。情婦這才後悔，感覺自己出手太重了，她一時柔情似水，半是歉意半是疼惜地抬起情夫被打腫的臉。情夫抬起頭，對著情婦噴出一百公斤重的烏鴉黃屎。（堅硬如鐵的硬屎塊在情夫胃水中浸泡、中和後，變成柔軟易於消化的類似小米粥的黃東西。）情婦感到眼前一黑，她在刺鼻的臭味的薰陶下，幾乎暈倒；眼睛裡更不知道被噴射進了什麼異物。真沒想到這個軟弱如雞爪的男人竟然這樣報復自己，尤其在她對他滿是關心愛護毫無防備時，這就更證明這個男人的凶殘和無人性！

在暴怒中，凶悍的熊瞎子情婦狂毆骨瘦如柴情夫，情夫緊緊地抱著她的脖子，又把嘴唇緊緊貼在她的嘴唇上，一刻都不放手。於是，更多的黃色糞便從情夫嘴裡流入情婦嘴裡。情婦眼睛看不見，只恐懼地感覺到一種異常惡臭的味道，一種黏乎乎的液體源源不斷地進入自己的嘴巴、喉嚨和胃中。情婦感到噁心，她想要嘔吐，但那液體堵塞著她胃液的噴湧。她因為受到壓制而更加狂暴，把所有憤怒都發洩到情夫身上，她用排山倒海的力氣猛揍情夫。情夫嚇傻了，他在防備中更緊地抓著情婦，他的嘴巴更緊地貼在情婦的嘴巴上，一刻也不敢放鬆。雖然被毆打得遍體鱗傷，但他相信，只有緊緊抓住情婦的嘴巴他才是最安全的……

他們在觀眾席上滾來滾去，不經意地製造出色情、暴力、愛情、背叛的奇異效果，情夫和情婦都被一種奇異的白色與黃色包圍，顏色搭配十分合理，畫面十分漂亮。攝影機滿意地拍攝著他們互相噴射屎尿的畫面，觀眾早就圍在他們周圍喝起采來，鼓掌叫好;就連臺上的宮女和武士也被吸引過來，他們拋棄了虛假做作的大腿舞。王妃毆打帝王與情婦毆打情夫相比，不過是一個小兒科，觀眾早就忘得一乾二淨。王妃失落地打了個哈欠，站起身來，帝王也抬起頭，他們落魄中倒開始認真記錄臺下的毆打表演，帝王還做著筆記，記載了噴射黃色毒液的幾個絕招，想在王妃毆打自己時用出來；王妃也不甘落後，認真思考著如果黃色毒液噴射到自己臉上，自己該如何處理！

(……家庭主婦哈哈大笑，她覺得自己從來沒有快活過 —— 當然，那金色的夢她早已忘記，她不會想起自己曾和一個嬰兒向幸福國度走去 —— 看到總是毆打自己的丈夫被他的情婦毆打，看到作威作福的丈夫像小丑那樣噴射黃色毒液，家庭主婦覺得開心極了，她在丈夫面前陪出的笑臉和唯唯諾諾一掃而空，就像發現呲牙裂嘴要撲向自己的敵人時，最後發現也不過是個紙做的老虎。家庭主婦十分滿足，也像女英雄一樣跳起慶祝幸福的草裙舞。電視機前的觀眾也忍不住跟著她的節拍跳了起來……)

第六章　他者的世界（一）

（「當，當，當，當」，家庭主婦從幻夢舞蹈中驚醒過來。家庭主婦迷惑地想了一會，才記起剛才是客廳的時鐘在響。她看了看時鐘，已經四點鐘了，也就是說丈夫很快就要回來了，他一般是在五點鐘到家門。可她的餃子餡還有點乾澀呢，這可怎麼辦……家庭主婦無意中看了一眼鐘錶旁邊的玻璃瓶中，那個嬰兒還朝她微笑著，甚至還調皮地向她伸了下舌頭，還吐了幾個泡沫。家庭主婦厭惡地轉身，這個怪胎，最近愈來愈不正常了……電視上情婦和情夫繼續毆打著，家庭主婦的眼睛不忍離開精彩的電視畫面……為了提高辦事效率，她邊看電視邊剁起了餃子陷。她一邊盯著電視畫面，一邊哈哈大笑，一邊轉動著豐盈的屁股，一邊剁著餃子陷。生活這麼甜蜜、快樂和幸福，生命如此美好、多情和浪漫……電視直播的畫面愈來愈拉近家庭主婦剁餃子餡的砧板，剛開始，電視機前的觀眾還沒有發現什麼。有的不耐煩地罵電視導播。但電視畫面固執地盯著砧板和剁餃子餡的手。觀眾不得不耐著性子又看了一會，他們這才明白電視導播的良苦用心。家庭主婦看著電視直播唱著歌兒剁著餃子餡，她太忘乎所以了，她鋒利的刀剁下了她的手指，一根接著一根。天啊，這個瘋女人把自己五個左手指都切下來了！電視機前的觀眾不相信地睜大雙眼，緊皺眉頭，把拳頭放進嘴裡……電視畫面太精彩了，家庭主婦沒有意識到疼痛，她看著電視直播唱著歌剁著餃子餡剁著自己的五根手指。她剁得很快，用刀把餃子餡翻來覆去地攪拌和切割。為了趕時間，她的效率很高，一會她就剁好了餃子餡。她用手（當然是右手，左手指已經不見了，但她並沒意識到）捏起餃子餡嘗了嘗。嗯，味道不錯，乾脆可口，再也沒有比這更好吃的人間美味的。丈夫會滿意的！他會意識到這是他吃的最美味的餃子的。在被一個肥胖婆娘毆打一個小時後，吃到這樣熱情騰騰的餃子可真夠幸福的……家庭主婦滿意地把餃子餡收起來，開始製作餃子皮。當然，用她那唯一的手，也就是右手，她的左手裸露著，失去了五個可愛的子女，卻呆頭呆腦，一無所知……這個電視直播效果太好了，觀眾啞口無言地看著電視直播畫面，他們完全被家庭主婦瘋狂的行徑所震撼。這太不可思議了……他們把手放在嘴巴裡，當電視畫面中的家庭主婦開始剁自己手指頭時，他們也無意識地吃起了嘴裡的手指頭，他們沒有意識到，他們已經啃光了手指頭，這次是右手而不是左手。之後，他們開始做起飯來。當然，用他們那唯一的手，也就是左手，他們的右手裸露著，失去了五個可愛的子女，卻呆頭呆腦，一無所知……當然，人們吃光嘴巴裡自己手指的畫面又震撼了看直播的另一批觀眾，他們也開始無意識地模仿著切割掉了自己的五個手指頭，只是沒有人知道是右手還是左手。這樣的事情發生了一次又一次，永無休止……）

……五點的時候，丈夫準時回到家。桌子上已經擺好了熱情騰騰的餃子。他們默默地吃起來，不言不語，他們都假裝沒有聞到丈夫身上惡臭的味道——雖然丈夫已經在回家前洗了一次澡，已經洗去了大部分味道，但留在他肚子裡的屎塊仍不依不饒，高傲地宣布自己的存在！直到晚上做愛後——他們每晚的節目，他們（丈夫和妻子）都沒有意識到妻子左手指的缺陷。也許他們都看到了，但他們假裝不知道。他們掩飾著自己的驚奇。他們冷漠了二十多年，很難一下子熱情起來。他們很快轉過身子睡著了。皎潔的月光照在他們的房間。玻璃瓶中的嬰兒睜大雙眼……

家庭主婦睜開雙眼，做起青色的夢……金娜在黑暗的湖水裡與嬰兒重逢。他們很愉快地游泳。奔向黑暗的最深處……

每個人都有多個名字。一個叫金娜，一個叫家庭主婦；一個叫王妃，一個叫王妃。

大家都是三頭六臂，誰也不弱。

王妃稱帝

讓我們還是回到戲劇演出現場吧。（你也看到了，我已經離題太多。但我卻不想隨意放棄。我喜歡這種開放式的結構。這讓我很自由。）

演員們很高興，在烏鴉們的搗亂結束後，在毆打的情婦和情婦被趕出劇場後，他們終於成了主角，攝影機重新對準了他們。燈光閃爍，觀眾也回到了座位上，聚精會神地望著他們。演員們渾身戰慄，甚至還感到一陣慌亂，就像初次登臺的演員，對於觀眾的期待不知所措。沉默。劇場裡的演員沉默了幾分鐘，只聽到攝影機運行的輕微響聲。演員們和觀眾們都沉浸在沉默中，這讓他們難堪，卻也讓他們無力去擺脫，就像他們被孫悟空定住一般。宮女們眼巴巴地望著那個最聰明的宮女（就是那個想出跳大腿舞的小姐），可她卻望著帝王，而帝王卻瞪著王妃。王妃站在舞臺邊幕旁，手裡拿著雞毛撣，陷入呆滯的睡眠中。宮女和武士們面面相覷，臉上閃現不祥的預感，他們知道，王妃又犯痴睡病了。這種病症是胎裡帶來的，一旦犯病，病人就陷入昏睡中，像瘋子一樣流著哈喇，誰也不知道她會什麼時候醒來，什麼時候好。這已成了這個國家難言的隱患了，而且，患此病的人數還逐漸遞升。真苦了這個國家的統治者。很多抱有「猙心羞身騎家窒國瓶天下」的仁人志士暗暗為國家操碎了心。

沒有劇本，沒有舞臺提示，缺少主心骨的演員們恨不得找個地縫鑽進去。臺下觀眾早就坐不住了，他們交頭接耳，幾個肥頭大耳的觀眾商量著趕緊退票（反正他們也看了大半部分了，就剩下最後結尾沒有看），幸好周圍的觀眾因為好奇心極想看完結尾而沒有回應他們的提議。他們尷尬地坐在座位上，似乎他們的私心已經被人看透，他們面紅耳赤，身子在座位上扭來扭去，就像屁股上扎滿了荊棘。攝影機適時捕捉到了他們的表情。（文藝工作者必須要有自己的道德立場，必須要針砭時弊，將不好的、不善良的現象進一步揭露和撻伐。在這方面，攝影機做得很好，他們承擔起了文藝工作者的道德修養。在這個物欲橫行的世界，這一點更加難得。它們做的比人好多了。機器好於人。很快，這些人就會被機器淘汰掉）……演員和觀眾們都沉默在黑暗中，就像一堆蠟像館中和真人一般大小的雕像，惟妙惟肖，栩栩如生，逼真卻呆滯，渾身散發著讓人昏昏欲睡的霉味……

在黑暗的某處，一聲大喝「起」讓眾人恢復常態。就像亞當的手指接觸到了天父的神光，就像黃皮膚的泥人被女媧娘娘吹了一口仙氣，眾人都活了過來。觀眾滿心歡喜，演員們也充滿激情，擦拳磨掌，準備進入表演狀態，已經有人在咿咿呀呀地吊起嗓子來。（沒有人記得剛才是誰在說那聲「起」，事實上，就連是否聽到那個聲音，大家都不能確認。大家都很清楚，在某種狀態下，人們是會出現幻聽的；而所有人明白，幻聽是變瘋的前兆，它們只有一步之遙，可千萬不要傻傻地問周圍人那聲音，那只會暴露真實的狀態，成為他們被關起來的憑證！沒有人會傻得去問周圍人，除非他瘋了。對，除非他是瘋子。瘋子總是無所顧忌，他們最傻了。而在劇場裡看戲的觀眾和表演的演員都是世界上最聰明的人……黑暗中的導演嘆口氣，他知道他被人遺忘，在他發出聲音後就被人忘記的一乾二淨。不過這卻是他亙古不變的宿命。對了，是天上那個白鬍子老頭為他安排的，而他連走上前去向他感謝都不能，除非他死了，進入那十八層地獄，他才能當面表達出他的感謝、感激和感動……）

當然，你也知道，舞臺上反應最快的總是男女主角。他們是那聲大喝的第一個受益人。果然，剛才還陷入痴睡症中的王妃一下子睜開了眼睛，在其他人還沒有反應過來的時候，她已經開始了行動，拿著雞毛撣毆打起她最親愛的帝王（緊緊連接她間隔一個多小時的上一個動作）。遺憾的是，她毆打了好幾下，帝王還沒清醒過來。（您也知道，帝王因為被關在洞穴裡二十年，他的腦筋深受刺激，他總是要比別人慢幾拍。）雞毛撣打在帝王身上，發出空洞的聲音，就像打在橡皮人身上，沉悶而無聊。從攝影機拍下的畫面來看，王妃愈來愈憤怒，她的雙眉緊蹙，臉上閃現寒光，就像要吃人的母狼臉上的表情。帝王依舊陷入呆滯中，就連「啊」或者任何別的聲音都不會發出。王妃擊打帝王的聲音愈來愈大，力量也愈來愈大，他光潔的額頭已經流出血液，但帝王依舊一聲不吭。很遺憾，一定是哪裡出了問題，不然這個帝王不會像稻草人一樣啞口無聲。王妃覺得疲憊不堪，她覺得自己的工作毫無成效，就像和一個死人交配一樣，她在毆打中感覺不到絲毫的樂趣。可是要她不毆打，她實在找不到別的事情可做。她在憋悶和委屈中，只好用加倍的力氣毆打帝王，希望透過疼痛刺激這個麻木的負心漢。雖然雞毛撣上已經沾滿鮮血，但她終究不能如願。

王妃覺得絕望了。尤其是聽到觀眾的喝采聲時，更是如此。一開始，她以為是觀眾對她賣力表演的鼓勵，她心裡感覺到暖洋洋的，想到自己在如此困窘時刻，還沒有被大家遺忘，她感動得要流淚，想要展現自己「梨花帶雨」的微笑（那可是她最拿手的絕技），但她抬頭的時候才發覺自己面前的攝影機已經不見蹤影，而臺下的觀眾喝采聲卻更大了。王妃抬頭看舞臺正中心，發現那些宮女武士們早已不跳大腿舞（那個過時的舞蹈，充滿太多挑逗和情色成分，既下流又呆板，早已不適應現代觀眾高尚的審美口味）了，他們根據好變的觀眾口味，量身定做了一個最新流行的苦情戲《梁沙伯與波善良》，一對深深愛戀的情人因為母親的阻梗，他們被生生拆散了；現在正演到高潮時刻，一對戀人都倒在地上，他們的手臂像藤一樣向對方爬去，但不管他們如何接近，他們的雙手都無法觸摸起來。宮女和神龍將軍倒在地上，彷彿他們被不可見的鬼魅所纏繞，他們掙扎了許久，仍無法掙脫身上的枷鎖，他們嘗試了一千種辦法。他們竭盡所能但依舊被枷鎖綑綁。人們被這個精彩場景吸引，他們被垂死狀態下人們的激情所震動。這是最讓人感動的時刻。他們的悲情表演激起了觀眾的共鳴。觀眾紛紛拿出手帕抹眼淚，他們的表演大獲成功！遠遠超過人們對帝王和王妃的關注……

王妃渾身顫抖得無法自已……想一想，舞臺什麼時候墮落成宮女和武士的地盤，以前可是只演出帝王將相的悲歡離合故事啊！太可惡了，人性像豬一樣，隨意讓自己在汙泥溝壑裡打滾，在墮落中還會沾沾自喜……在毆打了幾下木偶人帝王後（依舊毫無反應），王妃再也坐不住了，她拿著帶血的雞毛撣衝到舞臺中心。此時，宮女和武士的雙手已經快要連在一起了，但他們吃驚地望著拿著雞毛撣的王妃，他們被可怕的變故嚇呆了，雙手也忘記連在一起。（如果不是因為驚嚇，他們的雙手早就連接在一起了。那個時候愛情的力量就能戰勝可怕的魔法，那個醜陋的宮女就能變成美麗的公主了。）

所有人都望著王妃，吃驚異常。因為劇本裡根本就沒寫這一情節，既沒寫王妃出現，也沒寫王妃手拿著雞毛撣（滿頭蓬亂的頭髮，像個鄉下老巫婆）站在舞臺中央。這太超出常規，超出大家的想像力。人們目瞪口呆，卻也毫無辦法。世界常常會在最意想不到的時刻斷裂，然後他們孤獨地被拋在這個世界上，無依無靠，孤零零的像那隻落單的受傷候鳥，邊哀叫邊忍受疼痛邊飛翔尋找夥伴……人們只能接受這個世界，卻無力改變這個世界……這是活下去的極好藉口……

王妃洋洋得意地站在舞臺中央，揮舞著手中的雞毛撣，就像凱旋歸來的得勝將軍。看到眾人臉上詫異的表情，王妃覺得開心極了，這正是她想要的效果。她不是被拋棄了嗎？她不是被安排到邊幕的位置（最容易引起便祕的位置）了嗎？可她現在卻殺出重圍，精神抖擻地站在敵人的慶功宴會上，用漂亮的金甲刀殺得敵人哭爹叫娘屁滾尿流。哈，把敵人頭顱踩在腳下，前一刻還那麼耀武揚威，現在卻灰頭土臉，哈哈，還有比這麼高興的事情嗎？王妃才不會去管什麼劇本、導演、舞臺提示、神祕人了和偶行師了……

她只是自己，她也只扮演自己！在戲曲鑼鼓點的配合下，王妃拿著雞毛撣抽打起眾人，最先抽打的就是那個偷情一心想要飛上天宮的宮女，直把她打得皮開肉綻，血流成河，直打得她在舞臺上抱頭鼠竄，答應再也不做什麼非分之想（所有觀眾都看得心驚膽顫）；土鼈將軍本來想要救出心愛宮女，但他還沒到王妃身邊，王妃已經駕著金鑾車跑到他跟前，他剛想要逃跑，卻被王妃抓個正著，王妃又是猛揍了他幾千個雞毛撣子，直到這個老鼠將軍縮回原形，王妃才把他丟在舞臺後區。更不用說那些蝦兵蟹將了，在王妃雞毛撣神功的打擊下，他們早被打得四腳大張，躺在邊幕上呻吟哎喲……

所有人都倒下了。帝王抓準時機，衝到舞臺中央，拜倒在王妃腳下，口中大呼「娘娘萬歲萬歲萬萬歲！」但王妃還處在一種情緒驚慌中，她把帝王當成另一個敵人，雞毛撣像雨點一般落在帝王的頭上。帝王說：「是我！」王妃說：「打的就是你！」帝王說：「我是帝王啊，是妳日夜思念的夫君！」王妃說：「閉嘴，老奸賊，以後我就是帝王，世界上只有我一個帝王！你懂嗎？你肯定不懂，等我用雞毛撣打破你的膽後，你就會明白了！」

帝王大呼：「我懂我明白我全明白了。」但王妃卻無法控制自己的狂毆。王妃已經陷入一種非理智的瘋狂中，當她不管不顧衝到舞臺中央時，瘋狂已經開始發作，現在經過長時間劇烈活動，她想要恢復正常恐怕已經不可能了。也許，這個女人早已瘋狂，所以最後的結局倒符合她一貫的本性！但沒有人能說得清楚結局是劇本中早就規定好的，還是導演安排的，亦或者是王妃自己添油加醋安排的，這是留給歷史學家的永久難題……

王妃站在舞臺中央，手中高舉雞毛撣，滿臉欣喜若狂的表情，她擺著的造型就像個英雄紀念碑！她極其渴望被人銘記，這正是她想要的結果！她知道自己打敗了所有人，打敗了所有的宮女和武士，更不用說那個腐朽不堪的傀儡帝王，就連那些嚇傻的觀眾此刻也逃命似地奔出劇院，他們害怕王妃那雞毛撣落在他們頭上，他們跑得太快，好幾個人都夾在門縫裡，最後在王妃無影腿的幫助下，他們才逃脫劇院……

王妃哈哈大笑，現在全世界都歸她所有！她在人間建立了自己的帝國，獲得了永久的權力。再也沒有人敢肆意躪辱她，更不用說和她做對了……

王妃大獲全勝。幕布急速落下……

第七章　闖入者

第七章　闖入者

第七章　闖入者

男人

（很多年之後，一個帥哥記者來採訪我，他看了我的書後發現了一個小小的細節，那就是根據我書中的敘述，在眾人性狂歡這一場景中，我也是作為觀眾參與其中了。他的問題是「他想知道我當時在做什麼？我是在和一個淑女還是紳士在一起？我有什麼過激的行為？那些成噸的烏鴉屎有沒有落在我的嘴裡？王妃用雞毛撣抽到我的背了嗎？」他的問題有很多。但我巧妙地化解了他的疑惑。我把他帶到了我的床上，他也就忘記了剛才的提問。我褪去了身上唯一的絲綢吊帶裙，在他忙著記錄的時候，他聞到了我的體香，他張大嘴巴……帥哥記者走後的很長事件，我想起他提到的問題。這是好問題。不過我不會在任何地方洩漏我的祕密。我會一直帶著它進入我的墳墓。它屬於我，僅僅屬於我一個人……)

有人敲門。今天上班前黃交代我，晚上六點多時自來水公司的牛小姐會來收水費，要我無論如何在家等她，如果我實在有事情必須要出去辦，我可以打個電話，她回來等牛小姐。我說知道了。昨天晚上吃飯的時候，黃已經說了一次，晚上睡覺前她又說了一次。這已經是第三次了。晚上五點多的時候，我在家寫小說寫得頭昏腦脹時，家裡的電話鈴響了。我的直覺告訴我那是黃，果然黃問我在做什麼，之後又一次交代我一定要在家等牛小姐。我說知道了。我明白，黃對我很不放心。事實上，我有手機，昨晚還充滿電，黃不打我手機而是打家裡的電話，就是為了確認我是否在家。我能想到黃放下電話後滿足的表情。

我點了根菸。我已經二十多年沒抽菸了。在我五六歲的時候我開始抽菸，那時候父母幾乎不怎麼管我，我打著放鞭炮的旗號，在沒人注意的時候抽了不少菸。那時候，吸菸的小孩很少，抽菸的小女孩就更是少之又少。我明白，父母早就知道我在偷著抽菸，但他們不敢說破，害怕我面子上會過不去，害怕我會因為羞愧而做傻事。（我的脾氣他們早已見識過。三歲的時候，因為母親幫我買回來的裙子不是我喜歡的黃色而是豔俗的紅色，我躺在床上三天不吃飯，直到母親又花了半個月的薪水為我買黃裙子。長大後，我才發現周圍很多朋友都具有和我相似的個性和行為方式。說實話，我們都是被父母寵壞慣壞的一代人。我們都是獨生子女，家裡只有一個孩子，父母都不知道該如何對我們才好，也就一個勁地以滿足我們的各種願望為自己的幸福。殊不知，這種一味的討好反而害了我們。長大了，我才意識到這一點。不過生命的河水已經流逝了那麼多年，我無力返回過去，也不能兩次踏進同一條河中……每到夜晚的時候，我總是感覺心情難過，特別是月光皎潔的夜晚，在小花園裡散步的時候我更是感到難言地悲愴，父母都在遠方，我再也回不去了，再也回不到過去了……）

很自然地，一個月後，我也就抽菸上癮了，每天不抽兩根菸我就打哈欠流淚，精神不好。那時候正是學校準備考試的時候，父母更不敢勸阻我不抽菸。他們實在太明白我的個性了。我是被寵壞的小公主，家裡所有人都要圍著我轉。父母更是睜隻眼閉隻眼，任由我吸菸，只要不太明目張膽，不要讓外人看到就好。那時候，父親還是副鄉長，有很多人幫他送菸，所以，家裡的菸一點都不缺。我也就放任了自己的菸癮。小時候父母對我太寵愛了，對我的任何要求都幾乎不考慮就滿足，這也養成了我的壞脾氣，只要自己認定的事情一定要去做。「不撞南牆不回頭」，就是撞了也不回頭！母親對我的這種脾氣很是擔憂，害怕我以後會做什麼傻事，她瞞著我去請城外的高僧算我的八字，高僧算完後嘆口氣，說我的個性和脾氣都是上輩子的孽障，勸我父母不要為我的擔憂，他說一切都是因果……父母也就逐漸由著我的個性發展……

讓我們還是回到吸菸的話題上吧。後來有一天，我突發奇想，人們不是

第七章　闖入者

都說戒菸比登天還難嘛，我就試試自己的毅力如何。如果我想做一件事情，我就要看看自己能否做到。果然我就再也不抽菸了，一天不抽，兩天不抽，十天不抽，一年不抽……二十年不抽，我很高興自己的毅力。但我更滿意的是自己在過去人生中所顯示的好兆頭，這預示著我有個光輝燦爛的未來，就像童話中那個小公主，長大後，就有快樂的愛情和美滿的幸福等著我。從小到大，我的運氣好極了，只要是我想做的事，我還沒碰到過自己沒做成的事情，當小學合唱團團長，我在高中就出版發表十本詩集，上大學的時候我成了校花，演出當時某位知名的戲劇作家的作品，名叫《日出》，我飾演女主角，我參加「鳳之翼」樂隊發行唱片參加全國的文藝匯演……也就是說在大學畢業之前，我有光輝燦爛的成績，我鋒芒畢露，我從沒有想到這些成績在我畢業後竟變成我最沉重的負擔……如果可以選擇，也許我會過一種更平凡更循序漸進更腳踏實地的生活。當然，我並不是說我以前的生活不腳踏實地，只是那種生活太充滿了戲劇性，充滿了太多的大起大落……

在我戒菸後，我就對菸沒什麼好感，討厭它那嗆鼻子的味道和損害人健康的不良本性。周圍有吸菸的人，我能躲避就躲避起來。（為了這個，父親也被迫戒了菸。）不過，我想，我對菸的厭惡與其說是生理上的，不如說是心理上的。透過顯示對菸的厭惡，我成功地暗示自己曾被一個可怕的惡魔誘惑過，可戒菸的成功也證明了自己戰勝了這個不可一世的壞蛋，也就是說，在它的骷髏面容前，我是個成功者。所以我要高高抬起自己的頭顱，因為這個手下敗將已經跪倒在我的腳下。我喜歡這種成功者感覺……

可我卻摔得這麼慘。從人生的高峰直直地摔到穀底。想一個名校畢業的才女最後卻落到如此的慘境中，若非是自己的親身經歷，實難相信啊……為了一個可怕的幾乎不能完成的任務，我把自己拋在了與世隔絕的小黑屋中，在地底的世界生活了三年。可是為什麼呢？為什麼要去寫那個醜陋的令人厭惡的瘋女人呢？我不知道自己拋棄親友的意義，我不知道自己為什麼要頭腦發昏這麼衝動？這樣的代價畢竟太大了，我雖然年輕，但我已經忍受多少的心理創傷啊……我恨，我恨啊……嫦娥應悔偷靈藥，碧海青天夜夜心……

不過話又說回來了。我對自己的選擇並不後悔。世上沒有後悔藥。我也有酬躇滿志的時候，也有意氣風發的時候。當我在小黑屋子寫作時，我也會相信自己能寫出好的作品，我能寫出一部關於瘋女人的小說。到那個時候我肯定能抓住這個人物，肯定能寫好她。我堅信自己肯定能實現自己的夢想，正如自己過去很多次的成功那樣……

於是，在寫作很不順利的時候我再一次（在中斷二十三年之後）點起了菸。菸就像咖啡一樣，不但能提神，打開思路，還有助於性慾。我明白了世上為什麼那麼多人喜歡吸菸。於是，有意無意中，在我寫作暢快的時候我也點起了菸。中午時刻，陽光濃烈，在淡藍色的煙霧中，我總會在電腦前劈裡啪啦狂敲鍵盤。我喜歡這樣的時刻。一個字一個字地敲打，我的文字量逐漸增加，而那個瘋女人的形象也逐漸被我捕捉到。我愉快地吸口菸，滿懷激情地繼續寫作……也許這些文字對別人毫無意義，也許他們在藝術上毫無價值。但對於此刻寫作中的我來說，他們意義重大，一字千斤……

有人在敲門。我大聲說進來。但敲門聲還在繼續。我回頭看了下才明白，門被鎖得好好的，我就是說一千次請進，對方也進不來。那人還在敲門。我想起黃的提醒，拿好錢，找到鑰匙去開門。（有兩扇門，外面的必須要用鑰匙才能打開。）

我打開鎖，打了個哈欠，我把準備好的零錢遞了過去。收水費的牛小姐我見過，她是個大肚子孕婦，上次她曾進廚房查過水表。但站在我門前的卻是一個一百八十公分的漢子，還帶著墨鏡。我有點吃驚，但因為寫小說頭腦昏沉，我想也沒想就把零錢遞了過去。我想，那個大肚子的牛小姐也許在家生小孩呢，所以就派她的丈夫或者弟弟來了吧。這種事情經常發生。我又打了個哈欠，我轉身就拉上門。但門紋絲不動。我吃驚地回頭，那個男人正用手阻擋在門上。

「做什麼？」我不耐煩地又打了哈欠。

「我要進去！」男人用一種不容置疑的聲音回答道。

我心裡老大不情願，我太睏了，想要趕緊躺在床上睡覺，補充下體力好繼續寫小說。大肚子牛小姐以前曾進過廚房抄水表，這個男人也要這麼做吧。我揮揮手。「快點啊。」

男人答應著進來。我側著身子，又打了個哈欠，聞到了男人身上刺鼻的香水。我皺皺鼻子，略微厭惡地搧了搧鼻子。這個自來水員工在身上未免灑了太多的香水了吧。我想起以前曾讀過的「香水汙染」的報導，我忍不住又打了個哈欠。我拉上了門。

「你怎麼不進廚房？」

男人坐在客廳的青色真皮沙發上，還翹著二郎腿。我疑惑地看著他，以前牛小姐可都是在廚房抄的水表啊。

「進廚房做什麼？」他仍舊沒取下蛤蟆鏡。我多少有點不悅，這對人太不尊重了。

「抄水表啊。」我克制住自己的不滿，又打了個哈欠。

「抄水表做什麼啊？」男人站起身來，對客廳擺著的古董東摸摸、西看看，完全不把自己當外人。

「抄水表我才能交水費！」我很不高興，聲音裡也透出對他的厭惡。他如果敏感有教養，他會感覺到的。

「妳交不交水費和我有什麼關係，真是奇怪！」男人並不回頭，他被我擺在客廳桌子上的汝窯花瓶所吸引，這是我一個學生送來的。當然我們都知道那是贗品，但因為我太喜歡那青青的顏色和脫俗的荷花造型，我才擺了出來。它頗能唬人，一般人看不出真假。男人取下墨鏡仔細地觀看這個花瓶，還不時地頻頻點頭。必須要承認，他是個有吸引力的帥哥。高鼻梁，大眼睛，濃眉毛，外帶一個刮得乾乾淨淨的俄羅斯下巴，當然最吸引人的是他留著的鬍子，濃茂、茂盛，每一根都散發著雄性魅力。

「你不是自來水公司的？」我艱難地嚥了口口水。

「誰說我是自來水公司的？請問我說過嗎？」男人笑咪咪地望著我，顯然，他很清楚自己外貌的殺傷力，他是個聰明人，也知道如何運用自己的魅力。雖然他有點過於自信，但你要承認，對這樣的帥哥來說，他有這樣的資本。男人又開始摸桌子上擺著的鳶尾花，那是我擠了四個小時的公共汽車，從臨縣的花貿市場買的。

「你不認識那個，那個牛小姐？」

「我才不認識什麼牛小姐，馬小姐，豬小姐什麼的，我們家不是動物園！」男人氣哼哼地坐在沙發上，彷彿牛小姐的名字玷汙了他高貴的出身。他一會把墨鏡戴上，一會又拿在手上；一會兒把左腿放在右腿上，一會又放下左腿，兩隻腳抖個不停。奇怪，他眼中還含著淚，就像被誣衊偷了蘋果的無辜少年。

「奇怪，那你進來幹嘛？」話雖這麼說，但我的聲音明顯地變得溫柔。在這樣的男人面前，你是沒辦法粗魯的。你必須溫柔，溫柔，再溫柔，這樣才適合溫室中長大的嬌貴名花。

「我要送個禮物給妳！」男人站起來，走到窗戶口，眺望著窗外馬路上的車水馬龍。此刻正是晚上六點下班高峰期，人們急急地往家趕。

「什麼？」我又打了個哈欠，假裝很睏。我想抽菸，但在這個男人面前我卻不好意思。我看到了牆壁上掛著的鏡子，我看到了鏡中的自己，更加尷尬。鏡子中的那個女人穿著睡衣，頭髮亂蓬蓬的，臉色蒼白，黑黑的熊貓眼，身材臃腫。我的臉紅起來，恨不得馬上消失在男人面前。「糟糕！」我不禁脫口而出，要是早知道他來，我一定會穿得更體面些，該給他留下好印象啊！都是那該死的小說，寫得讓我人鬼不分。

「什麼？」男人詫異地看過頭看我。

「噢，沒……沒什麼。」男人的臉上寫滿了關心，我覺得心裡暖洋洋的，但更覺得羞愧，為自己的邋遢大王形象。這樣的話我怎麼能說出口呢，從小到大我都矜持慣了，而我一直穿著得體，被人誇讚。想到這裡，我的臉更紅了。我低下頭，用腳輕輕磨著地板，就像做錯事的少女。

「這是妳寫的東西啊？」男人毫不客氣地坐在我的電腦椅上，椅子被他壓得直響。這是個小型電腦椅，可以轉動椅身，我有點擔心椅子會被他壓壞。但我什麼都沒說。男人已經唸起電腦上文件中的文字，那是我剛剛寫好的。

「很久之後，我才明白了事實的真相。一切都安排好了。我們就是被神祕人操縱著的木偶。有人說瘋子帝國的校長就是這個神祕人。但事實未必如此，也許校長也正被神祕人所操縱，我們都不過是她（他）手中的提線木偶，在她（他）的指揮下，我們上課，密談，縱酒狂歡，發表演講，假裝聖人，跳舞，表達愛情。可這一切都是在既定情節的安排下進行的。我們自以為自己獨立的個體，但其實早已喪失了意志。」

「好，好，好！」男人用抑揚頓挫的聲音念完後，忍不住拍著自己的大腿大聲叫好！我微笑起來，不知道他說的好是我寫的好還是自己朗誦得好。我想，他的意思更可能是後者。對於這樣的帥哥，有點超出常規的自戀也是允許的。畢竟，上天賦予了他們這樣的資本。我微笑起來，終於放鬆起來。就好像發現了敵人一個弱點，一個和自己一樣的弱點，所以也就不擔憂自己會如何出醜。況且，在他讀文字的時候我已經換上了一件淡青色的旗袍（和花瓶的顏色一樣），一雙淺藍色的鞋子（與鳶尾花的顏色一樣），我挽好髮髻，摸上口紅（鮮豔的紅唇，嬌嬌欲滴），重施粉黛，終於大功告成，煥然一新地站在他面前。（每個人都有多重面孔。對女人來說，更是如此。我可以是天使，也可以是魔鬼；我可以是貞女，也可以是豔婦。）

男人轉過身，我期待著他驚詫的表情，這樣至少證明自己的成功。但他卻淡然一笑，這個情場老手，他知道每個女人都會用自己最美的面容出現在他面前，他很清楚自己的魅力。這個狡猾獵人，經驗豐富，不知道釣到了多少獵物……

「好，好，好！」男人站起身來，雙手鼓掌。我並不清楚他的讚美是出自真心還是假意，也不清楚他是在讚美我的文字，還是讚美他的朗誦，抑或是在讚美我美豔的裝扮。我低下頭，有點羞愧難當。我要承認，雖然接受了很多西方藝術教育，但我骨子裡還保留諸多東方人的特性，比如會矜持，比如心口不一，比如言不由衷。

我躺在沙發上，抽出桌子上的一根香菸，放在嘴裡。我微笑地望著慢慢走近的男人。房間裡的燈暗下了。這樣的場景有點曖昧，就像李安電影《色，戒》中王佳芝勾引易先生那樣。我喜歡那樣的場景，也希望自己能製造這樣的場景。老天保佑，今天終於如願。我注意到他的外套不知什麼時候已脫掉，只穿著一件黑色花紋的T恤，上面繡著一隻展翅飛翔的紅色雄鷹，它的背後是如銀的月光，雄鷹的下面是長滿荊棘的樹林，雄鷹鳴叫著，瞪著雙眼盯著我，尖銳的嘴閃著寒光。我怔了一下，彷彿在那裡看到……

男人趴在地上，討好地幫我點上香菸，像電影中的那樣，我在他臉上緩緩吐出一口菸。我們都覺得滿足。我注意到有幾根胸毛從他T恤的領口處冒出來，原先刺鼻的香水現在卻濃淡相宜。我的心跳加速。窗外飄來大提琴和鋼琴合奏的探戈舞曲，我們閉著眼睛聽了起來。

第七章　闖入者

藍色的煙霧在屋內奔騰、交會。遠處窗戶外面的霓虹燈一閃一閃。我們看不見夜空的星星，汽車和化工廠噴射出來的廢氣籠罩著城市的上空。但這又有什麼關係呢。既然整個世界都是個大垃圾場，我們還在乎身在何方做什麼？我記起了小時候做過的夢，我騎在鯨魚背上，在大海裡馳騁，那是多麼逍遙自在啊……長大後，我才明白自己一直深陷在一個小黑屋中，不管怎麼努力，最終還是要在這個小黑木屋中生活。我就不再對生活抱有幻想了……

鋼琴和大提琴激烈地碰撞，我能看到男人和女人在舞臺上激情的表演。但我無法沉浸進去。愈來愈多的問題衝到我腦海中。一時的放鬆讓我麻痺，但現在我卻愈來愈清醒。我思考著這些問題——這個男人是誰？他來這裡做什麼？他是好人還是壞人？他如果對我做不好的事情（如搶劫或者屠殺）我該怎麼辦？，再說了，即使他什麼都不做，我們兩個躺在床上，要是讓下班回來的黃看到，那可怎麼是好？雖然我和黃之間並沒有任何約定，（我們是夥伴關係），但要是讓黃看到了，她心裡還是會不舒服的，她會以為我把她拋棄了呢……

我坐了起來，掐滅菸頭，整理了下頭髮。探戈音樂消失了。我站了起來，沙發床上的那位美男子還閉著眼睛在做著美夢了。我踢了他一腳，他疑惑地睜開眼睛。我不帶感情地問他。「你是不是該走了？」

他皺著眉頭抬起頭，詫異地看著我。他不明白我怎麼變得這麼快。我轉過身去。盡量裝得冰冷無趣。一陣夜風從窗戶外吹來，雪白的臂膀裸露著（你也知道，旗袍沒有袖子），我打了個寒顫。男人從背後抱著我，他用寬厚的臂膀包圍我，我覺得溫暖，他用光滑的俄羅斯下巴（有個低陷的凹坑，很性感）摩擦我的脖頸。他的手還有意無意地碰了碰我的乳房。我喜歡他這樣，我想要是自己喪失理智，能夠全然睡去就好了，那樣我就可以放任自己隨著欲望的腳步行走。雖然看不清楚，地面也會坑坑窪窪，但那樣畢竟很刺激好玩，很有意思……但我不能，我不能夠，因為我很清醒，我知道那是危險的，也許那會毀了我。我已經不是二十歲可以有大把的時間和青春來隨意揮霍了，生活教會了我還要有更重要的任務來完成，比如我的使命，比如我的寫作，比如我渴望的永久名望。我身上的負擔太重，我不肯卸下他們，也許卸下後我就再也裝不上了，我很清楚自己……小不忍而亂大謀啊。老祖宗教導我們說。我必須斬斷自己的感官欲望，為了更龐大的更高目的更高任務……

胸毛大戰

我掙脫了他的懷抱，雖然這並不容易，但我做到了……穆達曾說過我是個鋼鐵女英雄，有著鐵一般的意志，我要是生在一九三〇年代，我肯定會是個抗日女英雄；即使生在貞德時代，我也會成為那個獨一無二的女英雄。穆達說得很對，我們在一起生活了三年，他對我很了解。只是他不會明白我用慧劍斬斷情絲時，我要先用劍剜出自己的心……我不會讓他們看到我流血的心，我用鋼鐵面具遮掩自己，然後像個男人那樣去戰鬥，在戰火中建立我的帝國……

此刻就是這樣。在這個不熟悉的陌生男人面前，我不能隨意暴露自己，我剛才太大意了，這麼輕易就暴露自己的心，實在是危險。如果他是壞人，如果他是歹人，如果他有不可告人的目的，剛才不是太可怕了……我離開了窗戶，威嚴地坐在沙發上。我必須冷漠而不動聲色地審問這個陌生的闖入者。只有在我確認毫無危險時，我才能打開我的貝殼，為他奉上珍珠。可在這之前，我是女皇，一切由我說了算！

哲人說，人與人之間的關係就是狼與狼的關係；一個小說家說，情場如戰場。是的，在這場你死我活的鬥爭中我必須率先發動反擊，只有這樣才能搶占先機，為最後的勝利贏取時間。我記得看過斯特林堡寫的一個戲劇，丈夫和妻子之間發生殊死的戰鬥，他們為了爭奪對女兒的撫養權而爭得頭破血流；他們採用了相同的方式，那就是向周圍人證明對方瘋了，只不過最後丈夫功虧一簣，他最後被妻子送到精神病院，也最終宣告了他的失敗。一個女人只要理智起來，她比一百個男人都要凶殘……我牢牢地記住這個原則，決心不再這個男人面前顯露自己的面目，即使他貌比潘安，我也必須強迫自己理智起來。記住，不是他的失敗就是我的滅亡……我必須讓自己強大起來，才能戰勝一切……

「妳怎麼了？好像不高興。」我雖然沒有回頭，也能想像他臉上委屈的表情。媽的，這麼老了還裝嫩，誰吃這一套？（我吃！）

「我高興和你有什麼關係？我不高興和你又有什麼關係？」我回過頭，冷冷地看著他，最好眼中能射出小鳳飛刀。

「妳、妳怎麼這樣，妳……」男人顯然沒料到我會這樣。他無計可施，只好像個三歲的小孩，眼眶裝滿淚水，在需要的時候就能奪眶而出。可也不想想，十歲前的騙局，誰吃這一套？（我吃！）

「告訴我，你是誰？」屋裡太暗了，我打開客廳裡的主燈。我想，要是在電影中，這一定是個很酷的動作，肯定會為我的魅力增添幾分！

「妳竟然連我都不認識了。可悲可嘆，不過這也難怪，經過妳手的男人太多了，我不過是個無足輕重的無名之輩。就像他們說的，我們是熟悉的陌生人，哈就是這樣！」男人自嘲地笑著，聲音卻滿含悲愴。「瞧，這就是我的命，瞧，我就是個被愚弄的小丑，這就是創造出來我的目的，除了逗人開心、提供人們茶餘飯後的玩樂，我還有什麼用？我本該看得很清楚，可我幹嘛還要心存幻想？難道我的傷心失望還不夠嘛？我幹嘛這樣自欺欺人自賤自戀自作多情？瞧瞧，我承受多大的委屈，她不認識我，她竟然不認識我……

天啊，我還有什麼臉活下去了，我不活了，我不要活了啊！」男人嚎啕大哭，跺腳叉腰，像女人那樣歇斯底里。

我緩緩地吐出一口菸，不自禁地笑了，我實在被他的表演逗笑了。這個活寶，不是個機靈鬼就是個糊塗蛋。我看更像是糊塗蛋。但很多人總會藏奸露拙，在送人的鮮花中藏個眼睛毒蛇，我還是小心為好。所以我壓抑住自己的歡喜，故意用一種冷漠的諷刺語氣（像北方十二月的冰雹）說：「好了，夠了，你知道我不喜歡人訴苦，尤其是一個男人像女人一樣訴苦時就更惹人討厭了。記住，你是個男人，是男人就該承受一切委屈，就是牙被打掉了也要往肚裡吞，明白嗎？猛男先生。」

「遵命！」男人衝到我面前跪下了，把一張可以迷死三百個小姐的帥臉擺在我面前。「請吧，美女作家！」

「做什麼？做什麼啊？」他緊緊地拿著我的手去打他的右臉，我嚇呆了，不知道他葫蘆裡賣的是什麼藥。還沒等我反應過來，他又拿著我的手去打他左臉。

「打我，打我的臉吧！先知教導我們：『當有人打你右臉時，你也要把左臉伸過去！』妳打我，打我啊！」

男人繼續拿我的手去打他的臉，他則閉上眼睛一幅享受的表情。我又駭然又厭惡。費了好大勁我才掙脫他雙手，那雙比鉗子還要緊的手。我氣急敗壞，之前還沒人敢這樣對我那。我破口大罵：「你做什麼啊？你是有病還是瘋子？」

「我要妳看看我也是男人！牙齒掉了我也不會發出聲音的！」在我的手抽走後，他繼續用手抽打自己的嘴巴，一心想要證明給我看。就像那隻向野豬撲去的小柴狗，只為了向主人證明自己的忠心。

「傻瓜，是男人也不會這樣的！你該用男人的方式證明啊！」

第七章　闖入者

「男人的方式？噢，我明白了，妳等著吧！」

他飛快地脫掉自己的T恤，耀武揚威地露出胸肌和腹肌（像牲口一般，比健美運動員還要健壯），當然，最使人詫異的是他胸膛上那密麻麻的胸毛（比草原上的野草還要繁茂，比夏夜的星星還要繁多）。（一般來說，東方男人不像西方男人那樣，有濃密的體毛；而這個男人身上的體毛甚至比西方男人還要多。這可真讓人吃驚。）很顯然，男人對於自己的胸肌和胸毛是十分滿意的（尤其是後者），他臉上閃現出掩飾不住的興奮，對馬上就要到手的成功洋洋得意，他竭力想要裝出無所謂的樣子，但他做得並不成功。他顯然對於壓抑自己很不滿，因為他一會就放棄了掩飾，直接在我面前展示其性感的身體，還模仿健美運動員那樣不斷晃動自己的胸大肌、肱二頭肌、肱三頭肌和其他說不出來的肌肉，還做出各種各樣的動作，活像一隻吃了激素的大猩猩，就是那種邊照鏡子逮蝨子邊跳舞的那種大猩猩。

最妙的是他那修長的胸毛還迎風飄舞。我這才發現，那黑而彎曲的毛髮正在生長，就像童話中的神豆一樣，這些蔓藤們一會就爬滿了整個房間，這些小精靈們很快就占領了廚房、陽臺、浴室、電腦桌、沙發和電視等。

房間裡開滿了奇異的黑色花朵，有的像玫瑰，有的像荷花，有的像蘭花，有的像向日葵。只是一律是黑色的，在暗暗的房間裡未免十分詭異。而且，這些花還散發著一種奇異的味道，有點香味，又有點臭味；有點騷味，又有點甜味。我知道這些味道是催情用的。（幸虧在學校學過一些東西，不然今晚非栽在這個男人手中不可！）

有幾個胸毛甚至向我身上爬去，他們接觸我的皮膚，癢癢的，同時還讓人酥軟，渾身發熱，很想馬上倒在沙發上。我很清楚，這是敵人使用的又一個詭計。真可怕，多陰險，就用這種下三爛的手法來勾引良家婦女。要是在幾年前，我肯定會被這招擊倒，在他的挑逗下，我肯定很快就乖乖就範了，但我畢竟在學校裡修練了幾年，有了很強的抵抗力。我這才能做到百毒不侵。我冷眼旁觀，等待著，等待最好的時機。

果然，那幾根小胸毛試探我毫無反應後，他們便頻頻回頭招手，呼喚他們的大部隊夥伴。千軍萬馬激烈地向我衝過來，如滔滔洪水，如烈烈熔漿。我的身體顫抖著，渾身難以自持，幾乎想要倒在地上，但我忍耐著。身上彷彿有千萬條蟲子在啃噬，我癢的想要叫喊，想要把全身的皮膚抓爛，我想要跳進太上老君的煉丹爐，我想要鑽進北海龍宮的冰窟中……我一遍遍地提醒自己要克制，要忍受，自己必須克制和忍受，因為在生死存亡關頭，任何一個疏忽都會讓我死於非命。而今晚不是敵死就是我亡！我必須等待最恰當時機，一招制敵，這是我唯一的機會……

我渾身顫抖個不停，力氣也幾乎用盡，我倒在地上，臉上掛滿汗珠。我的身上都被黑色的胸毛覆蓋，那個巨大的獸站在我面前，面帶笑容，這個勝利的雄蜘蛛，仍然源源不斷地輸送著自己黑色的毛絲……不到最後一刻，他是不會罷手的，他要用他的黑胸毛牢牢裹緊我，就像蜘蛛用蛛絲纏死他的獵物。當我一動不動地躺在他黑胸毛的墳墓時，他才會笑顏逐開，才會活蹦亂跳，他會把他那長長的喙管（巨大得像性器）伸進我的體內，抽乾我的血液，直到我變成一具僵屍。這個狡猾的狡詐的狡獪的雄蜘蛛雄吸血鬼，透過變化多端的技能，終於逮獲了可憐的母獸……

身上的胸毛愈來愈多，他們把我綑綁得愈來愈緊，而我癢得不行，渾身燥熱，彷彿丟在路上被三伏天的毒太陽晒的小魚兒。我想拚命嚎叫，我想發瘋，我想淒厲地叫喊，彷彿我是淒厲的北風（瘋）……但我控制住自己，我是不甘屈服的，我只是在積蓄最後的力量……男人的胸毛幾乎都全部纏繞在我身上，我看到纏繞著我乳房（被勒得緊緊的）的胸毛頻頻向男人歡呼，男人的臉上也露出勝利的微笑……我知道這是男人力量最弱的時候，也是我反擊的最好時機，在勝利的前夕，人們都會麻痺大意，可這種小疏忽會造成最嚴重的後果，成敗馬上翻轉……

排山倒海……吸星大法……乾坤大挪移……

男人倒在地上，一臉不相信的表情。我需要的就是這種效果，非常強烈的戲劇性，充滿了不可思議的突轉。再也沒有比看到敵人倒下更有趣的事情了，尤其在他以為自己就要勝利的時候倒下，他就更摸不著頭腦，也就更失望，甚至失去了活下去的勇氣，有的心靈脆弱的更是承受不住打擊而瘋掉。對於他們來說，這是個悲劇，但對於他們的對手來說，卻是不折不扣的喜劇，以勝利、歡樂和幸福而結尾！

我高高地站立著，不可一世，像個強大的女神！

體位

地上堆滿了胸毛，黑壓壓地一片，可它們那麼虛弱，就像丟在麥場裡扁著肚子的麥糠（麥子已經被取走，麥糠注定無人惠顧）。男人和他的胸毛躺在一起，那些胸毛壓在他身上，把它們的主人埋葬。我又聽到了窗戶外面穿來的音樂，這次是威爾第的歌劇《阿依達》中的勝利大合唱。我需要這種輝煌的音樂為我喝采……我飄飄欲仙。十分滿足，讓自己沉浸在音樂中……夜風從窗戶外面吹進來，那些死屍遍地的胸毛兵都被夜風吹走，吹到城市裡，吹到家庭主婦的被窩中，吹進妓女的破床上，吹到青春少年激烈的手部動作中……

男人坐在胸毛上，也想被夜風吹走，就像逝去的仙人……但這是不允許的。我不會放任他的逃走，這個殘惡的雄蜘蛛，幾乎喝光了我的血液，我必須弄明白。我必須了解他為什麼來？他是誰？他來做什麼？為什麼在黑夜中他要闖進來？那個收水費的牛小姐為什麼沒有來？他們是什麼關係？我要是不明白，我就什麼也做不下去了……我的腦子裡有千萬個問題要問……

我輕易就把他從飄走（像雲一般）的胸毛中扯了下來……必須要承認，那場戰爭耗費了他太多的精力和體力，他現在身輕如燕，我一根小手指頭就把他推在地。我穿著紅高跟鞋的腳踩了上去，尖尖的鞋尖像把利劍抵在他喉嚨上……

我彷彿睡了過去……音樂又成了鋼琴與大提琴對撞的探戈。我嘆口氣，站起來，吸口菸，對黑黑的夜噴了出去。窗戶外面的霓虹燈已經不亮了，整個城市都陷入黑夜中，我也不知道幾點……

「妳弄疼我了。」男人揉著胸膛站起來，他的胸毛依然那麼濃密，就像原始熱帶森林。雖然狼狽不堪，但這卻讓他具有另一種的魅力。對於身體不好的「病西施」，人們會各位關注；同樣，對於精神不好的「萎潘安」，人們也會格外留心。眼前的男人就是這樣，經過暴風雨的洗禮，他更加茁壯……

「你是誰？找我做什麼？」我點了一支菸，把藍色的煙霧噴在他的臉上。菸頭一明一暗，就像黑夜孤島上的燈塔。我想像著和這個男人一起在大海中裸泳會怎麼樣，也許會很刺激，在沙灘上迎接朝霞，海鷗圍著飛翔，那是人間美景啊……

「要我說實話嗎？」男人站起來，曖昧地抓了抓胸部，彷彿那裡有個蚊子。是的，那些吸血的蚊子都是母的，她們會很高興趴在他身上。那很幸福……

「當然是要實話，你以為我喜歡聽瞎話？」我不想讓他靠太近，所以我轉個身，假裝在欣賞角落的塑膠蘭花。菸頭一明一明的，我又回身吐口煙。（有一段時間我特別喜歡蘭花。在幾個人聚會時，大家都拿一棵植物來比喻自己。有個經常流浪的女孩說自己就像田野中的野草，隨便在一個地方就能生存；有個女人覺得自己是牡丹，因為一直感覺自己是人群中的女王，豔壓群芳；一個三十多歲的男人說自己是蒲公英，因為他總喜歡四處飄蕩。他們問我是什麼。我說我是蘭花，一直在幽谷裡默默開放，卻幾乎沒有人知道。

黃後來聽說了這個典故，就送我了一盆塑膠蘭花。我不喜歡塑膠的，但也欣然接受，這樣，我就不用打理這盆蘭花了，而它還總能時時開放。但我厭惡塑膠的，我厭惡虛假。我喜歡真實，即使是殘酷的真實也總比幸福的虛假要好得多。但我就是為了這種真實才付出了巨大的代價，而就像命中注定的一樣，我身邊總充滿了太多虛假的東西，虛假的人，虛假的事，虛假的物，虛假的蘭花……就是在此刻，在我面前顯露胸毛的男子，我也感覺他是不存在的，或者像那盆塑膠蘭花一樣，不過是個塑膠的，虛假的，做作的……也許，他也不過是個稻草人，大玩偶，塑膠裸體模特……)

「我還以為是假話呢。人們都喜歡聽假話，假話讓人高興，可以滿足他們的虛榮心、自尊心和快樂的心情。其實，為了讓自己過得開心，大可不必太過計較、太較真。生命不過是轉眼一瞬間的事情，幹嘛還要為自己找罪受呢？我的一點謬見，僅供參考啊。哈哈哈……我得意地笑，得意地笑，得意地笑……」興致所然，他竟然抱著一個酒瓶子當麥克風唱起過去的一首老歌:

「人生本來就是一齣戲
恩恩怨怨又何必太在意
名和利啊什麼東西
生不帶來死不帶去

世事難料人間的悲喜
今生無緣來生再聚
愛與恨哪什麼玩意
船到橋頭自然行

且揮揮袖莫回頭
飲酒作樂是時候
那千金雖好

快樂難找
我瀟灑走過條條大道

我得意的笑
又得意的笑
笑看紅塵人不老

我得意的笑
又得意的笑
求得一生樂逍遙

我得意的笑
又得意的笑
把酒當歌趁今朝

我得意的笑
又得意的笑
求得一生樂逍遙」

夜漆黑如謎。我們都成了夜之附屬物。我喜歡這樣的黑夜勝於白天。在白天我們都要戴上面具，擺上另一副面孔。但在這黑夜中我們不必如此沉重。我們可以卸下沉重的負擔。我們可以長舒一口氣。也就是說，我們可以片刻做下我們自己。夜很重要。她讓我們放鬆，讓我們養精蓄銳，給我們力量（正如食物給我們養分）好讓我們明天可以再活一天。我喜歡夜晚，更喜歡夜晚帶給我們的解放和真實。所以，對於男人嘶啞不成音調的歌聲（比烏鴉的叫聲還難聽），我且聽之任之。夜已深，我睏得要死，幾乎都要睡過去。但我想起眼前的男人，還有不理解他為何來找我，我就強打精神去面對。

第七章　闖入者

幸好我是有武器。我的武器就是我的菸。確實像那個哲人說的那樣，抽菸不僅可以提神，還可以穩定情緒，提高性慾，增強夫妻生活。我的腳下已經有二十多根菸頭了。我承認，今晚我吸菸太凶了，這對我身體不好。但我面臨一個難題，有一個強大的敵人立在我面前。我必須強打著十二分精神，才能更好地面對他。事實上，到現在為止，我對這個闖入者還一無所知。這是十分可怕的。我的平和寧靜都被打破了。我無法再去寫作，如果我對他還一無所知的話。

他已經威脅到我的生存！

已經很晚了。黃還沒有回來。她很少這樣晚回來。她要是突然打開門，看到我和一個赤裸著上身的男人在一起，不知道該會怎麼想……雖然我們之間什麼都沒做，但到那時候我跳進黃河也說不清了。雖然我和黃之間並沒有什麼約定，我甚至可以說我們彼此都是自由的，但是要是讓黃看到，我想這還是會傷害她的。我們彼此裝作毫不在乎的樣子，我們標榜自己都是新人，可以完全不受傳統道德的羈絆，但我們都很清楚，從內心深處，我們並不是這樣，我們和我們的父母毫無區別……我們都被太多無形的東西拴住了。所以，我們忘記了飛翔，忘記了我們本可以更好地生活……我們希望拋棄過去，可以追趕西方，但這不過讓我們忘記自己，我們變得一無所有……這麼晚了，黃怎麼還不回來，黃在做什麼啊……我多麼需要她啊……

黃一直沒回來。我不知道她晚回來和男人的出現是什麼關係。（似乎在故意給我和男人製造獨處的機會。）但我相信這裡面一定有某種我不清楚的連繫！這是一定的！萬事萬物都有聯繫，萬事萬物都有其因果……

男人還在嘶啞扯著嗓子叫喊，就像公鴨子求偶時的歌唱。期間，他還扭動著腰肢，激烈地搖擺著屁股，他的屁股很翹，就像被切成兩半的地球儀。（很顯然，他對自己的身材很有信心。）他還做了很多下流的動作，摸自己鼓鼓囊囊的下體，模仿歐美A片中的色情動作。他甚至還從褲兜裡拿出小巧的隨身聽，放出激烈的舞曲，為自己的動作伴奏。他做出各種體位的動作——歡喜佛姿勢、霸王橋姿勢、雙奔月姿勢、鐵板橋姿勢、滑滑梯姿勢、鳳在前姿勢……

但他的表演有點做作和虛假。男人一直在用「無實物」表演的方式來類比性動作。但很顯然，這個需要兩個人來完成的動作，他一個人是表演不成的……我打了個哈欠，手中的煙也幾乎熄滅……男人看得清清楚楚，他覺得煩躁不安，因為自己的表演沒有抓住觀眾……男人在做弦上月體位，他趁機一個滑步來到我面前，揚起他發著青光的下巴，眼中射出媚光。他想讓我做他的女伴，陪他一起表演這些色情動作。他的意圖我早就料到，所以在趁他的手拉我的手臂時，我假裝無意中轉身，把拿著紅紅菸頭的手迎了上去。（這個計謀出人意料地成功！）男人大叫一聲，他甩著被燙傷的手悻悻而去。雖然還在表演著性體位，諸如撞球式、騎馬式和彩虹式等，但他的表演明顯沒有進入狀態，能感覺出他的憤怒，他還一直對我剛才的傷害耿耿於懷……我對著他表演的方向吐了口煙，算是對他的回應和安慰吧……但我覺得睏極了，我的眼睛都已經要閉上了……

「啊，啊，啊……」我突然聽到有女人的叫聲。我驚奇地睜開眼睛，男人跟前不知道什麼時候出現了裸體女人，他們在一起賣力地表演性體位，就像在那些色情酒吧裡的表演一樣。我吃驚地睜大雙眼。這個男人好奇怪，在我閉眼的一瞬間他從哪裡找的這個女人。（我的房間是沒有的。那肯定是這個男人自己帶來的，但他之前是把她藏在哪裡？是襯衫裡、褲兜裡還是褲襠了？太奇怪了。他真像個魔術師……）我又點了根菸，對黑黑的天空噴出一口煙霧，渾身覺得又很有了力量。

但我總覺得眼前的女人有點奇怪，後來我才發現了原因所在。雖然她有著性感的身材，渾身還有逼真的體毛，但她的動作明顯僵硬，她身上沒有一點活力，她完全是在男人的操縱下才動的。雖然她栩栩如生，但我還是發現了她不過是個被操縱的玩具，就是商店賣的那種性玩具，雖然身材絕佳，皮膚富有彈性，表情豐富，但她只是個塑膠女人。她並沒有生命（男人一定是趁著我閉上眼睛的時候從褲子口袋裡掏出來，然後用力吹氣讓她成為美嬌娘）……我對自己的發現很滿意，就像破解了一個頭疼的司芬克斯之謎。我讓自己躺在沙發上，這樣我就更舒服。我就像個女王，聖潔的女王。我悠然地看著男人和他玩偶的表演。男人也知道自己的技倆獲得了成功，也就和自己的木偶同伴更賣力地表演更火的體位；

蝶戀花式、好事近式、鳳棲梧式、相見歡式、訴衷情式、點絳唇式、秋波媚式、乳燕飛式、醜奴兒式、滾繡球式、春草碧式、黑漆弩式、一叢花式、劍器近式、花心動式、謁金門式、眼兒媚式、芳草渡式、探春令式、滿江紅式、破陣樂式、鳳簫吟式、洞仙歌式、迷神引式、少年遊式、粉蝶兒式、探春慢式、節節高式、後庭花式、夜行船式、醉翁操式、風入松式、晝夜樂式、耍孩兒式、殿前歡式、念奴嬌式、三姝媚式、水龍吟式、風流子式、雨中花式、醉垂鞭式、賀新郎式、摸魚兒式、鬥鵪鶉式、二郎神式、綠頭鴨式、夜擣衣式、半死桐式、拋球樂式、滿庭芳式、小桃紅式、菩薩蠻式、採桑子式、瑞龍吟式、山坡羊式、紅繡鞋式、燕引雛式、萬年歡式、惜分飛式、阮郎歸式、人南渡式、孤雁兒式、憶君王式、昭君怨式、憶秦娥式、長相思式、望江南式、愁倚闌式、如夢令式、南柯子式、一馬當先式、執子之手式、觀音坐蓮式、錢塘觀潮式、燭影搖紅式、長風破浪式、巧笑倩兮式、如切如磋式、投我以桃式、老驥伏櫪式、對酒當歌式、君子好逑式、鍥而不捨式、呦呦鹿鳴式、鼓瑟吹笙式、鑽之彌堅式、勇者不懼式、誨人不倦式、一張一弛式、左右臂膀式、知己知彼式、百戰不殆式、城門失火式、陽關三疊式、採菊東籬下式、海上升明月式、久在樊籠裡式、羈鳥戀舊林式、更上一層樓式、清水出芙蓉式、野火燒不盡式、肝膽硬如鐵式、後浪推前浪式、疾風知勁草式、金人捧露盤式、大漠孤煙直式、少壯不努力式、一吟雙淚流式、相煎何太急式、僧敲月下門式、花落有餘香式、蟬噪林愈靜式、波撼岳陽城式、春眠不覺曉式、曲項向天歌式、陰陽割昏曉式、但願人長久式、彩鳳雙飛翼式、莫道不消魂式、曲徑通幽處式、綠樹村邊合式、坐看雲起時式、潤物細無聲式、山雨欲來風滿樓式、一水中分白鷺洲式、千呼萬喚始出來式、請君莫奏前朝曲式、春風又綠江南岸式、一枝紅杏出牆來式、野流無人舟自橫式、今夜偏知春意暖式、一片冰心在玉壺式、銅雀春深鎖二喬式、牧童遙指杏花村式、沾衣欲溼杏花雨式、絕知此事要躬行式、映日荷花別樣紅式、無心插柳柳成陰式、黃沙百戰穿金甲式、莫怪春來便歸去式、橫看成嶺側成峰式、笑談渴飲匈奴血式、上窮碧落下黃泉式、柳暗花明又一村式、一江春水向東流式、咬定青山不放鬆式、千樹萬樹梨花開式、採得百花成蜜後式、美人首飾侯王印式、吾將上下而求索式、眾裡尋他千百度式、我自橫刀向天笑式、抽刀斷水水更流式、出師未捷身先死式、六宮粉黛無顏色式、春蠶到死絲方盡式、鳳凰臺上憶吹簫式、戰士軍前半死生式、美人帳下猶歌舞式、日本櫻花式、巴黎鐵塔式、義大利餡餅式、墨西哥烤雞式、德國交響曲式、英國傳教士式、丹麥魚美人式、巴西森巴舞式、阿拉伯神燈式、韓國串串燒式、美國自由操式、希臘神廟式、荷蘭風車式、西班牙鬥牛式、新加坡花園式、澳大利亞袋鼠式、印度大象式、蒙古摔跤式、俄羅斯野熊式、蘇丹芒果式、奧地利圓舞曲式、波蘭馬祖卡舞曲式、古巴棕櫚樹式、奈及利亞撒哈拉沙漠式……

第七章　闖入者

人物

我滅掉菸頭，鼓起掌來，嘴裡還大聲叫好。我承認這是我看過的最精彩表演之一（可以與我看過的廣場遊行相媲美），唯一不足的是觀眾太少，這樣你就沒有同伴可以分享觀賞後的心情。（黃為什麼不回來？她在做什麼啊？以前她還沒這麼晚回來過啊⋯⋯）但我明白生活的殘缺，十全十美的生活只存在童話中，可惜的是，我們都不是生活在童話中，我們也不是公主，可我們卻拚命夢想著回到童話中，成為眾人眾星捧月的美麗公主⋯⋯可這怎麼可能，我們是回不去的。如果有悲劇的話，這也許就是我們的悲劇⋯⋯

表演結束，男人坐在地上喘著粗氣，與他一起戰鬥過的女模特坐在他旁邊，只是現在她已經殘缺不全。一隻手臂掉在角落裡（因為做「鬥鵪鶉式」時過於猛烈而被男人拽掉），一隻腳拉在窗戶邊（做「風入松」式的後遺症），她那曾經碩大的屁股也變得乾癟（因為摩擦過於厲害），一隻巨大的乳房已經爆破（做「咬定青山不放鬆式」的結果）。曾經的美嬌娘現在成了老太婆，曾經鮮豔耀人的金蘋果現在成了爛豆腐。不過沒有人會為她悲哀的。她是個玩偶。我們所有人都知道玩偶是沒有情感的！但男人卻抱著她痛哭起來，一臉鼻涕一臉淚。彷彿受傷的不是玩偶，而是他真正的妻子，他們共同做了幾萬次的愛，現在卻因為死神的召喚，她殘忍地拋棄了他，讓他一個人存留在人世間！還有比這更不幸的事情嗎？中年喪妻可是人生三大最不幸的事之一啊！這可讓男人一個人怎麼活過去啊⋯⋯

男人又哭了一會。我仔細地盯著他看，研究他臉上每一細微的表情變化。經過很多事情之後，我已經學會了懷疑精神，學會了對任何人的行為都持懷疑態度，因為很明顯，既然大家都是戴著面具來生活，那麼很明顯，人的內心與外在肯定有差異，要不然，我們就沒必要戴上沉甸甸的面具了。所以，最重要的不是外在的東西（如言語、動作和表情等），這些東西都是假的，都是面具帶來的；而哲人最聰明的就是能透過面具看到人的真實（如動機、情感和欲望等）。這叫「透過現象看到本質」，也是他們的厲害之處，經過多年的修練之後，他們終於可以做到看透人心。可我現在還不能夠，我還在修練之中……所以我耐心地觀察男人的一舉一動，觀察他肢體透露出來的最細微的資訊。有一刻，我認為他確實是悲痛的（從他的淚眼和抖動的肩頭上）；但一會我又推翻了這個決定，因為以前我認識一個比他表演更要逼真的老騙子，當我都為她的悲痛而落淚時，她卻哈哈大笑，說一切都是她裝出來的，她就是想拿我檢驗下她修練二十年的演技……從此後，我再也不信任任何人。我必須小心再小心，我必須懷疑再懷疑，只有這樣，我才能踩到真理的尾巴……

男人止住了哭泣，只是還像蛤蟆那樣「嗝噔嗝噔」倒抽著氣，長長的眼睫毛上也掛著淚水。我已經判斷出他是多麼虛偽，因為他只給他的玩偶同伴哭泣了十分鐘。（還有這麼短暫的哀悼嗎？我都為他感到羞恥了！這個無恥地盜用女人的身體，滿足之後又很快地拋棄了她！雖然她只是個玩具，但很明顯，他的行為很不光彩，甚至可以說是卑鄙，因為他遺棄了她！他遺棄了他的玩偶！可這是不允許的……不能對人殘酷，冷漠，毫無同情心，即使對一個玩偶這樣，也不行！）

我點上一支菸。現在我已經看清楚男人的本質，這個花花公子、淫棍、色魔和摧花辣手玩弄女性的騙子！我在心裡狠狠地罵這個無恥的男人，恨不得對他碎屍萬段。但我還是面露微笑，充滿同情地望著他。（我能想像出，這個畫面在電影中會有多酷！一個絕色美女叼著菸捲，滿懷同情地望著攝影機，透過大螢幕望著愚蠢的滿臉的橫肉！）是的，我不想過早地把自己的心思暴露給男人，他可是個狡猾的敵手啊，稍有不慎，我就會載進去……

我吸著菸，望著男人，卻不言語……我等待著，我想讓他先打出底牌。

（這樣我就會占據主動，我會思考該如何答覆。）反正我坐在沙發上，我有表演支點，在我累的時候，我可以吸菸、掐滅菸頭，再點火——可他除了坐在地上他什麼都沒有。他不可能再哭了（他剛哭過），他的同伴也殘缺不全，他也不好和一個沒頭腦的玩偶說話，那太不明智了——。對了，他只有乖乖地交出底牌。這是他唯一可以選擇的，如果他還有什麼選擇的話……（哈哈，我把他的處境分析得這麼透徹，我都忍不住要佩服起自己了；但我不能驕傲自滿，我還沒有取得勝利。我要牢記古人的教誨：「一著不慎，全盤皆輸。」……）

果然（我是多麼喜歡這個虛詞啊。透過這個詞語就能知道結果，就能判斷出事情和我的預期一樣。總之，這個虛詞證明了我的實有；虛詞證明了我並非浪得虛名；虛詞證明了我「女諸葛」並不虛傳），男人打出了自己的底牌（經過那麼長時間的試探和等待後，這條狡猾的雄蜘蛛終於投降了，向他的獵物投降！）。我一陣竊喜，猛吸一大口菸，仔細地看著男人的臉。他用含淚的眼望著我，說出了（聲音顫抖）我期待已久的話。

「好了，妳贏了。」他低下頭，又抽泣一下，彷彿很不甘心。他仍舊跪在那裡，委屈得就像等待處決的囚犯。

我的興趣來了。我以為很快就能揭出謎底，但男人的話卻讓我更加疑惑。什麼叫我贏了（還使用敬語「您」）？我打敗了誰？我贏得了什麼？「什麼？我不明白您的意思……」我也採用相同的策略，用無比恭順的敬語，但在面具背後卻放上十頓重的疑惑炸彈；甚至為了加強效果，我還做出輕微的聳肩和搖頭動作（從歐美的愛情電影中學來的招牌動作）。

「說吧說吧！妳就別裝蒜了，妳明白我的意思……」男人用力地捶了下地板，他倒在地上，雙手蒙著頭，低聲地哭泣著。

我看得很清楚，他用自己的肢體表現自己的憤怒、委屈和不滿。為這一點我很生氣。在我面前還裝什麼？難道還能騙過我嗎？我把手中的菸丟下去，又順手拿起桌上的花瓶（上面燒制著青色的荷花），狠狠地摔在牆上。為了表現更大的憤怒，我渾身顫抖著，做出歇斯底里的樣子。（我表演起歇斯底里得心應手，就像我吃飯和小便一樣平常。這要得益於我看了太多的俄羅斯小說，尤其是杜斯妥也夫斯基的小說……另外，我故意歇斯底里，這是個策略，我就是要在氣勢上壓倒他！男人總是很賤的，你愈是給他臉他愈不要臉！等你亮出刀子時，他們才會跪地求饒！尼采說：「你去見女人時，別忘記了帶條鞭子。」其實，這是他交代男人的話。他也說過另外的話，可惜沒有人記住。那話是對女人說的：「記住，妳去見男人時，別忘記帶鞭子、籠頭和匕首。對於不聽話的男人，妳要在他們的脖子上戴上束縛；對於反抗的男人，妳就用鞭子抽打；對於那些以死來抗爭妳的男人，妳該用匕首成全他們！」）

「誰在裝了？少在我面前發脾氣，你要是想知道什麼，就清清楚楚、完完整整地說出來，別他媽的不清不楚！」我把手頭所能抓到的一切都朝他丟去，火柴、菸灰缸、一大缸滿滿的菸灰、塑膠花、垃圾桶、書和雜誌等。「你能不能把你他媽的想知道的問題說出來，清楚地說出來，你會不會啊？」（完了，我的淑女形象在今晚完全被破壞了。要是被那些下流的攝影機拍攝下來，那我就慘了……不過無所謂啊，反正我不比別人好多少，但也不比別人壞多少。我看過很多電視節目，我見過太多比我更瘋狂更潑婦的人呢……誰怕誰呢。我就是墮落我就是潑婦我怎麼了，誰怕誰啊……我決定豁出去了，反而有一種肆意灑脫的快感……就像飛一樣……）

男人被我的叫嚷嚇傻了，他抱著我的腿，就像一個請求媽媽原諒的乖寶寶。「我沒別的意思啊，妳別生氣啊，我只是想知道我是誰，確實沒別的意思，別誤會啊……」

「等等。我怎麼會知道你是誰？」我詫異極了，我們第一次見面，我怎麼會認識他？（絕對的本色表演，沒任何修飾，我的驚訝真實極了，完全值得信賴！）

「呵呵，妳可真會開玩笑啊！我都要急死了，妳還逗我呢……」男人偷偷地打量著我臉上的表情，臉上陪出討好的笑容。他仍舊跪在那裡。

「我哪有時間開玩笑啊！我還有那麼多小說要寫呢……每天我可需要寫一萬字，今晚因為你來，我才剛寫五千字……」想起每天字數的壓力，我更加煩躁，真想把這個打擾我寫作的人一腳踢飛。他怎麼還不走啊？他是傻子還是瘋子？我都睏得睜不開眼睛了，他還在那絮絮叨叨什麼呢……我又打了三個哈欠……我聽到腳下的男人也跟著打了三個哈欠。哈欠就像性病一樣，都具有傳染性……夜多黑啊，他怎麼還不走啊……

「好啊，妳趕緊寫下去啊，不要懶惰也不要停工，寫下去，一定要寫下去！寫小說是一項偉大的使命，是藝術女神賦予妳的才華，妳千萬不要放棄，不然那就太可惜了，妳千萬不要辜負女神對你的期望啊！」我沒想到在頭腦這麼昏漲的時候還會碰到這樣嘮嘮叨叨的男人，在蒼蠅一般在耳旁哼唧個不停。我在屋內走個不停，但身邊總想著他可惡的聲音。他就像影子一樣跟著我。實在可惡之極，我悄悄地伸出腳，忍不住想用一個無影腳送他回老家。可這時他說出了關鍵的話。「對，妳要在小說裡創造我，賦予我生命，告訴我，我是誰！對，妳答應我，一定要這樣！幫我取一個帥一點的名字，比如孫悟空或者紅孩兒，不要起阿貓阿狗的名字啊，我討厭這樣的名字；不過，要是實在沒有辦法，妳幫我起阿貓阿狗也行啊。我雖然不高興，但也不會介意的，只要妳賦予我生命，只要妳創造出我……」

「我創造你？」我蹲下身子，睜大眼睛望著男人，我這才發現他的眼睛清澈明亮，乾淨得像森林裡的春日溪水。「你不會說是我生了你吧？」我忍不住哈哈大笑，我認為自己的玩笑開得很聰明。

「可以這麼說吧。」男人點點頭。

「你是說我是你的母親？」我皺著眉頭望著男人。這太荒謬了，我希望看到他搖頭，但他還是點了點頭，我幾乎要崩潰了，我怎麼會有和我一樣大（甚至比我還要大）的兒子？

「對。難道妳不記得我了嗎？妳真的把我忘了嗎？」男人眼含熱淚望著我，滿懷期待。我的防線完全被擊潰了，我頭腦變得迷糊起來。天旋地轉，我幾乎要倒下。在男人的攙扶下，我急忙坐在了沙發上。男人極其小心翼翼，正像一個兒子對待一個生病的母親。天啊，我就要崩潰了。這怎麼可能？歲數一樣大的母親和兒子？難道是我把自己的年齡記錯了？或者是我只是假裝自己很小而實際上我已經有一個二十多的兒子（故意抹去我二十多年的生活，正像很多得了遺忘症的瘋子）？天啊，這太可怕了……不是他瘋了就是我瘋了，我們兩個中至少會有一個是瘋子！

「你多大了？」我有氣無力地問道，希望他能給出一個滿意的答案。

「三十一。」

「我想起來了，我只是二十九歲，按照真實的年齡，我甚至才剛過了二十八歲的生日呢。你聽說過二十九歲的母親生下三十一歲的兒子了嗎？別逗了。這不可能，很顯然，您的母親不是我！」我輕鬆極了，甚至還啦啦啦地唱了幾句流行歌曲。我很高興自己還沒成為更年期的女人，也還沒有喪失理智。屋內氣氛也輕鬆所了。

男人站起身來。「噢，青鳳，妳理解錯了。我說妳創作了我，並不是說妳從子宮裡生下了我，這只是一種比喻說法。事實上，事實上……」

「事實上什麼？」

「事實上我只是妳小說中的一個人物。想想，妳再想想啊，帥哥啊，胸毛啊……」

第七章　闖入者

我仔細地回憶了自己寫過的小說。不錯，我覺得熟悉，這幾個字眼都很熟悉，但我從不記得曾經寫過這樣的小說。我是個思維活躍的人，經常會有一些不錯的小說創意和想法，但有很多，我僅僅是記載下來，卻並沒有把他們寫出來。這樣的事情我做得太多了，經常為一個好的想法和創意而興奮地睡不著覺，我把他們記在一個硬皮本上，最後卻因種種原因，並沒有把他們寫出來。於是這些可憐的孩子們就夭折了，被埋葬在小花園的墓地裡，永遠不能復活……我能想起來那個思春喜歡在眾人面前脫掉衣服的瘋女，我能想起那個在都市裡成了百萬富翁的小矮人，我能想起那個最後贏取了公主的小木偶，但我確實想不起這個有胸毛的帥哥……我搖了搖頭。我確實想不起來了。

男人倒在地上放聲大哭。我一時很理解他。誰如果像他這樣很快就被人遺忘，也一定會像他這樣悲痛吧。在地球上的那麼多人中，我們渴望被人記住。最好是永遠記住。只有這樣，我們才算存在過啊。可能被記住的總是少數的那些人，而大部分人都會隨風而逝。這是我寫作的主要原因吧……

「妳不記得我了，妳很快就忘記我了，妳和那些人一樣啊！妳不記得妳寫過《打手槍的胸毛男人》……可我就是那個被妳遺棄的男人啊！」

……

男人嚎啕大哭的聲音逐漸遠去，我想起了自己過去曾經寫過的一個小說，題目就是《打手槍的胸毛男人》，寫一個長滿胸毛的性感男人在觀眾面前表演打手槍。當然，這裡所說的「手槍」不是那個能剝奪人生命的那種槍支，這是個隱喻。每個男人都有桿槍，正如每個女人都有個洞一樣，這是大自然賦予人類的精美禮物。每個男人都有把特殊的、獨一無二的槍，這槍從出生起就伴隨著他，隨著他的成長而成長，等到了合適時機（一般都是十三、四歲），這把槍就開始鳴叫，射出子彈了。

如果我們承認每個人的身體僅僅屬於自己，那麼我們就必須承認一個男人對於手槍的使用權，正如我們承認一個女人對於洞不可剝奪的使用權一樣。這都是屬於天賦人權的一部分，是不可剝奪的。從這個意義上來說，「打手槍」正是天賦人權的一部分，也就是說，每個男人都有使用自己身體器官的權利，在不侵犯別人權利的前提下，每個男人可以自由處置他的器官。他可以玩耍、嬉戲、寵愛、漠視、仇恨和虐待它；他可以使用、出租、購買、修復、割除甚至轉讓它。這是他的權利。我想，這個問題並不複雜，很容易就能在倫理學的著作中說清楚。

因為涉及到性與隱私，在我們的文化中。「打手槍」從來都是一種私人行為，只能在黑暗的無人的屋子裡進行，如果被別人發現，雖然沒有嚴重的法律後果，但畢竟會讓雙方尷尬面紅耳赤。正如不能在大庭廣眾面前生小孩一樣，也不能在十字街頭公開「打手槍」，這都屬於禁忌的範疇。對於每個進入青春期的男孩子來說，這都是一個不言自明的真理。大家倚靠天然的敏感和後天的直覺而感悟到。因此，對於男孩子和男人來說，在偷偷的無人知曉的地方「打手槍」（一個人，只能是一個人），就成了一件需要隱藏的樂事。他必須一個人體會孤獨與快感交替的時刻，他必須體驗生命的欣喜、膨脹和無限的快樂，他必須享受人生巔峰時刻的極度喜悅，然後就是隨之而來的難言的憂傷和無盡的悲哀。每個打手槍的人都會經歷的階段。在生命的快樂和悲傷時刻，都只有你一個人去感受去承擔，這就是那些槍手們的最大悲哀吧。當然，這是他們的命運，是他們必須承擔的結果。（在生命種最重要的時刻，陪伴你的只有那些逐漸變冷的液體，更不用說那些上億個可憐的小生命了，這些小生命我們可以稱作子彈，他們是為了生命才存在的，他們時刻準備著射向神祕的黑洞——那是他們的使命，是他們存在的最高理想；正如每個運動員都夢想著在奧運會上獲得金牌，但在成千上萬個運動員中，只有那個最幸運最有實力的人才能獲取金牌，而大部分人不過是去參加淘汰賽的，更不用說那些還沒參加比賽就因為傷病而退役的運動員們——但他們現在卻只能存在黑暗中。他們被射在骯髒的地面、發黃的牆壁、廢氣的報紙和破舊的爛席上，還有一些直接射在主人骯髒難聞的身體上。就這樣被浪費掉了。這就是這些可憐的小生命的最後結局。他們有理想，他們是為了生命的誕生才存在的，但現在他們卻被浪費掉了。他們心比天高，卻命比紙薄。這就是他們不幸的生命。他們身上充滿了悲劇精神。當然，子彈們的悲哀不是每個主人都能體會到的。更多的男人是麻木不仁，他們心腸硬，感覺麻木，子彈們的悲哀他們是體會不到的，正如他們很少體會到洞和她的主人的悲哀一樣！很奇怪，這些男人像畜生一樣生存著，卻覺得幸福快樂……)

我和穆達在海水與沙灘上做了一次暢快淋漓的性事。那是八月的夏夜，涼風徐徐。我們都很滿足。躺在穆達的懷裡，我們仰望頭頂燦爛的夜空，聽著耳邊傳來陣陣的波濤聲。我們吸著一根菸，從他嘴裡傳到我嘴裡，又從我嘴裡傳到他嘴裡。我們覺得沒有比這更幸福的時刻。我們都有點睏倦，但又睡不著覺。當時我們都明白，在以後的很多年裡，我們都會異常清晰地記起這個畫面。我們有一搭無一搭地聊天，穆達說了很多他童年的趣事，怎麼偷雞蛋，怎麼為了討好小姐和鄰居小孩打架；穆達也說了很多他「打手槍」的事情。他說那時在黑暗中，他強烈地思念一個叫「洞」的小姐，但在無人陪伴的時刻，只好幻想那個美麗的英語老師正在他身下嚎叫……每次打完手槍，他都覺得無比沮喪。在生命最快樂的時刻，也只有他一人陪伴。他覺得無言的孤獨……

「現在還孤獨嗎？」我吸了一口菸。我們的臉被菸頭的紅光照亮，但很快又暗淡下去。遠處傳來海鳥的叫聲。

「不了！」穆達抱緊了我。但我們都感覺一種說不出來的失落。也許是因為馬上就要到來的分離吧……

穆達又吻了我一下。「我總有個感覺，妳會離開我的，妳會拋棄我的……」

「別說瘋話了！」穆達的話嚇了我一跳，一想到我和穆達會永遠分離，我就感到恐懼，彷彿身體浸泡在冰冷的河水中，我卻不能動彈……

「唉，要是我們是連體嬰就好了。」

「那多怪啊。」兩個成年男女像連體嬰兒一樣生活，這樣的場景我不能想像。

「要是那樣的話，妳就不會離開我了，永遠不會……鳳，妳是我最愛的女人……」

「別說了！」我怕穆達的話太甜蜜，甜蜜得讓我不忍離開。可我早已決定明天就去瘋子學校了……

「不，鳳，我今晚不說就再也沒機會說了，妳就讓我說吧。」我盯著穆達的眼睛，一團火焰在那裡燃燒。我不能言語。

「鳳，青鳳，妳是我穆達這輩子最愛的女人！妳為了理想，為了不朽的名望要去遠方，我穆達支持妳，我只要妳知道，不管妳以後會怎麼樣，妳都要永遠記得我，記得有一個遠方的男人等著妳，永遠等著妳啊，青鳳，我的愛啊……」

「我也愛你啊，等著我，等著我回來啊……」

在瘋子學校生活的三年，我時常想起與穆達在一起的那個晚上，想起他的每個親吻，想起他在沙灘與海水中的每個激烈動作，想起我們嘗試的很多體位，想起了那好長好長時間的性愛……當然，我最忘不了的是他說過的話，他甜蜜的情話，還有他用沙啞的聲音講述的童年趣事。當然，還有他在黑暗的房間裡一個人打手槍的顧忌。（在我離開後，他又是一個人了，他又要體驗少年時期打手槍時的那種孤獨了。那時候他的性幻想對象是他的女英語老師，而未來他的性幻想對象應該是我吧……）

第七章　闖入者

就這樣，我的腦海中常常出現這樣的畫面。在一個漆黑的房間，一個性感的裸體男人（有著長長的胸毛，和穆達一樣）孤獨地打著手槍，他感受到無比的快感，又體驗到無窮的孤獨，最後在激情噴射的時候，他趴在子彈中無言地哭泣，肩膀抖動個不停。燈光逐漸亮起，表演結束。他站了起來，仍舊裸體（身上還沾染著剛打出來的子彈），劇場裡飄蕩著一股鹹鹹的、暖暖的和帶特殊腥氣的味道。一群觀眾呆呆地坐在座位上，他們面無表情，就像木偶人一樣。但他們不是木偶人，他們是這個社會上最正統的人士，他們頭腦僵化，道德感純正。這個《胸毛男人打手槍》的表演正是適合他們的「腦力激盪法」；（東方普遍都是對性保持拘謹態度的國家，在幾千年的文化傳統中，性不能登大雅之堂，性成為最私密甚至有些醜陋的東西。）胸毛男人在劇場中的打手槍表演就是為了刺激，讓他們也感受感受另一種文化，雖然這對他們來說是一個可怕的夢魘……

在瘋子學校的幾年，我構思出了這個《胸毛男人打手槍》的小說，並開始在黑夜中偷偷寫作。沒有人知道。剛開始覺得很興奮，後來覺得消沉，我寫了一半，就放棄了。我實在寫不下去了，而我寫不下去了，並不是因為我不知道該怎麼寫，（事實上，我對這個小說已經非常熟悉，它的每一個字句和標點符號都在我頭腦中生根）我覺得這個小說太色情，它的藝術價值很少被當代人看到，寫出來會招來罵聲一片，寫出來很難發表，也很難被當下的主流媒體接受。

一種新的文風和藝術創作手法剛開始總會被人嘲笑，難以發表，甚至小說的作者還會被當作怪物。他們成了被妖魔化的人。福樓拜為《包法利夫人》打了幾年的官司；司湯達說自己的《紅與黑》是寫給三十年後的讀者的；《尤利西斯》更是被當作禁書不准進入美國市場；勞倫斯的小說更是常年被當作色情小說來看待……

一想到這樣的命運也會發生在我頭上，我就悲不能言。那時候我還沒想清楚很多事情，所以我寫到一半的時候就放棄了。這讓我覺得悲痛難過，卻也毫無辦法。就像妳歷經千辛萬苦，十月懷胎，生下一個漂亮的嬰兒，可他們非要說妳生的是個妖怪，非要摔死或者丟棄在森林裡讓老虎消滅掉。這對做母親的會有多悲痛……與其承受這樣的悲痛，還不如現在趁他還沒出生，自己把他消滅了才乾淨……於是，我撕碎《胸毛男人打手槍》的所有手稿，像吃餃子一樣把它們全吞在肚子裡……我淚流滿面……

當然，那時候我還小，還不成熟，還沒有堅強的心，可我現在不一樣了，我現在可以面對一切非難，我只會努力去寫我從我內心湧出的東西……我現在有了勇氣去面對一切……

你能幫我一個忙嗎？

（讓我們還是回到胸毛男人身上吧。哈。我們又離題了，請您諒解。）

「可你怎麼會出現呢？」我遞給胸毛男人一把椅子。他已經不哭了，但臉上還帶著淚痕。我盯著這個男人看了一會，我覺得很奇怪。按照常理，小說中的人物是怎麼都不會出現在現實中，更不會出現在創造他的作家面前。但這個男人卻出現在我面前。這不合常規，卻成了事實。我該怎麼解釋？但這個世界奇怪的人奇怪的事情太多了（我在瘋子學校看到的還少嗎？），所以我也就懶得裝出驚奇的神情。人必須忠實於內心，忠實於自我……

窗外還是沒有一絲的亮光。不知道現在是幾點。而黃還沒有回來。我睏得要死。牆角的蘭花也羞答答地閉上了眼睛。我很想像她那樣睡去。但我不能夠。我有過客人，一個光著膀子長著長長胸毛的客人。雖然從某個角度來看，他是個不存在的人，但他現在卻站在我屋內，我必須好好地招待他，慰問他，親近他，然後審問他，了解他為何拜訪我，弄清楚他的動機。就是這樣。我必須了解每個人的內心，明白他們做事情背後的動機，最真實的動機，為我的寫作積累素材。這是上天賦予我的職責。天賦我權，不容改變……

可我好睏啊，我好想睡去，在夢中做個睡美人的美夢，被一個長胸毛王子用吻喚醒，那可多幸福啊……我打了個哈欠。我幾乎已經沉入夢鄉，但我猛然又想起自己還有胸毛客人，我就醒過來了。但我實在太難受了，雙眼皮幾乎都要縫在一起了，兩種想法努力在打架，一個呼喚我作家的職業本能，一個勸我趕快睡去……我閉上眼睛，卻又突然驚醒，我突然在想，也許胸毛男人是不存在的。對，這極有可能的。說一個書中的人物突然出現，還為寫他的作家表演情色舞蹈。這怎麼都講不通啊。對啊，這樣的事情除非出現在夢境！

對，夢境……在夢境中一切都能講通。對，就是這樣，我一定早就生活在夢中，也就是說我早就入睡，剛才我所看到的奇怪的一切都是夢境之物；什麼胸毛男人和他的玩偶女伴，什麼他們奇怪的性體位表演了，這一切都不是真實的，都是我在夢中看到的。哈，我早已在夢中，哈。「只緣身在此山中，不識廬山真面目」……

我覺得十分輕鬆。我總是喜歡黑夜，就像我喜歡夢境一樣。因為他們都可以讓我去掉面具，讓我輕鬆地展現自己。我喜歡這種感覺。此刻，看著眼前的胸毛男人，還有牆角的塑膠蘭花，我就是這種輕鬆的感覺。雖然我的感覺很真實，但我明白，我不過是夢境之中，而在夢境中一切感覺都是真實的，你會相信一切都是真實的，都真實發生過。但這不過是假想。也就是說，你被蒙蔽了……

你相信自己是清醒的，但你還在夢中，夢賦予你真實的感覺，但這種感覺卻是虛假的……

（但我真的在夢中的嗎？是的，我很像是生活在夢中……但眼前的男人很真實的，他胸毛的每一根我都能清楚地數過來啊……這可不像是夢啊。在夢中人們遇到的人物總是古怪、變形、異化，也就是說具有超現實的味道，但眼前的胸毛男人卻是有血有肉的活物啊……）

（天啊，我到底在不在夢境啊……我的頭都想得疼了，我怎麼都想不明白，怎麼都想不出結果。我一會覺得自己是在夢中，一會有覺得自己是在現實世界中；我一會覺得胸毛男人是虛假的，是夢中人；一會覺得胸毛男人像我一樣真實，我們生活在一個時空中……我簡直要叫喊起來，頭疼得要死，卻還是不明不白。尤其痛苦的是，我還不能在胸毛男人面前顯露自己一點的困惑。如果他是真實的，而他又知道我的感覺，那他不會覺得我要瘋了嗎？）

我點起菸抽起來。菸味很好，是那種淡淡的有點甜味的菸。是黃買給我的。我想起古時候的一句話：「兵來將擋，水來土掩。」管他是什麼人，管它是夢境還是現實，我只要靜觀其變就好，這是唯一的，也是最好的策略……我何必為明天發愁？今朝有酒今朝醉，活在當下是最好的……哈。我高興起來，也覺得睏意頓失。我太高興了，因為我解答出了一個惱人的謎語。房間裡的主燈被關上了，有人點上了蠟燭（是誰？我怎麼沒看到……），就像街邊的小酒吧一樣，具有了一種異國的羅曼蒂克味道。我又抽了一口香菸，感覺更好了。從來沒這麼好過。我什麼都不怕了，我很有信心。

我就像那個統治世界的女神……

「你怎麼會出現呢？」我問道。如果他是個聰明人，他會聽出我話背後的潛臺詞。

「哈，這是個奇蹟，文學奇蹟！將來在文學神話學中，妳會看到我們的大名，還有今晚會面的典故！妳也很清楚，那群學者野心都很大，他們可不想遺漏什麼故事，他們的野心是記錄下一切，世界上發生的一切他們都想寫下來！」

第七章　闖入者

我不喜歡洋洋自得的人。所以我克制著對胸毛男人的厭惡。為了了解更多資訊，我必須假裝和藹和親。胸毛男人對我眨了眨眼睛，目光像箭一樣穿透我的厚面具，進入我黑暗混沌的心。我憤怒地想要撲上去掐住他的脖子。

「他們像上帝一樣嗎？」我盯著鼻子下的菸，菸頭紅了又暗，在菸頭的明暗轉換中，總會讓我莫名地激動。我迅速地吐出煙霧，就像神話中的噴火妖女。我緊緊盯著胸毛男人，滿臉不屑，我終於可以借題發揮，向他發射我的火炮。

「對。他們愚蠢，自不量力，想在人間建立天堂，想把自己裝扮成上帝。所以他們拚命記載一切，只為了向世人證明他們無所不在，無所不能。哼，騙局，完全是個騙局。癩蛤蟆想吃天鵝肉。痴心妄想，標準的痴心妄想！」他對著空氣聲嘶力竭地喊著，攥緊的拳頭放在肩頭，用這個肢體語言他加強了氣勢。最後他看了我一眼，這才放下拳頭。

我很吃驚，從沒想到這個怪物還會有這樣的認知。（人才，完全是人才啊！二十一世紀最缺的是什麼？人才啊！）要是能把這個男人裝進籠子裡，讓他在動物世界做巡迴表演，我會發一大筆財。動物們喜歡千奇百怪的怪物，像吃公主的小矮人，會變成豬的小孩啊，都很受他們的歡迎。

「好了，別發表演說了，妳不配！」胸毛男人睜大嘴巴看著我，臉上又帶著快哭的三歲嬰孩的表情，這是他的伎倆。我這次沒給他好臉色，我怒睜杏眼，嘴裡向他噴出一口煙霧。我真希望能噴出火來，燒死這個長著長胸毛像大猩猩一樣的男人。（對，用一根鐵棍把他穿起來，在大火中燒烤，再放上新疆佐料，那將是一頓可口的美餐。夠十個人飽餐一頓的！）我又打了個哈欠。「快說吧，你來做什麼？你找我有什麼目的？你穿著暴露，行為齷齪，你來我這裡到底想做什麼？你擾亂我平靜的心，你打擾了我的睡眠，你浪費了我的時間，你讓我再也寫不下去小說！你讓我完不成今天的寫作任務！說你到底是來做什麼的？天啊，我太仁慈了，你來了之後為我添了亂，我、我真該把你送走⋯⋯」

「是送到瘋子學校嗎？」男人意味深長地看了我一眼，胸前的胸毛隨風飄舞著。

我很吃驚，沒想到他知道得這麼多。看來他可是個危險的對手啊！想要了解他的刺激感驅走了我的睏倦和睡眠。我像頭精神抖擻的母獅子，腦筋飛快地盤算起他的來歷。我猛吸一口菸，菸進入我氣管，我咳嗽起來，但我幾乎都沒注意到。

我偷偷地瞧了一眼胸毛男人，他正凶狠地望著我；但他看到我目光後，他又裝出一幅溫柔的面孔。我明白，眼前的人有很多張面孔（面具）。我碰到強勁對手了！我的直覺告訴我，我必須要打起十二分精神，不然我稍有疏忽，我就會陷入滅頂之災中。我猜測了無數的可能性，我覺得也不能放過這樣的可能性；即胸毛男人是校長派來的，他受命於瘋子學校，他是為了打探我的形跡。這很有可能。畢竟，我在瘋子學校待了三年，了解他們不少祕密，他們害怕我把這些祕密洩漏出去。他們害怕我向人類告密，或者他們害怕我把瘋子學校的時候寫在小說中⋯⋯也許他們想要殺人滅口吧⋯⋯

我想趕走胸毛男人，畢竟我是主人，我有這樣的權利。但我想到了「請神容易送神難」的話，既然這個男人在黑夜中不請自來，他肯定是有目的，如果我不允許他說出自己的意圖，他會很不高興的。我能看得出來，這個胸毛男人要是發狠起來，什麼歹事都做得出來，在這黑咕隆咚的大半夜，我周圍沒有一個人，女伴還沒回來，我可是弱女子啊⋯⋯

「怎麼？你對瘋子學校很了解嗎？」我對他笑了笑，假裝不害怕他，我要放鬆自己，這樣他才會放鬆警惕。

「別忘了，妳是在那裡開始寫我的。所以我對自己的出生地還是有點印象的，雖然妳很快就在那裡撕毀了我。」

第七章　闖入者

「對，我想起來了，我寫了一半然後就把這個小說撕毀了。怎麼，你這次就是為了報仇嗎？」我把腿放在沙發上，這樣我輕鬆多了。

「豈敢豈敢！我要是有此心讓我天誅地滅！不管怎麼說，都是妳創造了我，妳可是我的生母啊！」胸毛男人意味深長地對我說。

（如果你對別人說的每句話都相信，那我可以宣判你在這個世界上無法生存。為了讓別人高興，為了獲取利益，人們都會說假話。不到萬不得已的時刻，他們不會顯露真面目。我是作家，我對人性有充分的了解，所以我才這樣告誡你們……）

「噢，是嗎？難得你有此心。不過我可不想有比我還大三歲的兒子呢，要是讓街坊鄰居們知道，他們會說我瘋了。」

「妳以為妳沒瘋嗎？」

「我沒瘋，憑什麼說我瘋了？」我張著血紅的雙眼瞪著她，我要是有地湧夫人長長的尖指甲（能一下子戳穿人的頭蓋骨），我也會撲到他身上，把他撕個粉碎。

「妳在瘋子學校待了三年，那學校只收瘋子，大家都心知肚明！」胸毛男人笑吟吟地望著我，彷彿踩住了我的尾巴。我為什麼沒有玉肌夫人的雙劍，可以一眨眼把他剁成肉醬？（混在家庭主婦的餃子陷中，在超市中出售，價錢兩塊五一斤，夠便宜吧。顧客人滿為患。只是要粗心點，不要在吃了一半的餃子中發覺異味，酸酸的——就像人肉的味道，也不要發現長長的捲曲毛髮。但這很難避免，你也知道，餃子餡裡的胸毛太多了，這怪不得我，誰叫他是胸毛男人呢……）

「你，你去死！」我恨不得一口噴射出火焰山的三昧真火，又恨不得拿著鐵扇公主的芭蕉寶扇，一扇搧他離開十萬八千里！

「何必這麼凶狠？得饒人處且饒人嘛。再怎麼說，我們也是一家人啊。」

「你來就是為了教訓我嗎？」我轉過身，再也不想理他。他太沒眼色了，要是一個敏感的人，看到我背過身去，早就會說「打攪了，告辭！」，然後鞠個躬，就像腳下摸油的小老鼠，一眨眼就不見了。但胸毛男人卻沒有溜掉的意思，他甚至還大大咧咧地坐在沙發上，還在厚厚的胸毛上抓來抓去。我猜想，他的胸毛中一定長了很多蝨子。我厭惡起來，離他遠遠的，害怕蝨子會蹦到我身上（牠們可都是訓練有素的跳遠運動員，一跳能跳六米遠呢）。沙發上還不知道會藏匿多少只蝨子呢，罷了，罷了，明天白天又不能寫小說了，我還要在家搞個大清洗大掃除了……黃也不會幫我的，我已經夠懶了，她卻比我更懶十倍，整天吃飯卻連碗都不刷……黃怎麼還不回來？她不會是和舊情人鬼混去了吧……真可惡……

「豈敢豈敢。實不相瞞，我來是有求於妳。」胸毛男人把腳放在沙發上，他剛才表演半天體位，他的腳底板都是黑的。我厭惡地皺起眉毛，他可真沒禮貌，求人辦事難道是這表情嗎？

「求我？哈，真好笑，我不過是一介平民，我能幫你做什麼？」我冷笑兩聲，在房間內走動著。衣架上掛著一個藏青色的批巾，我取下來批在肩上。我又看了幾眼閉眼睡覺的塑膠蘭花，我又大聲地打了個哈欠。我所有的肢體動作都在暗示我很睏倦，請你離開！但胸毛男人絲毫不動，他可真沒羞恥心！

「妳能幫我一個忙嗎？夫人，就幫一個忙，再多也沒有！啊，我需要妳把我創造出來啊！我知道妳有這個能力，妳必須要寫完那個小說，我知道妳有這個能力。」胸毛男人用手摳著腳指頭，然後放在鼻子底下聞了聞。在他說這些話的間隙，他甚至用嘴去啃腳趾。

我渾身顫抖著……再也沒有感受到這種恥辱。天啊，難道我竟然墮落任人如此侮辱的地位嘛？那人一邊求我，一邊做這樣骯髒的勾當……我臉上火辣辣的，就像被孫猴子狠狠打了一棒！

「不，我不喜歡，我不寫，永遠不寫！你明白嗎？不寫！」我咆哮得颶風，恨不得舉起電腦桌砸在他頭上。

「為什麼？妳不應該浪費上天賦予妳的才華啊！」胸毛男人邊逮蝨子邊對我說。他把蝨子放在嘴裡，「咵嚓」一聲結束牠們的性命，然後他開心地吮吸牠們的鮮血（實際上也是他自己的血），然後他把蝨子的屍體擺在腳下，不一會，他就擺了六行，每一行七個，有四十多個屍體之多。他擺放的特別整齊，像廣場上走正步的操練士兵。

看到我盯著他，胸毛男人解釋說：「血債必須血還，這樣牠們才會知道妳的厲害！但妳知道我吃素，所以我不能吃牠們的屍體。唉！」胸毛男人搖搖頭，感覺甚是遺憾。

「我沒有才華，我也沒有創造力，別再對我說什麼小說了，我一想到他我就想吐！」我乾嘔著，趕忙奔到窗戶旁，飛速地打開窗戶，夜風吹著我的亂髮，這才好點。這個可惡的男人，就像惡魔，纏住我不放……

「噁心嘔吐是懷孕的症狀。啊，難道妳又懷孕了不成？還說沒創造力，看看，妳的生產力多驚人，妳別謙虛了！」胸毛男人做著戲曲的身段，然後就開始翻跟頭，屋子狹小，他就從南邊翻到北邊，從西邊滾到東邊，還學著孫猴子的樣子，抓耳撓腮，呲牙裂嘴。

我的興致上來了。我倒看看你接下來要怎麼表演，看你有什麼手段，有你出醜的時候。這樣想來，我也就不生氣了，接著他的話說道。「真的嗎？可我害怕啊。」

「妳害怕什麼？有我老毛在此，妳怕什麼？」胸毛男人四肢著地腰對著天花板，他走起來一搖一晃，像大姑娘出嫁坐的大花轎。

「我怕自己的小說別人不接受啊，我怕批評家不懷好意的批評啊！還有很多很多！」

「妳不要擔憂！『莫愁前路無知己，天下誰人不識君』！哈哈，相信我，妳會名揚四海，威震全球！

萬福，馬可白！祝福你，葛萊密斯爵士！
萬福，馬可白！祝福你，考特爵士！
萬福，馬可白，未來的君王！

「你是說我像馬可白那樣最後被人殺掉嗎？」我很不高興，胸毛男人在說這些話的時候，把四肢放在地上，頭高高地抬起，一隻眼睛乜斜著，另一隻眼睛用一塊黑布包起來。他看起來十分邪惡。我很不舒服。

「不，不，我的意思是說妳會取得很大的成就，在藝術上妳會取得像女神那樣的地位！這不正是妳的夢想嗎？」胸毛男人圍著我轉，還像娃娃魚那樣蹦蹦跳跳，他在討我歡心，每次用的卻是我最不喜歡的方式。

「可我的寫作風格太怪異啊，很多人都不能接受……」想起自己日夜擔心的問題，我更加煩憂，我推開胸毛男人，站在窗邊又叼起一根菸。窗外什麼都看不見。我的眼淚都要滾下來了。我想起遠離家鄉和親人的酸楚，想起獨自一個人在異鄉打拚的艱難，想起寫作阻滯時的鬱悶愁苦，想起寫好的作品卻很難被發表……夜正濃……

冷風吹起我的長髮，吹起我的陣陣愁楚……夜風吹起男人的胸毛，吹起他的玩偶女伴；夜風吹起長沙發，吹起覆蓋著長沙發的紅毯子；夜風吹起青色的花瓶（還有花瓶上的荷花），夜風吹起牆角乾澀的塑膠蘭花（還有塑膠花盆）；夜風吹起我的電腦桌，夜風吹起記錄我多篇小說的電腦；夜風吹起我的身軀，夜風吹起胸毛男人的身軀……我們在夜風中飄舞，旋轉，運動，就像星系們圍著銀河的中心轉動一般……

我們是兩個孤魂野鬼，在黑暗中抱在一起。我們都被人遺棄，我們靠在對方身上，用他（她）的體溫溫暖自己……我嚎啕大哭，胸毛男人吻著我的臉，添去我的眼淚；我撫摸他的胸膛，安慰他受傷的心。我甚至覺得欣慰，幸虧自己還能寫作，不然，在這樣的孤苦時刻，再也不會有別人來安慰我……

作家和角色擁抱在一起……作家創造了角色，角色安慰作家……雖然很罕見，但這樣的例子在藝術史上比比皆是，曹雪芹被《紅樓夢》安慰，蕭紅被《呼蘭河傳》安慰，梵谷被他的向日葵與自畫像安慰，莫札特被他的《安魂曲》安慰……如果你是作家或藝術家，你很容易就明白這點……

我們擁抱在一起，這就是生命的奇蹟……

胸毛男人擦亮一根火柴，火柴照亮我帶著淚痕的眼，火柴照亮他長長的胸毛。很快，火柴就熄滅了。他又劃了一根火柴，我湊過去，菸頭靠火柴頭太近，火柴又熄滅了。男人劃亮第三根火柴，我點起了菸，猛吸一口。我咳嗽起來，胸毛男人幫我捶背。

「謝謝你。」我低聲說。被人看到脆弱面，我總有點不好意思。

「我們還客氣什麼？」我們站在窗戶邊，像三歲的小孩在數星星。但天黑得一塌糊塗，什麼都沒有。我們被密封在罐頭裡，沒有一點空氣。（我們被仔細地醃制過，還被切割成小塊，以方便顧客們進食。進屎。覲屎。饉屍。禁詩。金虱。）

「很多人都難以接受我的風格，他們說太古怪，看不懂……」

「妳又何必擔憂呢？一種寫作風格剛開始時總會被當作怪物，因為它們太獨立特性，太超越常規。可是妳也知道，藝術最喜新厭舊了，藝術女神鼓勵創新，不但在表現手法上要創新，在藝術內容上也要創新！只有這樣，才能保證妳作品的新意和深度，才能推進藝術的進步……總之，我是很相信妳的，妳也要相信妳自己啊！可不允許妳再這樣自怨自艾！」胸毛男人倒立著行走，他在演習傳說中的蛤蟆功。胸毛男人眼中閃現火球，他恨不得噴出火來，為我加熱鼓勁。我明白他的用意，他想讓我趕緊把他寫出來。

「我寫的題材太敏感，內容也，也不健康⋯⋯」為了獲得安慰，我會拚命貶低自己的作品（就像那些人一樣），其目的是尋得周圍人的支持。但我根本不信這些鬼話。我對自己的作品還有信心。但我必須假裝脆弱，只有這樣，我才能捕獲眼前這個威猛的漢子。

「胡說，妳、妳的作品包含深意。妳撫摸妳自己的心，妳的作品是不是來自妳的心？」看到我點頭，胸毛男人繼續倒立著演講，口水飛濺，我趕緊躲開。「雖然妳的寫作包含很多色情、凶殺和暴力，但在某種程度上，妳揭示了人內心真實的東西，尤其是都市人內心的創傷和分裂、壓抑和瘋狂、變形和異化等，這些都是無比真實的體驗，透過藝術的方式，妳為我們揭示出了我們時代的主題與文化的困境所在⋯⋯總之，妳的作品是很重要的，它透過一種陌生化的形式來喚起我們沉睡的心靈，它讓我們感知到自己的存在⋯⋯我，我太激動了，我說不下去了⋯⋯」胸毛男人倒立著流下眼淚，然後他擦起眼淚，我也感動地鼓起掌來。（等一等，我怎麼覺得胸毛男人的話這麼熟悉。後來，我才想起我在張琅教授的《當代小說》的專著中，看到了同樣的話⋯⋯）

「謝謝你的鼓勵，你真好，我會加油的！」我應該很感動，我拚命擠眼淚，但眼睛還是乾巴巴的。我沒有一滴蛤蟆尿。

「那妳答應我去寫這篇小說了？妳答應要去創造我了？妳答應去寫《胸毛男人打手槍》了嗎？」胸毛男人興奮地圍著我轉，還像蛤蟆一樣倒立著一蹦一跳，就像對女神祈福的信徒。

「可我總不能白寫吧。你要怎麼報答我？」我最討厭去寫命題作文了，即使是自己喜歡的東西，但要是有別人的請求或逼迫，我也懶得再去做；從小就是這樣，我是被父母寵壞的人⋯⋯我尤其痛恨的就是交易，你為我做什麼，我為你做什麼，這是我最無法忍受的。胸毛男人正好踩在我的雞眼上；雖然我們剛才很親密，胸毛男人在我最無助的時候安慰我，按說我應該答應他的請求，但我做事情總喜歡出人意料的突轉，我總喜歡把生活當成小說來操練，在自己生活周圍創造出幾乎不可能的情境，以此來檢驗自己和別人的人性。此刻，我也是這樣。我雖然很想寫這篇小說，有一種創作上的衝動，（並非因為胸毛男人的請求，而是出自我內心的真實願望）但我還是更願意去拒絕他，（雖然不是明的，但會一直拖著不寫）我急切地想看到胸毛男人傷心與失望的樣子。這是我最關心的……也許，正如瘋子學校的大多數人一樣，在別人受苦與別人快樂之間，我更願意選擇別人受苦吧。這也是大多數人的本性，雖然她們不會承認，卻是事實……

但我剛才欠了胸毛男人一份人情，所以我不忍拒絕，那會顯得我不近情理，也會大大傷害胸毛男人的熱情。所以我就用模棱兩可的回答封住他的嘴，我不說自己寫，也不說自己不寫。這樣，也就為自己留下退路。我也是個走一步看十步的人，我會對自己的後路看得很遠……我又打了個哈欠，卻很難提起精神。興奮很快過去，而疲倦卻是常態。我總是這樣情緒多變，剛才還是豪情萬丈，一會就陷入谷底，連我自己都覺得驚詫。誰讓我是多變的雙魚星座呢……

胸毛男人

「我會為妳表演最精彩的節目，想看嗎？」胸毛男人跪在我的面前，眼睛火辣辣的，可我卻睡意朦朧。

「你剛才不是表演過了嗎？」我猛吸了一口菸，卻跟著打起哈欠。我竭力想要精神起來，但我知道自己很難騙別人，也就放棄了裝扮。如果我是夢境中的一個角色就好了，那樣我就不用努力去扮演了……

「剛才是模擬，這次是實彈演習！想看嗎？為了這次操練，我可不知道練習多少次啊，妳知道，我要為妳拿出精彩表演，我會為妳提供豐富的素材和真實的細節……是啊，我必須要在文學的殿堂中出生，我胸毛男人也要和哈姆雷特王子、浮士德博士還有美猴王等著名人物站在一起，哈，我也要成藝術殿堂中的典型角色，而這都要倚靠妳，倚靠妳的努力，女神，我偉大的女神啊，妳要努力把我創造出來啊，加油，加油！我會讓妳看清楚，胸毛男人是怎樣打手槍的，睜開妳的慧眼吧……」

不知什麼時候男人已經解開了皮帶，男人撫摸著自己腹部濃密的胸毛，雙手慢慢地插入內褲中，反覆摩擦起來，我猛地靈機一動，身體突然被注入了興奮劑，讓我燥熱難耐。男人很滿意他動作的效果，他淫蕩地望著我笑，我也禁不住回應他的微笑，甚至還送去了一個不易察覺的香吻。男人十分滿意，更加用力地撫摸起內褲中的物體。我注意到他的內褲是半透明的黑色，正是今年最流行的內褲，裹在他絕佳的身材面前，十分性感。

那個性器很快就聳立起來，彷彿直達天庭。為了擎天一柱，人們追到天涯海角；為了陽具大王，她們等到海枯石爛……

男人繼續玩弄著。顯然，他很擅長這樣的表演，他又玩出了新花樣，他用一隻手用力扯著內褲的鬆緊帶，內褲被他愈來愈大。我跪在地上，雙眼追隨著他揭開的帷幕，一場好戲馬上就要上演了。我看到了舞臺上更加茂密的森林，在黑森林中，有一條隱約可見的巨龍在盤旋……我幾乎無法自持就要撲上巨龍，但男人卻巧妙地站起身來。這個翠眼狐狸，知道如何挑逗他的主人……

他用力地扯內褲，然後鬆開，內褲在他腰間留下「啪啪啪」的聲音……我跌倒在地，渾身顫抖，難以自持，那聲音成了抽打我身體的鞭子，我高聲叫喊，幾乎喘不過氣來。我感到飢渴，飛快地撲向我的神，像一頭十天沒吃飯的母老虎！但獵人卻機敏地躲開我，他在我身旁遊走，離我不算不遠不近，近在咫尺，卻又遠得我無法接近。而且他的褲子已經掉在地上，他在我面前旋轉，轉圈，我看到了他的兩個臀部，兩個長滿黑毛的大山丘。（他穿著丁字內褲。那狹窄的絲帶僅僅從他的屁股溝中穿過去，而他的雙臀自然地裸露著。）

「啪啪啪」的聲音愈來愈響，我被鞭子抽打得更加飢渴。我嗚咽地叫著，就像小貓看到像山一樣高大的巨鼠，我嗚咽地撲上去，卻被巨鼠靈敏地跳在一旁。在這場貓與老鼠的遊戲中，我扮演著貓的角色，卻被巨鼠挑逗和戲弄，我這麼弱小，卻想要征服山一樣的巨鼠。多麼可笑（就像那個紅娘子想要打敗夸父，紅娘子雖然在凡人面前武功高強，但在比她高大幾千倍的夸父面前，她不過是個不知天高地厚的小螞蟻，她那能制千萬人於死命的二腳貓功夫，成了夸父眼裡的笑話）。但我被不可知的業力牽引著，我不能自持，我在地上扭曲爬動，我希望有一條蛇緊緊纏繞在我身上，我願在它的纏繞中死去……我急切地向他爬去，想要捕獲在我眼前跳動的寶塔（發出耀眼的紫紅色的祥光，光芒萬丈），而他總在我眼前，不遠不近，像那個狡猾而熟練的獵人，不斷挑逗我，卻很難讓我得逞……

我急切地爬向自己的光，爬向自己的毒藥，爬向自己的墳墓……我低聲哀求，嚎叫，撕扯自己，都沒有打動他……在我絕望地想要放棄時，他卻繼續加大力度，把自己的丁字內褲往下褪了一點，雖然只是不到一公分的距離，但我看得真切，雖然巨塔依舊隱約在黑暗中，但我更接近了他的全貌……一股熱泉在我全身奔走，想要奔湧而出，卻找不到出口……我又被調動得熱情高漲……

噢，這是一場多麼痛苦的角逐。我遊走在地獄中，被各種酷刑拷打；我下過油鍋，穿過刀山，進入火海，穿過糞尿獄，被諸惡獸爭相食啖，被眾夜叉利刃驅逐；我穿行拔舌地獄，飛過火象地獄，闖入剝皮地獄，墮入燒腳地獄，潛入飲血地獄，進入寒冰地獄；我被鐵蛇盤繳，被火槍穿身，被鐵狗追趕，被沸湯澆灌，被鐵驢犁身，被燒銅抱柱，被鐵蒺藜綑綁，被眾鬼怪食心……可我仍舊無法滿足……我被難言的飢渴和搔癢支配，如果眼前有黃河水和渭水，我也會像夸父那樣一口喝乾他們……

我精疲力竭，也逐漸清醒。在踏過地獄的漫長黑暗旅程中，我明白了很多東西既明白了我在寫的這篇小說的源頭，又明白了這篇小說的主旨；既明白了這篇小說的精髓，也明白了那個夢境（夢境中的力量非常強大，它逼迫我寫下去，我總是一邊寫小說一邊哭泣）的真實含義；我既明白了我和那人強烈複雜的愛恨情仇，也明白了我在這場戀愛中受到的深深傷害；既明白了那人的無恥卑鄙醜惡狡猾，又明白了那人艱難處境與深深無奈……如果兩個不是同類人，幹嘛要把他們綑綁在一起呢？綑綁做不成夫妻……

我坐了起來，又點起一根菸抽了起來。我感到滿足。在地獄中穿行，受盡磨難，但卻找到小說創作的關鍵，我高興壞了。就是再忍受十次這樣的磨難我也願意……我忍不住笑顏逐開，得意洋洋……對我來說，任何艱難的經歷都是可以忍受的，因為這些暴風驟雨寒雪冰雹都成了我創作的素材，成了我小說的一部分。在我能記錄下來它們的時候，我也因此獲得了解脫。甚至和我的夢想一樣，我又重新上路，就像獄火中的鳳凰涅槃後，再次光輝燦爛，展翅飛翔，重回女神的懷抱……那是我永恆的幸福……

所以，胸毛男人的引誘對我構不成威脅了。我已經進入過地獄，所以他的引誘就無足輕重，就像微風刮走的蛛絲，它已經無法誘惑我，對我更造不成任何的傷害。欲望是個奇怪的東西，它們刺激我們，讓我們感知到它們的存在，它們張牙舞爪，要我們跪倒在地，好顯示強大的力量；但當我們超越了它們，不再受到它們的操縱，它們也就不值得一提了。我們老祖宗說得好：「無欲則剛！」眼下，我就處在這種狀態中。所以在和胸毛男人的比拼中，我雖然受到了強烈誘惑，但終於笑到了最後（也許我不該洋洋得意，畢竟，最後的角逐還沒有開始，但我忍耐不住，因為我已經被他壓制太久，我急切地想要顯露自己的開心，所以我有點不成熟，但我不管不顧了，再壓抑下午我會瘋的，也許我已經瘋了）……

當我們不再神話某人時，就能把他看得更清楚；我們之所以覺得他好，是因為我們賦予了他太多美好的東西。這是一種危險遊戲，代價是我們可能失去自我。在穆達身上，我已經栽過跟頭，在胸毛男人身上我又犯了一次。在地獄穿行中，我意識到了自己的錯誤。我及時地懸崖勒馬，也算是挽救了自己。

大家都很卑微，別人抬舉幾句，馬上就變得得意；你愈是捧他，把他當人看，他的頭抬得愈高，自鳴得意，不可一世；你扭頭走了，他就慌了，跪倒在地拉著你的腳脖，又哭又喊，不要你離開。這就是大多人的本性。我看過太多這樣的表演……

我毫不在乎，胸毛男人倒慌了。他的情色表演缺少我的捧場，也終將無趣地結束，就好像演員對著觀眾表演，觀眾卻不看舞臺，在劇場裡喝茶聊天親嘴跳舞脫褲子放屁當眾性交……這會大大挫傷演員的積極性。他會覺得自己一錢不值，不可一世的他現在成了失敗者、被肢解的木偶、沒人需要的廢物、沒人關注的棄嬰、垃圾場裡的臭狗屎、被人排斥的同性戀者、遭人歧視的愛滋病患者……

胸毛男人只剩下最後的機會，他只好亮出自己的獨門絕技。他褪下丁字內褲，露出自己的廬山真面目。我毫無興趣，只盯著手中的菸頭，它閃閃發亮，發出耀眼紅光。而且，胸毛男人的下體並沒想像中的那樣龐大，至多不過二十公分。這是很自然的，一個男人，就是陽具再大，其長度也不會超過三十公分的，不要說泰山了，就連一根普通筷子的長度都不夠。（多麼可憐，人類雄性器官只是豹子雄性器官的二分之一，是獅子雄性器官的三分之一，是馬驢騾雄性器官的四分之一，是大象雄性器官的五分之一，是長頸鹿雄性器官的十分之一，是鯨魚雄性器官的二十分之一……）

我剛才昏頭昏腦地撲上去，完全是被自己頭腦的想像所激動。我總是這樣，很多時候是被自己的幻想感動的，而真實總是另外的樣子。在愛情中我也是屢犯這樣的錯誤，每次頭撞到南牆上還明白過來。一切晚矣。

胸毛男人坐在地板上，宛如坐在劇場內，他套弄著自己的陽具，宛如是上天恩賜的玩具。剛開始，他有點尷尬，很自然，任何男人在別人面前打手槍都會不舒服，就像光著身子在大街上走一樣。（雖然很多年前，我們的老祖宗一直光著身子在森林裡行走，坦蕩蕩，毫無羞恥心;但畢竟時代不同了，按張琅教授的觀點，我們處在「進步」的文明進程中。為了生存，我們必須要學會忍耐，學會在別人面前控制和壓抑自己。這就是文明的代價。）

胸毛男人神情緊張，動作僵硬變形，雖然嘴裡呼哧呼哧，但能明顯感覺到這種聲音是裝出來的，並非自然快感的聲音。我為胸毛男人感到難過，但也毫無辦法。這是他自己的選擇。我沒有強迫他。事實上，要是讓我在大象手淫和男人手淫之間選擇的話，我更願意選擇觀看大象手淫。眾所周知，所有的男人都手淫，而人們卻幾乎沒看到大象手淫。（大象手淫是一件奇妙的事情。更具有挑戰性，也更有轟動的視覺效果和絕佳的經濟效應。可惜，這個商機馬戲團一直沒有看到，更沒有開發出來；不然，倒會成為馬戲團主發家致富的一條捷徑。大象手淫時，不會像人類一樣用自己的手，他們肯定會選擇自己的鼻子了。這樣，對他們的長鼻子也是一次難得的鍛煉。我們都看過大象用鼻子吃蘋果、剝香蕉皮、幫自己洗澡、幫小象抓癢，但我們還沒看到他們用鼻子手淫呢。而且。「手淫」這個詞對大象也是不合適的，應該改成「鼻淫」才對。）

第七章　闖入者

必須要承認，胸毛男人打手槍並不好看，這是個被宣傳過頭的噱頭。他的陽具並不特別，他打手槍的姿勢也很稀鬆平常。（在大街上隨便拉個男人，讓他幫你打手槍，你都能看到更多新奇怪招。）你在胸毛男人打槍的姿勢中，卻很難看到什麼亮點，他用的是最普通的招數，就像機器人在擦拭窗玻璃一樣，一上一下，動作僵硬老化。雖然剛才他和木偶女伴的性體位表演中，他積極活躍，又有天分又有活力，是他一直在操縱著木偶女伴的；但在這一環節中，他卻毫無吸引力，他變成了他的木偶女伴，被神祕的黑衣人操縱著，活脫脫成了僵硬木偶。這是我看過的最糟糕的表演。胸毛男人仍舊賣力地套弄著，一刻也不放鬆，嘴裡還配合著發出聲音，甚至在我周圍還散發出一種奇怪的味道。也許是前列腺液體吧。這實在是我看過的最乏味最漫長的表演……

我盯著手裡的菸捲，看它一點一點燃燒，縷縷煙霧纏繞著我。要是把紅色的菸頭放在他暗紅色的龜頭上，胸毛男人一定會叫起來，一定會對他產生刺激，改變他目前的僵硬麻木狀態……我打了個哈欠，閉上眼睛……我知道，我不能夠，我不能虐待胸毛男人，就像我不能虐待大象一樣。雖然胸毛男人只是我小說中的人物，但我不能夠虐待他，這是我理智告訴我的，雖然很多小孩子喜歡把開水一點點倒在螞蟻身上，但我不能夠這樣做……我在大學受的教育告訴我，要尊重人，即使是書中的人物也要尊重，即使這個男人是我創造出來的，我也要尊重！雖然我被一個男人狠狠地傷害，但我不能因此就把傷害轉移到無辜的胸毛男人身上啊……如果胸毛男人是穆達該多好啊，他們可都是有著長長的胸毛啊……可為什麼我要創造出胸毛男人呢？他和穆達是什麼關係？這裡面有什麼特殊含義嗎？這些問題像霧一樣纏繞我，但我無暇估計，因為睏倦已經排山倒海地壓了過來……

朦朧中，我看到穆達果然走了過來，赤身裸體，激情萬丈，胸毛飄揚，陽具膨脹，正與我日夜盼望的一樣。他迎過來，我撲上去，我們就是傳說中的乾柴烈火，我們已分離太久，身體的飢渴讓我們顧不得說話，因為我的舌頭很快就被他咬住，他的舌頭也被我擒住。我們像兩條蛇一樣纏在一起，跟伊甸園中的一摸一樣。他撕扯我的衣服，我抓拽他的胸毛;他進入我的身體，我接納他的盛情；他撞擊我柔軟的洞穴，我拍打他偉岸的軀體；他吻過我每一寸的肌膚，我咬過他的全身的骨骼;他吮吸我的津液，我品嘗他的血脈……（如果你瘋狂地愛過一個人，如果你們曾經激情地造過愛，你會明白我的感受……所以，這本書更適合成年人讀，對於那些還處在青春期的懵懂少男少女來說，這本書來得太早了……）在激烈的碰撞聲中，我們的叫聲愈來愈大，我全身的每一根神經都投入戰鬥，我應該覺得滿足，我也確實覺得滿足，穆達有力量又有技巧（會讓每一個和他上床的人都得到滿足），但我還是覺得有點空虛，整個房間都充溢著我們的叫聲，這未免太單調了。雖然我還在迎合，但我卻感覺心在逐漸下沉，就像墜墜落日。我們在地獄中游走，翱翔，嬉戲，整個地獄都充溢著我們的叫喊聲。所有的鬼怪、夜叉和羅剎都已消失不見。整個地獄就我們兩個人。也許整個宇宙都只有我們兩個人了。這讓我覺得悲哀，不過我還掩飾著，此刻我興致高漲，我不想讓穆達看到我心底深處的不滿足，那是和他沒有關係的，不需要他來承擔這樣的責任。（但我想穆達是感覺到的，他是敏感的人，幾乎和我一樣敏感；不過更多的時候他假裝自己沒看見。這是個很好的策略，可以給我許多時間來調整。）這確實是我自己的問題……我渴望永生，渴望在激情時刻中的永生；對，我希望我和穆達是一對神仙眷侶，這樣我就不用擔心激情時刻會那麼短暫……

（我聽過一個古代傳說，年輕神仙呂洞賓風流成性，他喜歡去各地遊山玩水，要是遇到彼此心儀的女伴，他就和她們發生性關係。因為他是神仙，身懷絕技，他能大戰幾萬回合而不泄精，他因此被稱為純陽真人。後來他遇到白牡丹，兩人大戰三天三夜也不分勝負，後來白牡丹在另一個仙人的教授下，懂得了一個妙法。在下一次她和呂洞賓的交合中，她使用了這個妙法，純陽真人不受控制地泄精，白牡丹吸取了他的精華，也就會飛成仙了，呂洞賓雖然失去了「純陽真人」的名號，卻得到了一個如花美眷，也就心滿意足，兩人一起過著神仙日子，每時每刻在天地間交合糾纏，就是在天帝王面前也不避諱。天帝王了解他們的本性，也不怪罪他們。在每年慶祝天王妃壽辰的蟠桃盛會上，最後的保留節目都是呂洞賓和牡丹仙子的「魚水歡」，天帝王天王妃和眾神仙飲著瓊汁玉液，欣賞著呂洞賓和牡丹仙子的「雲雨情」……也許，我最想做得就是成為他們……可我為什麼不是女神？如果我是，我就不會這麼悲傷，我就不會這麼擔憂，我也不會這麼飢渴……我要是女神，我就能獲得永恆。永恆的生命，永恆的光彩，永恆的身體，永恆的激情……)

我們的叫喊聲愈來愈大，我的身體在快感的浪潮中浮沉，可我的心卻愈來愈悲傷。唉，這就是最快樂的時光，這就是我們稍縱即逝的幸福感，這就是我和穆達的愛情……他在激烈的叫喊中射出了子彈，然後他就繳械投降，那個曾經不可一世的光頭鐵和尚，現在卻軟塌塌地臥在亂草中，周圍的黑烏鴉對著他嗚叫，哀叫他的犧牲……

這就是我們的塵世故事，這就是我們快如流星的交合過程。可我想要追求的卻是永生的快感，永生的糾纏，永生的合二為一……

天啊，我是那頭永不滿足的母獸啊……

母獸

「多麼可憐，妳想在塵世建立天國……妳是個可卑的妓女，卻裝出女神的模樣！哈哈哈哈……」

我聽到一隻母獸在我耳邊說話。在她的大笑聲中，我醒了過來。我蜷曲在沙發上，就像一隻小貓；我赤身裸體，渾身溼透，好像剛剛經歷一場生死搏鬥。黃依舊沒有回來，這麼晚了，也不知道她做什麼去了……

（我是一頭母獸，一頭永不滿足的母獸。我的全身也長滿洞穴，臉上，鼻子上，額頭上，耳朵上，脖子上，（碩大）乳房上，背上，（滾圓）屁股上，恥骨上，大腿上，小腿上，手上，手指頭上，腳背上，腳板上，腳趾頭上都是這種洞穴。事實上，就連我的肚臍上也有一個洞穴，連眼睛上也有兩個洞穴呢。不過我不告訴別人，這是我的祕密。在我的洞穴中，也都住著一個和我相似的母獸，她們寄生在我身上，是我忠實的奴僕和家人。洞穴遍布我全身，她們柔軟滑潤，黑暗又潮溼，向外噴射麝蘭的香味。這是一種信號，一種捕獲獵物的誘餌。獵物聞到味道，就飛速奔跑過來，就像蜜蜂聞到花香，飛蛾看到火光。毫無徵兆，他們掉進我的洞穴裡，卻也興奮滿足，含笑閉目。他們在死的剎那，獲得永恆的幸福。他們很滿足，可我卻是那頭永不滿足的母獸。我住在黑暗洞穴中，這樣的洞穴從屬於另一個更大的母獸，她是我的母親，也是我們崇敬的女神；女神住在另一個更大的黑暗洞穴中，她崇敬另一個更大的母獸為女神……）

太陽光很好。這是四月的天空，能聽到樓下花園裡鳥叫聲，陣陣花香也隨著微風飄過來。這種感覺真好，彷彿你也生活在陽光中，成為裝扮春天的一棵花草……

我慢慢地坐起來，竭力想要回想之前發生的事情……我記得有個胸毛男人，他和女伴為我表演了性體位，他還要為我表演打手槍……一陣冷風吹來，我這才發現房門大開。這太奇怪，我記得在睡去之前房門都是關得好好的啊……這是怎麼回事啊……而且，多麼可怕，我赤身裸體地在房間裡睡覺，而房門卻大開著，會不會有色狼進來過……我趕緊用手擋著自己的下體，似乎色狼就在對面。我會不會被人強姦過？（天啊，那多可怕！）我快速地打開衣櫃，想找一件衣服先披上再說。但衣櫃裡沒有一件衣服，只有空空的黑色衣服架。怎麼這麼奇怪啊，就連黃的衣服也不見了啊。而我們的衣服之前都是放在一起的啊……

天啊，到底發生了什麼事，誰能幫我回憶或者回想一下啊？多麼可怕，連日的小說寫作讓我渾身酸疼，頭疼失眠，記憶力也逐日下降……天啊，我連發生在一小時前的事情都記不得了……房門依舊大開著。我揉著發疼的太陽穴，一屁股坐在地上了，我看見下垂的乳房（沒有戴乳罩的緣故），還有黑色的下體。我突然聽到走廊裡穿來說話聲，雖然聽得不真切，但我知道這是隔壁鄰居們，她們總在這時候交流菜市場的資訊，而她們帶著的母狗和公狗就在她們身旁交配……

天啊，一定有很多人看到我赤身裸體睡覺的樣子……太可惡了……我發瘋了一樣衝到門前，用力地關上了門。門口一陣安靜，很顯然，我的關門聲嚇著她們了，然後我聽到她們壓低聲音小聲說著什麼，雖然聽不真切，但我直覺告訴我，她們正在議論我……我真想衝到她們面前，和她們爭吵，要是有必要，和她們打架也行。雖然她們都和我奶奶的年齡差不多，但我不怕她們，就算她們的狗衝過來我也不怕，牠們要是敢來咬我，我也會咬牠們。我可是長著尖利牙齒的……我最恨別人在我身後嚼舌頭，我想把一桶屎倒在那群說我閒話的老太太頭上……可我沒有衣服，我赤身裸體。我不能就這樣出去和她們爭吵，不然我就又有一條新的罪狀了……

但我覺得委屈。我趴在地板上哭起來。想到在我睡覺時，那些女鄰居們也許已經偷偷進來過，（她們經常躡手躡腳地進別人房間，亂翻別人的抽屜，然後向樓下的門衛告狀），她們甚至會用數碼相機拍下我的裸照，然後在網路上兜售，發一筆小財，好為她們懷孕的母狗接生用；或者她們趁我睡覺的時候，喊著門衛到我房間裡參觀。這太可惡了……那些粗俗而野蠻的門衛也許已經看過我的身體，之後當我走到他們身旁時，他們就會在我背後指指點點，嘻嘻哈哈地叫我「婊子」；甚至在我睡覺時，某個門衛已經偷偷溜進我的房間，壓在我身體上強姦我，而他們的同伴拿著攝影機拍攝下這一激情場面，然後放到網路上，（甚至會賣到電視臺上放映），他們會賺一大筆錢呢，畢竟我是作家，還算是名人……

這太可怕了……每一種設想都是奇恥大辱……天啊，我不活了，我馬上就想到自殺。喝藥、上吊、跳樓、電擊……隨便什麼都行，我不在乎，只要能讓我擺脫恥辱……但我很快放棄這一念頭。因為我想到自己沒有衣服，死後依舊赤身裸體，想到自己美麗的身體被無聊報社記者的閃光燈拍來拍去，想到自己驕傲的身體會在解剖師冰冷的手術刀下被肢解，（解剖師戴上冷漠的橡皮手套。橡皮手套套在手上發出「啪」、「啪」的聲音。）我只能放棄自殺。哈，我可不想成為這些人手中的物品與玩物……我是個人……

我哭了一會，這才感覺輕鬆點。眼淚是個好東西，是難得的良師益友，在心情不好的時候，不妨來那麼一點；要是哭不出來，就來那麼一點胡椒粉和辣椒麵做催化劑，包你哭得高興，哭得開心，哭得得勁！（「快樂眼淚，眼淚快樂！巴黎胡辣粉，你也值得擁有！」電視上的男模特摸著自己光滑的身體，用兩百二十伏特的電眼看著觀眾。）

陽光照在地板上，屋外小鳥的叫聲也傳過來，空氣中傳來黃刺玫和丁香花的香味。天啊，活著可真好的，即使只是被太陽光照著，也多好啊……我仔細地考慮了一下，我覺得剛才自己的分析太不科學，那都是因為我小說寫多了，太容易幻想的緣故。我所設想的情況都很難發生，那些老太太們和門衛們即使再不恥，他們也會尊重人權的，也不會未經別人同意就進入女士的房間，更不用說拍照或者強姦了，這些都是違反國際法的;要是被員警發現，他們都會被投入監獄的……

第七章　闖入者

天啊，你瞧我的腦子這麼緊張，這都是我最近寫小說寫的，每天寫一萬字的小說，這個數字太驚人了，我再獲得驚人創造力的同時，也讓我神經變得更加脆弱和敏感。（事實上，寫作對我的身體並沒好處，但我卻很難放下。短短的一個月，我就寫了二十多萬字。這確實是奇蹟啊……）一旦打開電腦，我就不能控制地去寫，寫啊寫，甚至忘記了去吃飯，有時候是徹夜寫作……他們都很驚奇。黃說我瘋了，我也不管她怎麼說，繼續寫我的小說。事實上，我甚至高興黃這麼說我。在我看了，那是對我的最大褒獎；畢竟。「無瘋不成魔」嘛。黃說我瘋，也證明我確實進入了寫作狀態啊……

可我總覺得哪裡不對勁。雖然我還沒看到，但我明白這種危險的感覺，就好像一個強大的獸躲藏在我身後。我去哪裡，她也去哪裡。她跑得很快，又沒發出聲音，所以我看不到她。但她確實存在我身後，我能感覺到她沉重的呼吸聲，還能聞到她身上的臭味，我剛才不是還聽到她的話了嗎？我不是還聽到她的笑聲了嗎？這都是她存在的證據啊……天啊，為什麼我腦後沒有多長一隻眼睛，這樣我就能看清楚她了……

我太大意，放鬆警惕，給了她那麼多機會觀察我，模仿我，學習我的動作。這太危險了……我明白，總有一天這頭獸會吃掉我，然後她變成我的模樣，和不同的人靠近，吃掉他們。正像我以前做過的那樣……這太可怕了……

但我馬上就忘記了她，因為還有更可怕的事情等著我……剛才我把注意力都放在了外界，我沒有注意到屋內的變化；地上一片狼藉，米黃色的大理石地板上灑滿了菸頭、菸灰，破碎的衣服、破碎的瓷器片和撕碎的塑膠蘭花，還有一個像皮球一樣的頭顱、被肢解的四肢、被切割下來的乳房，看了好一會，我才認出那是一個被撕得粉碎的塑膠裸體女模特，它殘忍地被人肢解了（被誰？被哪個可怕的傢伙？是那些老太太和門衛嗎？還是那個要吞噬我的可怕母獸？先以撕咬塑膠女模特做練習，也向我提出警告，然後第二天就撲向我把我撕碎——天啊，我毫無所知，而危險早已逼近，容不得我再去反抗，牠就會抓住我，然後在地獄裡把我撕個粉碎⋯⋯）⋯⋯

地上還殘留著一灘乳白色的液體，黏黏的，我聞了聞，有一股怪味；我用舌頭添了添，那液體帶著腥味，就像被放壞的臭魚。我趕忙吐出來。真奇怪，它像極了男人的精液⋯⋯我心中被恐怖緊緊揪著。我發現太多的怪事，一個針對我的陰謀在背後形成，他們用網捕捉我，而我之前毫無察覺，直到看到黑色的網，我才驚叫，但網已經罩在我頭上⋯⋯我太不小心了。昨晚上發生太多的事情，先是黃徹夜未歸，然後是我房門大開，我赤身裸體地躺在床上，之後是鄰居老太太們的嘀咕，後來是母獸的氣息，還有地板上的狼藉，被打破的花瓶，被撕碎的衣服，被咬得粉碎的塑膠女模特（我忘記了她的名字，她是叫黃嗎？）⋯⋯可是，等等，瞧瞧我看到了什麼⋯⋯噢，天啊，讓我怎麼活⋯⋯

電腦桌被推倒，斜著躺在地板上，而它過去忠誠的伴侶——電腦卻不見了，珍藏著我所有小說的電腦不見了！天啊，我寫了五年的小說，天啊，我寫了幾十萬的小說，天啊，我就要收尾的小說⋯⋯

是誰這麼殘忍，把我的心活生生地拿走？是誰這樣卑鄙，把我的肝腹挖掉再吃掉？是誰這麼凶狠，把我五臟六腑全絞碎？是哪個沒心肝的壞人？是哪個沒良心的歹徒？是哪個不是人的凶犯？是瘋子學校的人嗎？是胸毛男人嗎？還是那頭一直跟在我身後的母獸？母獸張開巨嘴，我看到了她比尖刀還要鋒利的牙齒，還閃著寒光⋯⋯

就像別人在我面前摔死我懷孕兩年的嬰兒。我只能昏死過去⋯⋯我在倒地前，噴出鹹鹹的液體；我在昏迷前，看到了地板上盛開的朵朵紅色花朵，她們仍在變幻，流淌，飛躍⋯⋯我閉上了眼睛⋯⋯

第七章　闖入者

在昏迷前，我模糊地看到那個母獸。她拖著長長的黑影，一步一步地靠近我……

不久，黃為我端來咖啡和麵包，她是個溫柔又體貼的好女孩，對我服務得特別好。再也沒有比從夢魘（多麼可怕，帶著凶殺的血腥，還有吃人的母獸）中醒來大口地吃美食更幸福的事情了。特別是陽光這麼好，小鳥的叫聲還這麼清脆，遠處的草地上是聊天的老太太們，她們的狗在一旁吠叫著。多麼有趣的生活畫面啊。

但我不能多待，吃完飯後我必須馬上回房間，我必須要在新年前寫完我的小說！我必須加油加油，再加油，一刻也不能停息……

可是我的電腦真的丟失了……這可怎麼辦？我真的不在乎這臺桌上型電腦電腦，它不值幾個錢，但我在乎的是我寫了兩年的小說都被偷走了。天啊。天啊，我該怎麼辦啊？我活著還有什麼意思呢？我該用什麼方式殺死我自己呢？電擊可以嗎？跳樓呢？投湖呢？天啊，我真的活不下去啊……

更恐怖的是，還有一隻母獸在我身後追趕我，虎視眈眈……

第八章　他者的世界（二）

第八章　他者的世界（二）

湯姆的故事

對，對，母豬的母親就是生出像人那樣的小孩，你不要不信，電視上都做了報導。母豬們生人類小孩，每次一生就生出十個，這些粉紅色的，長著豬頭人身子的小孩哇哇大哭，直到疲勞的母豬把牠的十多個乳頭塞到牠們的嘴後，牠們才停止了哭泣，開始了生命的第一次運動；快樂地吮吸母豬乳頭。當然，這些調皮的豬小孩可不老實了，牠們那雙像人類雙手對著同伴開始到處掐、到處抓，牠們的人類雙腳也互相踢碰撞。這些可憐的豬小孩寶寶，剛一出生就染上人類的諸多惡習，對同伴除了可惡地欺壓和辱打外，牠們一點也沒有繼承豬類的溫柔善良天性。這看起來很恐怖聽起來很嚇人，卻都有科學依據，在很多社會中，總有很多缺乏性伴侶的少年，他們還沒到法定的結婚年齡，又沒錢買春，他們缺乏足夠的魅力讓女人隨意讓他們上床，又缺乏足夠的勇氣在黑暗的街道搶劫少女。於是，這些可憐的小男人只好在小黑屋子裡自己運動。可憐的人啊，為了害怕他們的母親和姐姐聽到，他們甚至還不能發出一丁點的聲音（他們的瑪麗姐姐有偷窺的癖好，她習慣性地把耳朵貼在湯姆的門上），可他們噴射的子彈鋪天蓋地，好一場激情的噴射啊，真可說是下了一場冷漠孤獨的流星雨……當然，也有少部分聰明的小男人偷偷地溜到叔叔的養豬場，趁著黑夜的掩護，他們溜到豬圈內，母豬的鼾聲比炸雷還響，豬圈的臭味甚至可以熏死三頭大象，但在飢餓的驅使下，這些不良少年經受不住誘惑，他們用顫抖的雙手解開腰帶，因為急切，還弄掉了上衣的三顆鈕釦。第二天，因為又要為他們的上衣縫鈕釦，孩子們的母親會暴跳如雷，用粗大的手掌狠揍他們一頓，有一些凶殘的母親甚至會用針在孩子身上狠戳幾下，以消除她們的心頭之恨。

「我的工作已經夠累了，不懂事的小湯姆還總是給我惹麻煩，想想看，才十天，我就要幫他縫六次鈕釦，每次都丟三個，真他媽的奇怪，不多不少，每次三個，平均兩天不到我就要幫小湯姆縫一次鈕釦！湯姆都十五歲了，怎麼比小時候更調皮呢？天啊，我的命真他媽的苦，早知今日，我生下你們這些鼻涕蟲就把你們丟到尿盆裡浸死！」

他們的母親說完，又用鋼針狠狠地戳了湯姆幾下。

「怎麼樣，針扎的滋味不錯吧？」瑪麗大姐微笑著問候弟弟。「好極了，你要是喜歡可以試試，用媽媽的鋼針狠狠地戳戳你的臭屁！那會很爽的。」

瑪麗大姐狠狠地甩了湯姆一個耳光。小湯姆狠狠地盯著暴政姐姐，他抬著高傲的頭顱，想要裝得很酷，可他年齡太小還顯然控制不了自己的情緒，他抽泣了幾下終於還是滴下幾顆蛤蟆尿。嗯，這個愛哭鬼真他媽討厭；不過他說得沒錯，下次我可以嘗嘗那滋味，說不定真的很爽。瑪麗若有所思地想到。可憐的小湯姆暗下決心，無論天氣有多冷，下次去養豬場的時候，一定要裸著上身，一定要把衣服包好放在書包裡，生活真他媽的痛苦，天底下怎麼那麼多不幸……湯姆想好了一首詩歌，他心滿意足地去找鄰居凱特去了，湯姆要把詩歌獻給她，他已經獻給她五十首了。每次凱特收到詩歌，她都興奮地跳起來，他們會偷偷溜到小樹林裡親吻，有時候，要是小湯姆足夠幸運，凱特甚至會解開上衣，讓他一飽眼福。湯姆常常看得血脈賁張，但下面的事情說什麼凱特也不答應，她還太小。凱特向湯姆說出愛的誓言。「湯姆哥哥，你要等著我，等著我啊，等到我成年，你想做什麼都可以，到時候我要滿足你，完完整整地滿足你；不過你可要等著我，答應我，湯姆哥哥，千萬不要和別的女孩發生性關係啊……」湯姆對天發誓，一定不和別的女孩上床，不然天打雷劈，讓大火把他的雞巴燒焦！小湯姆是個男子漢，說到做到，除了那些母豬外，他再也沒有把性器插到別的屁股中……凱特脫掉上衣和乳罩，她輕聲地說：「我很想，可是我不能；我太小，法律上不允許，要是我讓你做了，那只會害了你，你會被抓去坐牢甚至會被燒死或者砍頭……」凱特剛過了十四歲的生日。她的乳房大得像牛，湯姆很喜歡和她在小樹林裡，即使什麼都不做，也比在小黑屋裡聽媽媽的嘮叨和姐姐的窺視好一百倍！小樹林裡風景美極了，微風吹，白雲飄，小鳥叫。不遠處就是湯姆叔叔的養豬場，母豬飢餓的叫聲不時地傳到湯姆的耳中……數天後，湯姆還是被燒死和砍頭，先被大火燒，被燒得半死不活時，他又被砍頭示眾。電視臺拍攝了母豬生下豬小孩的事情。豬小孩是最奇怪的生物，牠們形狀怪異，有的長著人的腦袋豬身子，有的長著豬身子人腦袋，有的身軀一半是豬一半是人，有的左臉是人右臉是豬，有的全身都是人的身軀卻長著豬的長鼻子，有的全身都是豬的身軀卻有著人的櫻桃小嘴，有些就更怪了;一隻眼睛是豬，一隻眼睛是人，嘴巴卻是人和豬的混合體，性器官也是人豬的混雜……還有一些更奇怪的豬小孩的鏡頭（恐怖絕倫），出於人道主義考慮，導播都把牠們的鏡頭都刪除了……牠們真像開天闢地的原始動物……

和導播們的預期一樣，這個新聞引起了軒然大波。人們氣壞了。比起親屬之間的不倫性行為，人們對人獸性行為更是無法容忍。在親屬間的亂倫與人獸之間的醜行中，更多的人寧願選擇前者。人們簡直想不明白，更無法容忍有人竟然喜歡禽獸遠勝於同類。人類的高傲的自尊心被深深傷害了，人們發誓一定要找出罪犯。養豬場老闆交出了在豬圈發現的十幾個鈕釦。警探們順藤摸瓜，便衣們遊走在大街小巷去查找線索，終於在一個體重超過一百五十公斤的胖大媽那裡聽到了關於他兒子襯衫鈕釦不斷丟失的消息。欣喜若狂的警探們逮捕了正在小黑屋裡正在進行「人道」的小湯姆——他又長大一歲，體重增高了，小弟弟也變得更大了，員警們在他的隱祕日記本中發現了歌頌偉大鈕釦的詩歌，那是寫給凱特女士的詩歌草稿……湯姆母親聘請了最好的律師，需要一大筆律師費，一般的家庭絕對承擔不起，出於人道考慮，養豬場老闆也就是湯姆的叔叔出了這筆錢。在法庭上，辯護律師和檢察官展開激辯，雙方唇刀舌劍，都刺向彼此的要害處。律師指出，小湯姆從小沒有父親，在母親和姐姐周圍長大，缺乏了父親的正確引導，他的心理發生了畸變；更可怕的是，在他十歲時，半夜起來撒尿無意中看到了母親和一個男人在床上翻滾，母親叫喊著，激烈地和那個男人搏鬥著，小湯姆恐懼地叫起來，拿起身邊的棍子向壞男人衝過去，他用大棍子打了那男人一下，男人不動了，母親卻叫喊著，凶狠地狂揍起湯姆……自此，小湯姆就把自己封閉起來，性格也變得扭曲，心理也變得異常。根據西方心理學大師的最新研究成果，十歲在一個小男孩的性心理發育中是一個重要的階段，如果遇到挫折，男孩極有可能會走向邪路；檢察官說不管在任何情況下，人類和禽獸交配都違背最基本的刑法，任何特殊情況都不予考慮。檢察官特別強調，這是女神的聖諭！他們在法庭上辯論了一年。律師說得臉紅脖子粗，口乾舌燥，檢察官說得屁股肥大陽具萎縮痔瘡升級便祕爆發……法庭外示威人群整日在廣場上喧鬧叫喊，耀武揚威……民眾的壓力太大，更重要的湯姆確實違背了帝國的刑法，剛正無私的法官最後還是宣判了小湯姆死刑。廣場上的人們聽到這個消息高興壞了，多日的遊行示威終於有了成果，一個鄙視人類的惡魔終於要丟掉性命，這完全是他罪有應得，誰讓他喜歡禽獸勝於人類！

湯姆一家自然與歡樂無緣。在這一場狂歡表演中，非常不幸地他們做了別人幸福的陪襯品。雖有幾分不人道，卻也很自然。沒有人會怪罪這些。既然痛苦是必不可免的，那誰家痛苦就不重要了，正如在死亡面前，死亡方式已經無足輕重，最重要的只是那個真理——所有人都是要死亡的！雖然湯姆的姐姐瑪麗女士照例和性伴侶們玩個通宵，但湯姆母親卻痛不欲生。（我們千萬不要指責瑪麗女士，對於人性的卑劣我們一定要充分做好信心。瑪麗女士只是在發洩她的痛苦、委屈和煩悶，雖然她選用的是性放縱的方式，但這一樣無可指責。請記住：所有人都會犯錯誤，我們並不比她好多少。如果你覺得你比瑪麗女士要好，你可以用石頭砸死她，但你一定要照清楚你的良心，就像在天國女神面前最後的審判面前一樣，你一個謊都不能撒……我知道你不敢砸死瑪麗，你害怕別人會用同樣的方式砸死你。你知道得很清楚，你並不比瑪麗女士更純潔……）湯姆母親完全沒有料到，因為自己的過錯而斷送了湯姆好孩子的小命——一次是在性亢奮時毆打了小湯姆，一次是在街上抱怨湯姆襯衫上的銅鈕釦掉得太快——湯姆母親恨自己恨得要死，恨不得結果了自己的性命，但她後來打聽到正是湯姆的叔叔交出了銅鈕釦。湯姆母親氣得七竅生煙，她憤怒得想要用巨棒敲碎自己的腦袋，她對天神和女神咒罵個不停，她痛恨命運的不公，她僅僅只犯了一個錯誤就遭到這樣的嚴懲，她只是在丈夫死後因忍受不住寂寞才和小叔子通奸，別人犯了十個錯誤還雞犬升天，可她才僅僅犯了一個錯誤就讓自己的後代遭到這樣的嚴懲！

天地、公理、良心、正義何在！

眾神已死，上帝毀滅……多說無益，最終要的是行動，是報復性的行動，發洩怒火的行動，報復不公正的行動，以暴制暴的行動……綽號為「母大蟲」的胖大媽湯姆母親手提利刃鋼刀，氣沖沖地跑向湯姆叔叔的養豬場，一心只想把舊冤家剝皮剖腹，用他的黑心祭奠自己可憐的兒子小湯姆！他多可憐，剛剛才過了十六歲的生日，一朵花還沒開放就要敗謝，而他的死亡也宣告湯姆家煙火的中斷（湯姆可是他們這一輩唯一的男孩啊！），幾十年後，再也沒有子孫為他們家上香了，再也沒有人在清明時節為他們掃墓、燒紙錢了！（因為對女兒瑪麗的臨陣脫逃，「母大蟲」湯姆母親恨得要死，她在悲憤中指天發誓，她再也不認自己的女兒，她寧願自己生下的是死嬰也不願是瑪麗！她寧願快活的瑪麗最後不得好死！「母大蟲」的話最後應驗了。幾年後，在和一個歌手的交媾中，瑪麗女士因為太興奮了在最高潮中死去，她沒有留下負擔，更沒有留下一丁點的子女，死而無憾！）……這是多麼悲慘的命運啊，他們在塵世已經做了一輩子窮人還不夠，在十八層地獄中他們家還要注定再來做窮人！沒有後代往地獄裡送紙錢，他們家將永遠待在十八層地獄裡無法翻身！（要知道，地獄也是個金錢占主宰的世界，和我們現實世界的運行法則完全一樣啊！）一想到自己將要永遠待在地獄裡，特別是因為她犯了通姦罪，閻王爺最後的審判會把她的身體鋸成兩半：一半歸她丈夫，一半歸她的情夫（也就是她丈夫的弟弟）。這個結果會讓死鬼丈夫惱羞成怒，他會不斷毆打另一半的身軀啊！而且，地獄中的兄弟相會也會轉化成仇恨，兄弟兩個會在地獄的泥坑中掐架互相毆打啊！而這一切都是因為她的原因啊……（事實上，「母大蟲」的這種擔心毫無必要，雖然湯姆死了，但還是有後人幫他們家掃墓、送紙錢的。當然，這是後話。聰明的讀者也許已經猜到了。祝賀你們，答對了！）

「母大蟲」急匆匆地趕到養豬場，幾個阻攔的僕人成了她刀下之鬼。這個被仇恨捕獲的女人殺紅了眼，對人間的法律和道德不管不顧起來。（電視機前的家庭主婦們忘記手中的刺繡活，她們被眼前的一幕深深吸引，就連繡花針刺穿她們的手指她們都沒發現：「母大蟲」所殺的人都是真的，她們親眼看到她用快刀在僕人身上亂砍亂剁，僕人的心臟、肝臟、脾臟和大腸小腸都被砍了出來。心臟亂跳，就像一隻帶血的小耗子，大小腸則像一截截粗俗的蚯蚓……眼前的一幕都是真實的，家庭主婦們半是驚懼半是興奮地睜大雙眼……

「母大蟲」早已想好，見到那個壞蛋小叔子，一句話都不要聽他說，一刀就要砍掉他的腦袋，第二刀就要砍掉他的小腦袋（正是他的大小腦袋讓她神魂顛倒，迷亂了本性），她不能停下來，她害怕停下來就會忍不住，就會憐憫，就會放過那個過去千柔百媚在黑夜裡帶給她無數次快感的小叔叔……「母大蟲」悄悄推開了湯姆叔叔的小屋，她把腳步放輕，想在神不知鬼不覺中解決了小叔叔，但她的如意算盤卻是落空，有人早在她之前就這麼做了。小叔子的頭頸伸在梁上的鎖套中，過去舔過她全身每一寸肌膚的靈巧小舌頭此刻卻伸出好長，他修長的身軀此刻變得更加修長。一陣寒風吹來，小叔子修長的身軀就像秋千般飄蕩起來。「母大蟲」手中的鋼刀一下子掉在了地上。連續的變故讓這個脆弱的女人不知如何是好，連續失去幾個親人讓她悲痛得說不出一句話。噢，這個可憐的母親，這個可憐的女人！

桌子上幾張信紙嘩啦嘩啦地被風刮在「母大蟲」的腳下，「母大蟲」顫抖地彎腰撿起小叔子小親親最後的絕筆信：

「嫂子：

原諒我這樣叫妳。這也是我最後一次叫妳！歡樂的美酒我已經暢飲許久，今天到了說再見的時候了。雖然再見是那麼地難以說出口，但當時候到了，主宰命運的女神已經向我發出結束的指令，我還厚著臉皮不去執行，這太說不過去了！妳知道我並不想要別人尷尬，也就順從地把頭套進了自己編織的鎖套中！

對，這個死亡的鎖套是我自己編織的。我對自己的最終結局並不後悔。像我這樣的罪人我還有什麼好後悔的？事實上，除了感謝命運的慷慨奉獻外，我還有什麼好要求的？我做了太多羞於說出口的壞事，所以對自己的滅亡也就心存感激：大地會因為我的滅亡而得以清潔，清除了汙染源的空氣會變得清新，滅掉了妳所痛恨的仇人，妳會開心的……

是的，是的，我對自己的所有選擇並不後悔！我不後悔在哥哥的婚禮上看到的第一眼就愛上了妳（雖然妳那麼肥胖，連哥哥看到妳的第一眼都嘆了一口氣。這是母親和媒婆的安排，他在婚禮前從沒有見過妳），我不後悔在妳的洞房花燭夜，趴在牆上聽妳和哥哥在床上翻滾時，哥哥對妳的咒罵，因為妳把他壓痛了，我不後悔在妳暗自於角落垂淚時給妳的親切安慰，我不後悔妳第一胎生出的是女孩而不是男孩，母親對妳打罵時我挺身而出，我不後悔在哥哥拿著棍棒毆打妳時，我卻義無反顧地擋在妳面前，我不後悔妳為了和我劃清界線，故意在哥哥面前對我咒罵和呵斥，我更不後悔在最憤怒的時候趁我那暴怒的哥哥在熟睡的時候，把毒藥滴進他的耳朵，讓他一命嗚呼，滾到地獄裡再也不能超渡（他比我年長十幾歲，聽村裡的閒言碎語，他和他的母親夜裡通姦生下了我），我更不後悔在妳守靈的第二天夜裡就鑽進妳的褲子裡滿足我們可怕的獸慾，我亦不後悔最後在妳的宮殿中射出我的子彈種下我的果實，我更不後悔為了避免我母親的責罵（她是個狡猾的狐狸，從蛛絲馬跡中她發現了自己大兒子死得蹊蹺，隔三叉五她都要咒罵妳折磨妳，這是我最不能忍受的。不管她對我多壞我都願意承受但我就是不能承受她對妳的辱罵和責打。不，我不能忍受任何人對妳有絲毫的不滿！）我在我母親的湯藥裡下毒讓她七竅流血半夜死亡（月亮閉上了眼睛，黑夜遮蓋了罪惡。我們擦拭了揭露她死亡真相的黑血，沒有人會知道真相），不，不，我從不後悔殺死了自己的母親正如我從不後悔殺死了自己的大哥一樣（既然我有了更好的母親，還要那個糟透了的舊母親做什麼？），我不害怕說出自己的可怕的罪行。既然我很快就要墜入地獄，被可怕的地獄刑罰所折磨。我看得很清楚，我看到了各種地獄刑罰，油鍋炸身、火山燒烤、刀山穿行、屎尿澆人、拔掉舌頭、利刃穿身、閹割陽具、縫合女陰、剝掉嫩膚、墮入燒腳地獄、潛入飲血地獄、進入寒冰地獄、被鐵蛇盤繳、被火槍穿身、被鐵狗追趕、被沸湯澆灌、被鐵驢犁身、被燒銅抱柱、被鐵蒺藜綑綁、被眾鬼怪食心……我渾身顫抖，卻充滿了驕傲。我是為妳死去，妳是我犯下這些罪行的唯一原因！我願意為妳做任何事情，更願意為妳而死，這是我一生最大的驕傲！在那個女人死後，我們過得多幸福，雖然沒有夫妻的名分，但我敢說我們比地球上所有的夫妻都過得更幸福……妳撫慰我，我激吻妳，妳親吻我的下體，我親吻妳的香泉，妳刺激我的乳頭，我玩弄妳的小腹……再也沒有比我們更甜蜜的伴侶了。我敢說，我們過得可真幸福，在我母親死後我們更成了最自由的野鴛鴦，沒有人來管束我們……

後來妳生下了湯姆，我最親愛的孩子，我是多麼喜歡他啊，他又聰明又乖巧，長得既像我又像妳，他有著妳的眼睛，我的鼻子，妳的嘴唇，我的脖子，妳的聰明，我的靈敏，妳的柔軟的肌膚，我的強健體魄，妳的碩大屁股，我的巨大性器，妳的結實大腿，我的美麗腳掌……他是我們愛的結晶，是妳我天地精華的最佳組合，我們三個在一起，真是快樂而又幸福的家庭……即使瑪麗最後發現了我們的祕密，但我對她那麼好，幫她買各種糖塊、巧克力、武士玩具、酷褲超短裙、瓊瑤愛情故事、韓國愛情劇、中國古代歷史劇、藍寶石珠寶、紅寶石胸針和超級鴿子蛋鑽石等等一切女孩喜歡的東西，這個愛慕虛榮的小姐早就被我們的糖衣所包裹，她沒有了任何的抵抗力，為了得到更多的獎賞，她早已忘記父親和奶奶被殺死的仇恨，她喪失了任何的道德判斷力，她很輕浮，妳也看到了她從你身上學到了不少東西，比如對像我這樣年輕強壯男人的好奇，對床上事情極其強烈的求知慾……

可是我們還是來說我們最親愛的小湯姆吧。出了那麼大的事情，每天我都以淚洗面，我情願抓走的是我而不是可憐的小湯姆，我希望最後被吊死和斬首的是我而不是柔弱的小湯姆。人生的美酒我已經暢飲大半，可對於鮮花還沒開放的小湯姆來說，他什麼樂趣還沒有品嘗（除了喜好與老女人做愛外。我想，那滋味一定不錯。我雖然和妳有千百次不同體位的嘗試，可我從沒有和動物交合。不過妳那麼胖，如果沒有開燈，我想，我可以把妳當作一頭肥胖的老母豬。那滋味一定不錯。不過也未必，妳的表現也許會好過做妳媳婦的那頭老母豬）小湯姆那麼年輕（年輕得還沒來得及和女人上床，我的意思是真正的女人。你們都很清楚，母豬並非真正的女人。雖然有一些母豬最終變成了女人，或者有的女人最終變成了母豬，但大家都清楚，母豬並非女人，女人也非母豬；母豬是母豬，女人是女人；母豬不等於女人，女人也不等於母豬），可他那還沒點燃多久的蠟燭現在就要吹滅了，『熄滅了吧，熄滅了吧，短促的燭光！人生不過是一個行走的影子，一個在舞臺上指手劃腳的拙劣的伶人，登場片刻，就在無聲無息中悄然退下；它是一個愚人所講的故事，充滿著喧嘩和騷動，卻找不到一點意義。』……

我是湯姆的父親，真正的生物學和社會學上的父親，雖然他沒有叫過我父親，我也沒叫過他兒子，但我們彼此心知肚明，在內心我們已經無數次地這樣稱呼過彼此……所以，這樣的悲劇就更不能原諒了，我不能原諒是我自己（他最愛的叔叔）而不是別人出賣了小湯姆，雖說我無意但導致小湯姆最終死亡的畢竟是我，是他那麼愛戴、那麼喜歡的叔叔送他上刑場。多麼可怕，我親手殺死了自己的孩子……妳也很清楚，我並非有意要置湯姆於死地，我只是覺得人獸交合很好玩，很刺激，我只是和大多數人一樣，十分好奇誰會做出這樣的事情，這個人要嘛是太性壓抑了，要嘛就是太變態了，這個人不是個英雄就是個惡棍！我只是想知道是誰做的這件事，所以我才迫不及待地交出了在養豬場發現的鈕釦……

可憐的小湯姆被抓走時我就知道自己犯了致命錯誤，我無臉見人，我痛不欲生，所以，親愛的，還是永別吧！謝謝這十七年我們在一起的快活日子，我很滿足，我從不後悔認識了妳，還被妳壓在床上寵幸！如果有緣，我們就在地獄的刑罰間相見吧。

有了妳相伴，地獄也是天堂……

我等待著妳，盼望著妳，親吻著妳，思念著妳，交合著妳！

愛妳一百萬年的潘盼！

西元一六五七八年四月十五日！

第八章　他者的世界（二）

又及：今天是我的生日，在今天死去我沒有遺憾。我的生日也是我的祭日，這樣妳也很難忘記我。所以我特意挑選了這個日子來和妳告別。我真想在妳心中刻下我的名字。這樣，妳就會永遠記得我。我害怕被妳遺忘，我害怕妳會忘記我，我害怕妳認識了新人而忘掉舊人……

答應我，不管如何，一定要記住我，千萬不能忘記，千萬不能忘記啊……」

「母大蟲」看完信後肝腸寸斷。對潘盼的仇恨早就被一腔柔情所取代。她從沒意識到這個男人這麼愛自己，只是在永久地失去他後，她才明白了他的真心！（可他會不會用了一個苦肉計？他是不是假死只是為了平息她的憤怒？會不會是庸俗電視劇導演為了騙取觀眾的眼淚故意這樣安排的？「母大蟲」連想都沒想就澆滅了自己的庸俗想法）可是悔之晚矣！她再一次體驗到了失去之後才知道對方的寶貴這一真理。她平時總覺得小湯姆很淘氣總替她惹是生非，她討厭得要死，但當小湯姆被抓走時，她這個肥胖母親才知道了湯姆對自己多麼重要……現在她又要失去自己的情郎，她甚至都已經感覺到厭倦的情郎，她甚至對他充滿了仇恨想一刀割掉他的狗頭呢！可是她再一次地失去了這個現世冤家……多麼可憐，她再也沒有可珍惜的人了，生命對她來說只是空殼，『熄滅了吧，熄滅了吧，短促的燭光！人生不過是一個行走的影子，一個在舞臺上指手劃腳的拙劣的伶人，登場片刻，就在無聲無息中悄然退下；它是一個愚人所講的故事，充滿著喧嘩和騷動，卻找不到一點意義。』……

「母大蟲」用鋒利的尖刀刺進自己的胸膛。血汨汨地流淌著，她艱難地爬向老情人潘盼，用盡最後一絲力氣抓住他的腳，抱得緊緊得再也不想分開。「母大蟲」微笑地閉上眼睛。

有愛人相伴，地獄就是天堂……雖然有很多不圓滿，但有了愛人地獄相伴，此生再也無憾！

眾所周知，「母大蟲」的身軀過於肥胖。吊在繩索中的潘盼幾乎喘不過來氣，他用盡全身的力氣想把那個母蝗蟲揣走，但「母大蟲」的力氣那麼大，他的雙腳根本無法逃脫。繩子承載的重量太大，潘盼愈來愈感到不能呼吸，他拚命掙扎、搖晃，竭力想要擺脫母大蟲全身的拉扯，但這是不可能的。她已經死去，但仍舊不會放過獵物。那是個極佳的陪葬品。煮熟的鴨子可不能隨便讓他飛走，那太窩囊，太丟臉，太讓人笑話了。潘盼無法呼吸，更用力踹著母大蟲，他愈掙扎愈無法呼吸，原本用來保護他的脖頸的鋼管也斷裂了，繩索狠狠勒進他光滑的脖頸中，他又掙扎了兩下，舌頭終於伸得更長。

又拉出最後一泡屎尿，潘盼終於一命嗚呼。黃色的屎尿順著他的褲腿往下流淌，流進緊抱著他雙腿的母大蟲的懷抱，她用自己肥大的懷抱接納潘盼的一切，他的身軀、他流淌的屎尿和過去無數次向她黑暗迷宮中噴射的體液……

一切來自塵土。一切歸於塵土。這個大地母親，敞開自己的懷抱，接納自己孩子最後的歸來。

刑場奇蹟

我們當然不該錯過最精彩的一幕。這被稱作「刑場奇蹟」。

被押到刑場時，五花大綁的湯姆心情沮喪到了極點。這是他生命最黑暗的一天。太陽隱退，烏雲滿天，冷風颼颼，陰霧瀰漫。湯姆的脖子上插著一大塊木板，上面寫著「強姦犯湯姆斬立決」，馬車拉著他在廣場上繞行三圈，兩旁的烏合群眾朝他丟臭雞蛋、爛番茄、酸杏、髒保險套、騷尿團、臭屎捲、膻胎盤、蜘蛛餃子、蠍子湯圓、死老鼠粽子、臭蟲包子、毒蛇餛飩、死狗屍體、死烏鴉生蛆屍體和死貓懷孕兩個月的屍體……人們都有不良的負面情緒。這些情緒如果不排泄出去，就會對人的健康構成巨大威脅。在正常情況下，每個人都是平等的，平等地享有自然所賦予的各種自然權利，而且每個人所享有的權利都是平等的。所以人們不能將自己不良情緒排泄給同伴，因為如果允許這樣（即人們向自己的同伴排泄不良情緒），那他自己也就成了別人發洩（負面情緒）的工具。這樣的世界是（屎）可怕的世界，人與人之間是（屎）狼與狼的關係，他人就是地獄，他們就是我們的生存（更不用說危險了）的威脅。

那樣的世界本身就是地獄，也就我們竭力所要避免的。所以，不管自己多麼不痛快，都不能把自己的不快排泄到別人頭上，就像不能在公園裡隨意拉屎一樣，這是違背人類的文明準則和倫理道德極限的。快樂可以感染快樂，痛苦也可以相互傳遞。如果我痛苦鬱悶，我透過強力或者誘導，我把自己的痛苦鬱悶傳遞給你了，那麼最終的結果只能是（屎）我變得快樂了，但你卻變得痛苦鬱悶了；你要是想排解你的痛苦鬱悶，你只能接著把它傳遞給下一個受害者。就像幸福或者不幸，歡樂或者眼淚一樣，這個世界的痛苦煩悶也是有一定總量的。不在我，就在你，或者在它、她、他那裡……

為了維護我們每個人的正常權利和社會的正常秩序，每個人都不能用武力或者誘導虐待別人，不管身體的或者精神的虐待都不允許！但只有兩種情況除外，一種是（屎）狂歡節的狂歡遊行，一種是（屎）在死刑犯處決前的遊行上。在這兩種情況中，民眾都享有盡情狂歡（也就是把自己不良情緒傳遞給別人）的權利！人們可以肆意地虐待死刑犯或者被發現與魔鬼通姦的女巫！他們都犯了罪，也就很自然地被剝奪了自然權利和公民權利。法律是（屎）公正的，他們犯了罪，他們享受了他們不該享受的快感，他們剝奪了別人的天然權利，很自然地，他們就要付出代價來償還，我說過了，這個世（屎）界無比公正。雖然從短時期內，一個人所得到與所失可能不相符，但如果從一個更長遠的角度（如一生或者幾代人身上）來看，我們會發現，一個家族的所得總與其所失完全相符……『水滿則溢，月盈則虧』，『福之所倚，禍之所伏』。早在幾千年前我們的老祖宗就明白這一簡單樸素的真理。實（屎）在讓人不得不敬佩……

湯姆從小被這樣的理論所教育和灌輸，早就把它視為社會存在和運轉的最基本準則之一，但當那些臭東西砸在他的頭上，臉上，鼻子上，眼睛上，嘴巴上，喉結上，胸腹上，乳頭上，皮膚上，大腿上，小腿上，腳面，腳板，甚至還有腳趾頭和尚未勃起的陽具上時，尚未成熟（才剛剛年滿十六歲啊，他還是個可憐的孩子！）的小湯姆還是覺得無比委屈！為什麼，這一切都是為什麼啊？真是叫天天不應，叫地地不靈。可憐的湯姆被孤零零地拋在這個世界上了……過去那些很熟悉的笑臉現在都對他橫眉冷對，那些慈眉善目的鄰居們彷彿一下子成了猛虎和餓龍，他們張著血盆大口只想一口把小湯姆吞下去。他們彷彿戴上了惡毒面具，不，或者說沒有了理性的束縛，他們一下子暴露了本性，以前的他們生活得多麼苦啊，在所有人面前都要面帶笑容，他們太壓抑自己的本性了啊……一剎那，湯姆對他們充滿了同情。雖然被這些人辱罵，但他並不怨恨他們。他知道得很清楚，自己如果處在他們的地位，肯定會做出比丟髒東西更出格十倍的事情。那會是什麼呢？湯姆一時想不起來……他一時不走運，被命運女神拋在了被侮辱被損害被毀滅的一方。這肯定是一時疏忽，說不定她老人家剛剛打了個瞌睡，一下子就把不幸的權仗投擲在湯姆頭上……

黑壓壓的人群獰笑地望著湯姆，他們露出獠牙和血嘴。就像地獄中的眾夜叉和眾羅剎。就像垃圾場上的蚊子、牛虻、蠅子和臭烏鴉……湯姆沒看到母親、叔叔和姐姐的面孔。他已經聽說了母親和叔叔的悲劇，至於姐姐的逃走，則更是意料之中的事情。他從來沒對姐姐抱有任何期望，所以此刻也不會多麼傷心，如果她出現在人群，也像那些鬼怪那樣對她可憐的弟弟張著血盆大口，那才真叫人傷心呢……湯姆繼續盯著人群，雖然他們故意在他面前使壞，但湯姆還是努力要自己記住生命最後幾分鐘時的各種情景。這些記憶都會成最珍貴的財寶，在他深陷地獄的日子裡陪伴著湯姆。湯姆很有自知之明，他知道自己犯下了可怕的罪行，他明白自己死後將終生在地獄中被囚禁。所以，這個可憐的孩子做好了永世住在地獄中的準備。地獄並不可怕的，可怕的是你生活在地獄中還不知道，那才是真可怕！小湯姆找出自己學過的各種知識安慰自己。如果地獄注定是不朽，那這樣不朽的價值就會遠遠超過短暫的天堂的所有價值。永恆和不朽是最重要的，不是在天堂就是在地獄。不是在故鄉就是在烏有之鄉……

湯姆在人群中看到了凱特。這個純潔的小姐夾在一群不良少年中間，就像一朵純潔的百合花被丟棄在垃圾場上。這個對湯姆無限愛慕的小女生定定地望著湯姆，眼中飽含無限深情，這個膽怯的小兔子從沒想過會這樣和湯姆相逢吧！可憐的湯姆幾乎要哭出來，雖然拚命想要控制他的情緒，但他的眼淚還是成串地落下來。這個悔改的浪子終於回頭。母親的懷抱已經不可求，父親的家園也被毀滅，他只能寄希望於鄰居家純潔的小姐送給他一個微笑，這是他在廣場上最後的請求。人群中安靜下來，人們彷彿都很清楚湯姆的意圖，攝影機也不失時機地對準湯姆和凱特的大臉，給了他們幾個各種角度的臉部特寫。那些電視觀眾（因為路途遙遠，他們被排斥在狂歡隊伍中，他們是多麼失落啊！不過幸好還有電視直播，他們甚至比那些廣場上的同胞們看到更多更有意思的畫面，成百架攝影機為他們服務，為他們提供各種角度的精彩畫面和狂歡表演）暗自讚嘆湯姆和凱特的表演美妙絕倫，他們可真是少見的少年影星，和湯姆的母親叔叔等大牌明星相比，他們可真沒少搶風頭啊！看來，明年的電視劇最佳新人獎非他們莫屬了……

廣場上安靜下來。牛鬼蛇神們都停止了喧嘩和騷動，大家安靜地望著湯姆和凱特。這是個美妙的時刻，它是靜止和停頓，卻蘊涵著更豐富的情感內容。我們的羅蜜歐和茱麗葉也沉浸在戲劇情境中，他們眼前浮現出一幕幕過去生活的場景，想到從此後就要天涯海角，就要人間地獄兩分別，他們禁不住悲從心來。湯姆死後，可憐的小凱特再也活不下去了，她帶著匕首和毒藥來到了愛人的墳墓中，抱著親愛的湯姆的屍體（還帶著些微的溫熱），凱特喝掉了毒藥，一起和愛人奔赴黃泉……他們會變成蝴蝶在花叢中翩翩起舞，他們會變成禽獸在草叢中相依相偎（多麼幸福，多麼美好的愛情，這些正是電視劇慣用的套路，但卻總是距離真實最遠）……

有愛人相伴，地獄就是天堂……雖然有很多不圓滿，但有了愛人地獄相伴，此生再也無憾！

眾人的笑聲打破了湯姆的幻覺。凱特對他深情的雙眸伸出大舌頭，又轉過身子，用自己肥碩的屁股對湯姆又扭又跳，她還對著身邊像竹子一樣細長的壞公子哥們跳起鋼管舞蹈。她的頭髮甩來甩去，引發著眾人的嚎叫和吹捧。凱特的舞蹈動作嫻熟，熱情刺激。勤奮排練總會有好結果。聰明的凱特預見到攝影機會盯著她不放，想捕捉到她看到昔日情郎的反應。凱特也就因勢利用，為自己設計了絕妙動作，終於成了狂歡夜最耀眼的明星，甚至就連著名的搖滾歌手、『貓不尿』商人和那個雙套性器官的牛奇博士的風頭都被這個小妮子搶過去了。她的表演打動了所有人，看看，那個可憐的湯姆就忍不住落淚了，最後又忍不住嚎啕大哭。他終於明白了，自己是一個不被需要的人！（就連他滿心期待的凱特也利用他成為了明星。他只是被利用，而不是被需要。他不被需要！不被需要！不被需要！）這樣的真相真夠殘酷。他是個多餘人，他是死是活沒有人在乎，大家更希望用他的死祭奠他們的歡樂。他愈是痛苦，他們的狂歡也就愈快樂。他們鬱悶的心情被發洩出來了。

就像母豬生小孩一樣，他們拉出了囤積十天的臭屎。（臭屎的體重有一百多公斤，正好和十個剛生下來的母豬小孩的體重一樣。）身體的負擔一旦解除，他們都長舒一口氣，心情無比舒暢。就連電視機前的觀眾們也滿心歡喜起來了。這是狂歡之夜，絕對值得讓幸福漫溢在首都和宇宙間……

湯姆一遍遍講著，這個世界上再也沒有人需要他了，心也就慢慢地變冷，他一步步邁向斷頭臺（這正是所有人都需要的效果），湯姆再沒有看一眼凱特或者狂歡的人群，對於他來說，這個世界甚至不值得再去看一眼。所以他用母親遺留下的繡花針刺瞎了雙眼。鮮血順著他的眼眶留在他清秀的臉龐上，就像盛開的朵朵處女花朵。他那麼年輕，卻又那麼蒼老，趕得上殺父娶母的俄狄浦斯，也算得上浮士德博士（他被憂愁吹瞎了雙眼）的子孫……

湯姆還想用繡花針刺破自己的耳膜，但行刑的士兵奪走了他的繡花針。湯姆想激烈地反抗，但想到生命馬上就要結束，也就沒有再做更多的努力。他只想快點離開這個世界，他一分鐘都不想多待了。就是地獄也會比這個世界漂亮百倍溫暖百倍吧！

人群中傳來驚呼聲。緊接著是淒厲的呼喊著，還有一些孩子尖利地哭泣聲。湯姆心如止水，只想要那把刀早點落在自己脖頸上。但還是有什麼物體拉著他的褲腿，之後是一雙雙似人非人的手在拉扯他。湯姆覺得詫異，心想還沒死去，怎麼就有夜叉來接他。他並不害怕，只是有點驚奇。

母豬夫人帶著十個豬小孩為牠們的親人送行。所有人都遺忘掉了湯姆，只有他們還念念不忘，最神祕的血緣把他們緊緊地連在一起。牠們披麻戴孝，哭哭啼啼，尖聲嚎叫。他們剛剛踏入人類社會，很快就把人類最精華的葬禮文化學得維妙維肖。他們全身都被白布包裹得嚴嚴實實，牠們悲悲切切，高聲哭嚎著，幾個豬小孩高聲哭叫著：「爸爸——爸爸——」，另外幾個則口齒不清（牠們身上的豬性多於人性，所以牠們還不能像其他幾個聰明伶俐的兄弟姐妹那樣開口說人話。他們要想開口說話，還需要整形醫生做好幾個手術），牠們只能嗚嗚呀呀地發出豬的聲音，不過牠們的聲音卻能讓人聽到靈魂深處的痛苦，好多電視機前的家庭主婦都擦起了眼淚，而流得眼淚最多的正是那個把左手切掉的家庭主婦（經過美容醫生高超的醫術，她的左手上已經裝上了五隻可愛的鹿蹄，這是她丈夫的主意，他喜歡自己的妻子變成母鹿，他很清楚，母鹿發起情來，風情萬種，這會大大刺激他那可怕的性慾），而那隻母豬，正微笑地望著他……

湯姆嚎啕大哭起來。他從沒想到，他這個被所有人拋棄的性事罪犯（多麼羞恥啊），竟然還有人沒有忘記。他本來已經做好「眼睛都不眨一下」的臨刑準備，半年多的囚禁生涯早讓他的心硬過陽具；但他刻意營造的硬漢形象卻在最後一刻轟然倒塌。在母豬的哭喊聲中，湯姆忍不住跪在這個自己昔日曾經侮辱和損害的動物面前，母豬也掙扎著兩腳離地，艱難地抬起上身（在電視導播和訓獸師三個多月的訓練、鞭打、恐嚇和獎賞下，母豬終於學會了直立行走一分鐘，而牠們的孩子因為幼小，又帶有人類的基因，孩子們可比母親學得更快，還沒到一個月，牠們就能直立行走十分鐘了，那個最聰明的小豬——我們暫且叫牠湯小姆吧，甚至都能背下字母表和從一到一百個數字，按照校長的命令，牠已經被送到了天才神童班，由最好的教授親自教授其文化知識，雖然牠還長著豬鼻子和豬耳朵，但牠卻有人的眼睛和靈巧的嘴唇，這一點正是遺傳自人類父親湯姆。這個豬小孩沒有辜負大家的期望，即使是在最聰明的人類小孩面前，豬小孩也表現得絲毫不差勁，甚至因為一些豬的特性，如勤奮刻苦和強烈得出人頭地的願望，牠的學習成績甚至排在了班級的前五名。而牠才剛剛就讀一個月啊，別的小孩早就上學了。可以預見，在不久的將來，這個天才的豬小孩一定會成為不凡的人物。星象學家在電視上講話，預言著這個豬小孩光輝的前途，牠會成為豬類和人類的驕傲的！湯姆可以死而無憾了！），攝影機趕忙飛了過去，圍在母豬和湯姆身邊，當著全國觀眾的面，拍下他們緊緊地擁抱在一起的經典畫面。湯姆跪在行刑臺上，那平臺有半人高，所以從遠處看，湯姆和母豬一樣高。母豬努力地把身體依靠在湯姆身上，湯姆支撐著母豬大部分重量，化妝師在母豬夫人身上噴灑低廉的香水，甚至還異想開天地幫牠戴人類的假髮（母豬已經沒有了頭髮，為了不影響湯姆的興致，化妝師的徒弟想出了這個主意）。母豬努力地把頭顱埋在湯姆的脖頸上，湯姆被牠劣質假髮弄得幾乎昏倒，低價的香水味也刺鼻難聞，卻收到意想不到的奇效——湯姆可怕的情慾喚醒了，他的下體膨大得像山丘，就連那些圍觀的群眾也從母豬的雙腿之間看到了。原來啊，那些香水正是紅燈區最廉價的妓女所用，湯姆好幾次偷偷跑到那裡，看到了帝國各種聞名的妓女，嗅到了她們身上刺鼻的味道，卻因為沒有錢幣而不能和那些妓女們行歡偷樂（小湯姆一直引為恨事！）；沒想到命運弄人，在被屠宰的前夕，湯姆又一次體驗到了激情的時刻。不能否認，母豬僵硬粗糙的皮膚（就像一百年的老槐樹皮一樣）也喚起了湯姆潛意識中的記憶——在黑暗中，他曾數次一邊撫摸著這粗糙的皮膚，一邊與這位高貴的母豬苟且偷歡啊！

恨時光不能倒流，多想再插儂長永；
人生無數缺憾事，數此心碎為最疼。
願做比翼雙飛鳥，情天情海幻身情。
情既相逢必主淫，每日交媾到天明。
上天入地俱不怕，生生世世交歡永！

廣場上傳來女生的合唱音樂，湯姆一時恍然如夢。一隊穿著古代宮女服裝的女演員（分外爛俗）在湯姆面前翩翩起舞，她們邊跳邊唱，她們的歌唱中充滿了悲哀，動作上卻又十分大膽出位，一會兒她們撩起了裙子（她們竟然沒有穿內褲，攝影機從遠處拍下了她們黑色的下體），一會兒高高抬起大腿（圍觀著自然把她們裸露的身體看個一清二楚）。圍觀的群眾發出歡呼聲，但這隊宮女毫不理睬，人群指指點點，人們認出了領頭的正是著名的牛奇女士！男人們把手上的鮮花都拋向了她，不一會，她就被如山的鮮花包圍了，玫瑰花、鳶尾花、雞冠花、迎春花、山桃花、梨花、杏花、菊花、牡丹花、芍藥花、燒湯花、大麗花、蘭花和玉蘭花……她的頭漸漸被花掩埋，但她依舊引頸（陰莖？）高歌（她的歌聲飛入天庭，比劇院中的花音女歌唱家好聽多了），但丟在她身上的鮮花愈來愈多，她終於被花所掩埋，再也發不出一絲的聲音。攝影機拍下了這些珍貴的畫面。人群中一些人發出了哭聲，他們沉痛地哀悼自己的偶像葬身於花海（就像一些人葬身火海，一些人葬身欲海一樣）。奇蹟出現了，湯姆被刺瞎的雙眼竟然看到一些東西。他看到遠處飄來一片紅雲，那朵雲彩慢慢靠近廣場上的人們，雲彩上甚至還有一個婷婷玉立的仙人，仙人在往人群中撒播紅色的鮮花，一會兒，人群中都被鮮花覆蓋，就好像天空下起一場紅雪。湯姆和母豬夫人揉了揉眼睛，天空飄降的紅花讓他們眼花撩亂。人群中也有更多的人發現了紅雪，他們抬頭仰望天空，看見正在飄灑紅花的仙女。人群驚呼起來，以為大白天看見了神靈。這可真是百年難得一遇的神蹟啊，他們的父輩可不會像他們這樣幸運啊……很多人都不相信自己的眼睛，但紅雲上的仙人愈來愈近，愈來愈多人發現了她，人們頭頂上降落的鮮花愈來愈多，不由得他們不信！人們紛紛跪在地上，嘴裡高呼：「女神女神，我們的女神；萬歲萬歲，女神萬萬歲！」

紅雲降落在地上，一個嫋嫋如煙仙女模樣的人走了下來。她左手拎著花籃，右手微笑地和眾人打著招呼，一些愚民蠢貨抵擋不住誘惑，跪倒在她面前，親吻她的雙手，還有人跪著親吻她走過的每一片土地。一些情緒激動的婦女哭喊著，叫嚷著「女神憐憫我」，她們很快就被抬出了會場，她們衰弱的神經經受不住刺激而昏倒！女仙微笑憐憫地接受眾人的歡呼、叫喊、哭泣和愛戴！人群沸騰了，人們高呼：「女神女神，我們的女神；萬歲萬歲，女神萬萬歲！」我相信，如果女神想要拿去他們的性命，他們一定毫無怨言地把自己的頭顱貢獻……這幫空虛的烏合之眾，他們太需要一種激情來拋頭顱撒熱血，他們都是理想主義者，最後因為夢想破滅而幾乎殺死自己，雖然每日在麻木不仁的生活中沉醉自己，但每時每刻都希望著最後時刻的救贖……現在這樣的時刻終於到了，他們終於可以在散花天女的神蹟中找到依靠……廣場上黑壓壓的一片，人們跪在女神面前，高聲呼喊著「女神女神，我們的女神；萬歲萬歲，女神萬萬歲！」……人們找到了依靠，心裡輕鬆多了，有一些人可以微笑甚至放聲大笑了。這是過去無論如何都無法想像的神蹟……就像性病，微笑也富有傳染性。剛開始是一個人微笑，很快就是廣場上幾萬人的微笑；剛開始是一個人的笑聲，很快，廣場上就被笑聲淹沒。笑聲整齊劃一，彷彿經過了操練，廣場上響起了笑聲合唱曲。笑聲經久不息。人們壓抑這麼久，終於找到了輕聲微笑的事情。他們放下了心中沉重的負擔，表情也跟著明朗起來……遠處傳來烏鴉的叫聲，但笑聲卻把他們的聲音淹沒。群氓力量大，人數多，笑聲響，汗味騷，屁味臭……

女仙望著眾人，眾人也帶著幸福的笑容望著她。受到眾人的傳染，女仙也禁不住笑了起來，先是微笑，再是小聲地笑，再是大笑，然後是獰笑，最後是哭笑。人群安靜下來，人們迷糊不解，不知什麼擾亂了女神的心思，引得她如此放浪形骸。女仙笑了很久，人們忘記了時間，人們呆呆地望著她，心裡的恐懼愈來愈深。攝影機不失時機地捕捉到一些群眾臉上肌肉輕微顫抖的表情。電視機前的觀眾也像廣場上的氓群一樣迷惑不解。不過還是有一些聰明人猜到了什麼：再一次他們受到了愚弄！如果他們不相信什麼就好了，如果他們從沒有什麼信仰就好了，偏偏他們總是這麼盲信，偏偏他們這麼容易被誤導，偏偏他們這麼快就被剝奪了快樂，偏偏他們的幸福短得就像陽萎病人的性事……人群中有人認出了女仙只不過是某個著名的妓女（並非牛奇，而是另一個氣質脫俗的妓女，因為從業時間尚短，她還不為人所知），事實上，這個嫖客第一眼就認出了她，但當時周圍人都在歡呼，他眼一花，也就不能肯定自己的判斷，很快，眾人的激情感染了他，他也跟著眾人高呼「女神萬萬歲」了……可在騙子「女仙」的笑聲中，他認出了真相，他明白了大家都又一次被人耍弄，就像不斷投火而去的飛蛾，隔著玻璃，他們一次次地用頭撞玻璃壁（屁），就算被撞得粉身碎骨也不惜，『雖九死而不悔』……可他們還是被人愚弄了，被電視導播們愚弄了，愚蠢的他們成了電視機前觀眾可憐的笑料……一個可憐的電力遙控紅雲道具從天而降，它蒙蔽了所有人（在年底的奧妮卡頒獎典禮上，紅雲裝置獲得了最佳道具獎。這是後話）……

人群重新陷入狂歡，色情的狂歡，因為女仙引著一隊也是女仙打扮的姐妹們從天而降，也是駕著紅雲。她們跳下戰車，來到了廣場，公然替眾人服務……女仙一戰成名，借助「刑場事件」而成為國內最紅的一線妓女。國內最致命的大商賈、大銀行家和大政治家紛紛拜倒在她的女仙裙下。他們願意對她頂禮膜拜，在尋歡作樂中忘記人世的煩憂……

這倒是個很好的策略，一定經過不少大牌幕後高手的策劃。湯姆這樣想道，同時還不忘記狠插猛送，坐在他大腿上的母豬夫人也跟著低聲哼唧起來。湯姆可是個機靈鬼，很會利用時機，他必須抓住最後的機會來狂歡。事實上，當他看到天邊那朵紅雲時，他就覺得哪裡不對勁。等看到天空飄灑出一片紅花時，湯姆才猛然記起，他曾在一部電影中看到相同的畫面，也是在一個處死囚犯的廣場聚會上，一個仙女從天而降，最後這一切證明不過是個騙局。湯姆從沒想到自己有一天會成為電影拍攝中的一個角色，這大大出乎他的意料，當湯姆沒時間去感嘆命運的作弄，他還有最重要的事情要去做呢。（可憐的被刺瞎雙眼的湯姆被母豬的眼淚沖刷，奇蹟誕生了，他的雙眼得以復明，甚至比以前明亮百倍！）

趁著眾人都被紅花和女仙吸引時，湯姆猛然抱起面前的母豬夫人，用最大的力氣把牠放在自己大腿上，牠可真夠重的，有兩個湯姆那麼重，剛剛生了十個豬小孩，母豬夫人還沒恢復曼妙身材呢。湯姆猛力脫下母豬夫人的短裙（粉紅色的裙子，很適合她黝黑身軀的顏色），還沒等牠驚呼，湯姆的器官已經進入牠的身軀。眾人哭號時，他們已經享樂起來。那些豬小孩非常聰明，比人類的小孩聰明多了，牠們畢竟吸收了人類和豬類基因的精華，見到人父親和豬母親公然在他們面前交歡，牠們並沒有像人類小孩那樣害羞臉紅掉頭走開，也不像豬娃娃那樣麻木而視若無睹，在湯小姆（他是十個豬小孩中最聰明最有領導潛質）的指揮下，十個豬小孩迅速地圍在交歡父母身旁，牠們組成花朵的圖案，十片身穿白色孝衣的豬小孩是一片片的花瓣，而在花蕊中間，雄蕊正把自己的性器深深地插入雌蕊心中。這個構圖很漂亮，攝影機對著少年和豬隻們拍個不停，電視機前的觀眾被死囚犯和母豬夫人的生死不倫之戀驚呆了（半年後，一部根據他們愛情事蹟而改編的電影火爆全球，取得不俗的票房奇蹟，而且還獲得了當年「奧妮卡」最佳電影獎……許多家庭主婦深受啟發，開始利用自己的小金庫偷偷地餵養起了雄豬，看到雄豬一天天長大，她們心花怒放，開始偷偷籌劃自己的愛情奇遇，他們的丈夫那麼忙，根本沒時間關注她們，雖然看到家庭成員多了一隻大胖豬，但他們對妻子十分信任，並沒有想歪，他們簡單地以為妻子是為了補貼家用才飼養的大豬，他們甚至對妻子更加溫柔體貼，因為妻子是這麼精打細算，這麼會過日子，而且又會多了一個家庭成員啊。他們的妻子的肚子大起來，丈夫們歡喜無限，他又要做爸爸了，這讓他多麼有成就感啊，即使拋開傳宗接代的喜悅不談，妻子的大肚子至少證明他們的雄風依舊不減當年啊……電視臺的記者適時地抓住機會，採訪那些頭上戴著帽子的丈夫們，他們自己馬上就要上電視了，就表現得更加興奮，對著鏡頭口沫橫飛，他們高呼萬歲，因為他們又要為帝國增添新的衛兵了，他們深感榮耀，這些都是校長的功勞的，沒有校長的光輝英名領導，他們永遠不會有今天……至於他們看到長著豬頭人身子的兒子和女兒後，他們臉上的表情如何，諸位可以自己想像得到。不管遇到什麼樣的災難，人都要面對現實總需要活下去，而且還要為自己找個合適的理由活下去……這些丈夫們很聰明，他們一方面懷疑妻子的不忠，卻苦於無法找到確鑿的證據，另一方面，他們更懷疑自己的父母或者其他祖宗有一方是野豬，經過很多代的進化後，他們雖然褪去了豬祖先身上的痕跡，但他們的子女卻不可避免地出現了「返祖」現象……他們痛苦得要死，對後代加諸在他們身上的恥辱，他們恨不得摔死這個「野種」，但因為電視臺的攝影機一直在拍他們的表情，他們只能露出微笑，表演起欣喜若狂的神情，他們抱著孩子豬，跪在鏡頭前，一遍遍地感謝上天的仁慈和女神的慷慨，孩子是女神送給他們的最好禮物！不管是什麼樣的禮物，他們都對此心滿意足，幸福連連……而他們的妻子則悠閒地坐在沙發上，看著電視上對丈夫的採訪，她哈哈大笑著，因為電視臺女主持人抱起她最親愛的豬小孩時，豬小孩調皮地用他們的豬腳踢了踢女主持人的頭顱，還在她的胸膛上拉了一大攤臭氣熏天的黑屎，患了厭食症的女主持人立刻被這個禮物熏倒了，可不一會她就醒來了，她感到飢餓，就吃起了胸前的美味佳餚……攝影機把女主持人的難看的吃相拍下來，傳給帝國的千家萬戶。精神病醫生甲器教授得出結論，女主持人已經患上了「變狗症」，她已經認為自己是（屎）狗了，果然，女主持人吃完胸前的美餐後，對著鏡頭『汪汪汪汪』地叫個不停，她還對著攝影機的支架抬起右腿，毫不避諱地撒起尿來，攝影機把她的導尿器官拍得一清二楚！甲器教授的死對頭畏縮研究員批駁了甲器的觀點，他認為女主持人如果真的患上「變狗症」，她就會變成母狗，這樣，她就絕對不會抬起腿來撒尿——這可是公狗的標誌性動作啊！甲器教授說，每個「變狗症」患者的症狀都不會完全一致，就像千人千面一樣，每個「變狗症」患者也會有不同的行為動作特質；女主持人之所以像公狗那樣抬起腿來撒尿，唯一的解釋是（屎）她在心理上早就把自己當作了男人而不是女人，但因為這個社會對同性戀的不寬容，可憐的女主持人只好壓抑自己的本性，在公眾面前扮演著嬌滴滴的女性形象，但這種壓抑她本性的行為只會讓她更加痛苦，在潛意識中她對自己極度厭惡，極其渴望能結束自己的生命，而厭食症正是她渴望自殺的另一種表現，這都說明了現代社會對人的極度壓制和摧殘……果然，愈來愈多的證據表明甲器教授觀點的正確性，女主持人的女友接受訪問，承認她和女主持人曾經有一年多的同居性關係……借助女主持人吃屎事件和現代媒體的廣泛傳播，甲器教授成為全球聞名遐邇的名教授，並榮獲了當年「爾貝諾」醫學獎！在全球直播的頒獎典禮上，甲器教授頻頻向會場中的名流招手致意，照相機對著他的臉部猛拍起來，螢光燈足足閃了有十分鐘，甲器教授用手擋著面部，他的表情變得詭異起來，他捂著腦袋蹲在地上。會場上鴉雀無聲，眾人都不知道發生了什麼事情。儀態萬方的公主充滿善心，她優雅地來到教授面前，蹲下來輕拍甲器教授的腦袋，輕言細語地安慰著他。在公主的攙扶下，甲器終於站了起來，他哆嗦了一下，幾乎昏倒，要不是有公主強健有力雙手的攙扶，他早就倒地了。在公主的引導（吟道，引到，陰道）下，甲器教授恢復了剛才的微笑，甚至還舉手向全場觀眾揮手致意。觀眾沸騰了，這次不是因為甲器教授的風采，而是因為公主的善心和足智多謀。公主也揮手向眾人致意，同時展露著風情萬種的迷人微笑。經過這麼多波折（正所謂好事多磨），頒獎典禮終於開始，公主剛才穿著綠色的美人魚晚禮服，現在卻換成藍色的旗袍裝，頭上也戴著王室流傳千年的紅色王冠，她雍容華貴地把一座白色的獎盃（有著千顆珍貴的明珠和水晶組成）交給了甲器教授，照相機又是一陣猛拍，刺耳的螢光燈再次閃個不停，甲器教授渾身哆嗦著，幾乎又要昏倒，親切可人的公主再次攙扶著教授，教授卻發出一陣怒吼，觀眾都嚇傻了，忙著拍攝照片的記者也恐懼地丟掉手中的相機，整個大廳安靜得可以聽到一根針掉在地上的聲音，只有攝影機還「吱吱」地拍攝著，這也只是出於慣性的本能。甲器教授仰天長嘯，他丟掉了手中的獎盃，公主恐懼地尖叫著，甲器教授臉上卻變成尖利的三角臉和長長的可怕獠牙，他變成了可怕的狼人，對著大廳的明燈嚎叫起來，雙手卻把公主舉過頭頂，公主竭力掙扎著，卻怎麼也無法逃脫狼人雄厚的手掌心！眾人都嚇傻了，沒有一個勇士敢衝上前去，狼人甲器舉起公主，慢慢地把她放到自己嘴邊，公主拚命掙扎，雙手把狼人的臉抓得稀爛，但還是無法阻擋狼人的瘋狂，他很快就把公主的雙手吃掉，之後是公主嬌小的身軀，之後是公主聰明睿智的頭腦。他太殘忍了，對著全球直播的攝影機，這個患上了恐怖的『變狼症』的甲器教授轉眼間就把公主吃個不剩，甚至連她漂亮的旗袍裝、黃色的高跟鞋和潔白的內褲都沒吐出來！幸虧狼人還有最後一絲的憐憫，他沒有吃掉那個千年紅寶石鑲嵌的王冠（也許是怕消化不良吧），這讓遠處的國王長舒一口氣。大廳裡擺滿了葡萄美酒，這是為頒獎結束後的晚宴準備的，現在看來是用不上了，狼人就抓起一大桶美酒喝起來，他咕咚咕咚連喝五大桶，最後才拍著肚子，打著飽嗝滿意地再次嘯吟起來：

可笑可笑真可笑，
胡鬧胡鬧瞎胡鬧，
女人變公狗，
教授變野狼，
母豬變貞婦，

第八章　他者的世界（二）

妓女變神女，
千奇百怪，無奇不有，
大千世界，美好人生。
怪哉怪哉非怪焉，
神女本就是妓女，
貞婦亦可為醜母豬，
野狼亦可學富五車，
公狗嬌媚時勝過女人。
感謝真主，感謝命運，
感謝上天，感謝女神，
一切命運全與她有關，
一切誤會（汙穢，舞會，汙穢，蕪穢，無悔）、
巧合、凶殺、情變、交媾、變態、變形、
異化、廣場狂歡、電視直播、黑暗心靈，
還有睡眠，死亡，出生，哭喊和別離……
都由我們偉大的女神，我們偉大的女神導演……

狼人說不下去了，他已經鼾聲大作，倒地呼呼大睡了。眾人驚呆了，突然的變故讓他們無法反應過來，國王和王后撿起傳家寶 —— 紅色王冠，被摔在地上，竟然毫髮無損，真是個奇蹟 —— 他們嚎啕大哭起來，眾人也是束手無策，他們都是全世界聞名的學者，只懂得搬弄是非和鸚鵡學舌，對於日常變故不會絲毫變通！他們都像木偶人一樣呆呆的站立著，既不知該如何思想也不知該做何種表情……電視機前的觀眾也急得團團轉，恨不得馬上鑽進電視機內幫王宮解決危機。但根據物理學原理，我們知道這是根本不可能的……國王和王后計算著眼睛流出淚水的量，他們已經流了三公升（借助於胡椒粉和辣椒面，他們可以很快地流出眼淚），他們決定當流到四公升的時候，他們就止住眼淚，而那些無用的大臣們還像機器人那樣僵硬地立在

大廳中，沒有程式和主人的命令，他們不知道如何行動，公主已經葬身狼人腹中，國王和王后也忙於哭泣和計算淚水容量（他們眼前放著一個金大碗，所有的眼淚都滴在裡面），這些可憐人成了被拋棄者，他們喪失了存在的家園……就在所有人一籌莫展時，一個戴著面具的人突然出現，他手拿彎刀，一步步逼近國王和王后，國王和王后緊緊地抱著王冠後退，他們的腿不爭氣地碰倒了大金碗，他們費了好大氣力流出的眼淚就此付諸東流，王后心疼得又掉了幾滴眼淚（這次可是出於真心！）。面具人拿著彎刀，步步逼近國王和王后 —— 那些大臣和學者像陷入嗜睡症中一般 —— 王后恐懼地尖叫起來，國王也恭順地把王冠遞給蒙面人，這個鄉下人可真夠不識好歹的，他用彎刀打落王冠，王后心疼地閉上了比牛眼還大的雙眼，蒙面人卻要他們簽訂契約，國王和王后趕忙點頭，心想這下可賺大了。蒙面人可真傻，他什麼都不要，只要他們答應：如果他救出了公主，他們就答應公主嫁給蒙面人！國王眼睛沒眨一下就同意了，心想這樣的交換真划算，他什麼都不用失去，而且公主在狼人腹中已經那麼長時間了，早就死了不說，說不定早就化成屎尿從狼人的肛門中排放出來了，因為正在此時，狼人放出了一個比大炮還響的臭屁，熏倒了五十個大臣。蒙面人得到了國王的許諾，高興得蹦了三次，這才跑到狼人面前，用鋒利的彎刀劃開了狼人的腹部（長滿長長的黝黑的胸毛，十分性感），穿著藍色旗袍裝的公主毫髮無損，但她已經沒有了呼吸，長久的憋悶讓她喪生於黃泉！蒙面人抱出公主，她在他的臂彎中沉睡不醒，一陣憂傷的音樂飄來，蒙面人取下自己的面具，他是多麼英俊的王子啊，他哭了起來，眼淚啪嗒啪嗒地落在公主如天使的面孔上，公主依舊沉睡，王子給了公主一個香吻，彷彿被施了魔法，公主睜開了眼睛，馬上活轉過來。王子抱著公主，在大廳裡旋轉起來。狼人掙扎著想要爬起，想要偷襲幸福的戀人，但王子看得正清楚，他一刀就砍掉了狼人的腦袋，屍首兩分家，頭顱埋在了南天池，身子埋在了北海潭，這個壞蛋，從此後再也不能夠害人了……宮殿舉辦盛大的舞會（汙穢，誤會，汙穢，蕪穢，無悔），他們在慶祝王子和公主的愛情……電視機打上『THE END』的字幕，家庭主婦們打著哈欠，和自己的烏克蘭大白雄豬在沙發上翻滾著，而他們可憐的丈夫正替小孩豬擦屎端尿呢……）

三分鐘，兩分鐘，一分鐘，五十九秒，五十八秒……生命啊，多麼美好，湯姆多想在這一瞬間開口說：「停一停吧，妳真美麗！或者再延長一分鐘也好，之後再讓他體驗到那幸福的被法國人稱作『小死亡』的性高潮吧……」可是，他不能夠！命運這麼殘酷，在只剩三十秒就可以噴射的時候，湯姆被凶殘的衛兵拉走了，甚至還來不及讓他穿上褲子，所以在被劊子手砍掉頭顱時，湯姆的陽具還像棍棒一樣高漲著……湯姆是在怒吼中死去的，他像滾燙的開水那樣沸騰地叫喊著：「不公平，不公平啊！報仇，湯小姆，幫我報仇！再會，再會！湯小姆，記著我。記著——」最後一個字還沒發出，鬼頭（龜頭）刀就砍段了他的頭顱，一腔熱血噴灑到天空，他的硬挺陽具噴射出液體，緊跟著變得軟綿綿。生命已逝去，陽具空留恨……

天空燃起可怕的火焰，天空也飄揚著如血的紅雲……刑場上哭聲一片，母豬夫人已經哭昏在地！只有湯小姆沒有哭泣，他渾身顫抖著，耳邊一遍遍響徹著父親臨終的遺言：

「報仇，湯小姆，幫我報仇！再會，再會！記著我。記著——」

「天上的神明啊！地啊！再有什麼呢？我還要向地獄呼喊嗎？啊，呸！忍著吧，我的心！我的全身的筋骨，不要一下子就變成衰老，支持著我的身體呀！記著你！是的，我可憐的亡魂，當記憶不曾從我這混亂的頭腦消失的時候，我會記著你的。記著你！是的，我要從我的記憶哩，抹去一切瑣碎愚蠢的記錄、一切書本上的格言、一切陳言套語、一切過去的印象、我的少年的閱歷所留下的痕跡，只讓你的命令留在我的腦筋的書卷裡，不摻雜一切下賤的廢料；是的，上天為我作證！」

湯小姆暗暗下了決心：「現在我要記下我的座右銘，那就是『再會，再會！記著我』。」

牠已經發過誓了。

而牠的母親早就哭暈在地。那是唯一真愛過牠的男人，是牠永世都無法遺忘的愛人，牠的心肝寶貝，牠的刻骨銘心，牠的永世情夫。他也用鬼頭刀刺破了自己的胸口和心臟。牠的鮮血和湯姆先生的鮮血混雜在一起，再也不能分開，你中有我，我中有你，就如他們昔日在豬圈中緊密相連的身軀一樣。天啊，這樣的場景我看到一次就痛哭一次，沒來由地流出眼淚。因為那就是我的父親母親最真實的故事。

是的，我是十個豬小孩中的一個，但你永遠不知道我是誰。我不會告訴你的。唯一能知道的也只有女神了，但祂太忙，祂根本不會回答你的問題。

「……再會，再會！記著我。記著——」父親靈魂的呼聲一直在我夢裡呼喊，這就是我寫這些內容的原因。我寫完之後交給了那個女人，她說她是瘋女人的代言人。她一定是瘋子。因為只有瘋子才說這樣的話。管她呢，反正我要這些紙也毫無用處。因為那些畫面早就印在我腦海深處。我不在乎自己是不是作家，也不在乎自己的作品被誰剽竊或者使用。那個女人給了我很多好吃的東西，甚至還把身體奉獻給了我。我想，我應該知足了。

悲慘的一天

「妳還有什麼可說的？」一個聲音問她。

「你已經沒有退路了，還是繳械投降吧。」

這是個悲慘的一天。感冒鼻塞嚴重，頭腦反應遲鈍；寫作極其不順暢，文思枯竭;心情惆悵，多重事情鬱積。深陷在一個悲慘的境地，卻無力改變，何其無奈！心裡想著全力去戰鬥，但卻沒有兵力和糧草，只有孤身一人去面對千軍萬馬，多麼可怕！前是追兵，後是無底深淵，我該怎麼辦？

未來在哪裡？出路在哪裡？我想逃跑，要是能逃到國外就好了，我想過一種快樂、刺激、理想高貴又聲色犬馬的生活，只有那樣才能滿足我火熱的心，但是這顆心此刻卻只能在一個狹小的房間裡去忍受折磨。所以我才需要你，我書中的主角替我實現我未完成的願望啊。

可是你辜負了我，辜負了我對你的期望，正如我辜負了家人對我的期望一樣啊……多麼可悲……

可我已經深陷絕境。我匍匐大地，嚎啕大哭，周圍依舊霧靄瀰漫。想起了過去許多時刻，或者愛情纏綿，或者激情澎湃，或者傷心欲絕，或者生離死別的悲愴。但這些時刻都已經過去，只留下現在的平靜，讓我不知何去何從的平靜。我覺得悲傷而無奈，卻也怨不得別人，因為一切都是我自己的選擇。

走出去，走出去啊。走到陽光田裡，走到百花叢中，走到在草地上，走到跳舞的小孩子中間。或者撲倒在地，緊緊地擁抱大地。

我心中一遍又一遍在高呼，我的愛，我的小說，我的主角啊，請你們出現吧，請你們賦予我力量吧。我已經虛弱不堪，再也無法負載你們的重量。我就要倒地，在沙漠中行走七日沒有水喝的我即將倒地啊。

每天晚上我都很難入睡，睡前總會因寫作把自己搞得太興奮。我的睡眠品質很差，總做夢，各種各樣的夢，而每個夢都是極好的故事——我在睡中也提起勁，好讓自己有無窮的創造力，結果只能搞得我疲憊不堪。為了補充睡眠，我起床的時間總會在上午十點，今天我甚至睡到十一點四十分才醒來。

寫作已經進入關鍵階段，我還沒有找到下一個方向和出口。我的面前是一座高山，沒有攀登的路徑，但我需要翻過去，才能接近目標。

我的出路在哪裡……

「不要逃避，去面對它，你終會找到解決之路……」女神的聲音從空中飄過來……我垂淚跪下對女神頂禮膜拜，感激她的不離不棄。

我深感羞愧，因為我曾一度迷失，既失去了對女神的信仰和眷戀，也失去了自己生存的物質基礎。有一段時間，差不多有一年的時間，我曾一文不名，只能寄居在一個香客那裡，靠他的救濟度日。就像落入陷阱的餓狼。陷阱在野外的空曠地帶，四周白雪覆蓋。陷阱深達數公尺，雖然沒有槍頭尖刀在下面，但這麼高的地方，我終究無法出去。四周寒氣逼人，又沒有可吃的食物。周圍安靜極了，沒有一點聲音。「千山鳥飛絕，萬徑人蹤滅。」我終將會餓死。即使沒有餓死，也會奄奄一息；然後獵人出現，丟下石頭結果我的生命。我拚命跳躍翻騰掙扎，將死的恐懼時刻折磨著我。我的力氣漸漸耗盡，遠處有野狼的嗷叫，我知道那是思念我的另一隻野狼，牠的腿被獵槍打瘸了，雖然跑得和以前一樣快，但走起來卻一顛一顛，我們曾經在黑森林裡交媾絞纏（他的性器巨大，力量威猛），也只有這一個情人沒忘記我；還有一隻小狼清脆的叫聲傳來，那是我的一個幼崽，他淒厲地呼喊著我，沒有母親的保護，那幾隻小狼早就被獵人和牧犬殺死，成了他們腹中的美餐，他們的毛皮成了嚴冬取暖的皮衣……

啊，我的血肉，啊，我的心肝，啊，我的胃腸，啊，我的血脈……因為你們母親的過失，你們年輕的生命也慘遭毀滅，可你們還沒長大，最好的時光還沒經歷。這都是因為我、因為我的緣故啊……

我剛愎自用、異想天開，以為自己比神明還要厲害……是的，是的，我拋棄了女神，以為自己就是女神，我的狂妄自大終於受到了報復……如果還有悲劇，這就是我的悲劇。我在飢餓、寒冷、自責與悔恨中閉上了眼睛……

在冰冷的陷阱裡，沒有同伴，沒有親友，我以為就這樣結束自己的生命。這樣倒也是我的希望，想當年自己是狼群中的公主，人群中的鳳凰，那時候我意氣風發，笑傲江湖，以為光輝燦爛的人生就在前面等著我，我只要努力寫作就有很好的收穫……我以為自己可以不受現實法則的支配，我以為自己會是命運的寵兒，是寵兒自然會比別人得到更多獎賞和恩賜，難道不是這樣的嗎？

我確實得到了，得到了很多，但我得到了什麼？我得到的是無窮無盡的失敗、沒頭沒尾的羞辱、沒完沒了的挫折，飢餓和空虛的生活折磨著我，讓我不得安生。天啊。這是人過的生活嗎？

我遺棄了女神，但女神沒有遺棄我……她沒有忘記了，她也沒有放棄我，她一直透過夢境和各種奇蹟傳遞她愛我的資訊。

為了夢想，我流浪許久，等我長大的時候，我才明白，不管自己走了多遠，只是想回到女神母親的懷抱，那是我永久的家園……

真龍元首

市中心還有一個車站，就在那無人的垃圾場旁，行人都站在那裡等回家的車輛。就是在那裡，我遇到了瘋女人，聽她發表自己的演講。一道矮小的鐵欄杆阻止了人們踐踏綠草，瘋女人就坐在帶鏽的鐵欄杆上，驕傲得就像坐在皇位上的女皇。她穿著破舊的紅色碎花小棉襖，戴著白色的口罩，似乎想隔離開城市的病毒。

很顯然，她已經感染上了病毒，或者說她自己就是個病毒。天下第一大病毒，她可以讓全城市、全國家、全世界、全宇宙瘋狂的病毒。瘋女人很有自知之明，她用口罩預防他人的感染。不過也說不定這是她的一個小花招，她是害怕感染上更厲害的病毒吧。沒人能說得清楚瘋女人的動機。你也知道，想要像觀察人性一樣觀察瘋性，這對我們正常人來說，總不是一件力所能及的事情……我們有人性的弱點，瘋子有瘋性的長處。用一己之短去攻對方之所長，在派兵布陣上，從一開始我們就處於劣勢；況且，我們雖然學了很多兵法和科學知識，但這些東西全是教我們如何對付人類自己的同伴，至於如何對付瘋子，如何細緻如微地觀察到瘋子的微妙心理變化（就如觀察到一隻小白鼠如何向同伴求愛的心理一樣），這對我們是個全新的課題……誰要是能攻克這一難題，我相信，他肯定就會是明年諾貝爾獎項的熱門人選……眾多科學家都擦拳磨掌，躍躍欲試，但我們都知道得很清楚，至今還沒有一個人成功過……

所以，親愛的朋友們，趕快上吧，一個美好而光輝燦爛的未來在前頭朝你招手呢！不要膽怯，親愛的朋友，不要讓害怕扼殺了你的積極性和創造力，你應該知道，「人有多大膽，地有多大產」、「不怕做不到，只怕想不到」，「人定勝天」嘛！我們應該相信自己的實力，我們應該相信我們可以向天空發射人造衛星！（這並非無稽之談……你肯定記得，我們已經對天空打過手槍、打過大炮、打過飛機、打過炮彈、打過洲際導彈！我們已經成功過，現在只剩下發射人造衛星的挑戰！但我們肯定能成功的，有那個又老又醜的白鬍子老頭的支持，我們肯定能發射出我們的人造衛星！我們的駕駛員將是那個胸毛最多、陽具最大的男人，因為根據科學資料分析，我們都很清楚，這樣的男人的性能力是最強的，由他來發射人造衛星，我們成功的機率最大嘛！

「胸毛男人準備好了嗎？」

「報告首長，一切就緒！」

「好，預備！準備發射！倒計時開始，十，九，八，七，六，五，四，三，二，一，零。發射！」

眾人歡呼鼓掌跳躍。一道乳白色淡黃色的液體從大地衝上天空飛過臭氧層脫離地球引力到達宇宙中。奇蹟，世界的奇蹟，人類的奇蹟，人類新紀元的時代到來了，我們創造了歷史，我們偉大的英雄胸毛男人創造了一個歷史，一個前無古人後有來者的歷史！我們抬著胸毛男人四處遊行，人們跟在他的身後激情四射，更有無數激動的女信徒跟在我們身後痛哭流涕，她們哀求胸毛男人給她們祝福，要求摸一摸胸毛男人的身體，更有一些大膽的女信徒請求撫摸胸毛男人的巨型陽具……但這是不被允許的，也是不可能的。因為作為文物，胸毛男人的巨大陽具已經被切割下來，在上等的國外福馬林液體瓶中浸泡，它的旁邊就是那個出生就死亡的聖嬰，聖嬰旁邊是我們最虔誠的女信徒瘋女人女瘋子的，兩個比皮球還大的乳房，乳房旁邊則是我們那個最偉大的導師、我們最親愛的校長大人的屍體，還有人豬雜交後的豬小孩的屍首……他們都在等待著。一個人類所想像不到的最大的、最威嚴的、最忠誠的廟宇正在建造……一旦建造完畢，聖嬰、胸毛男人的巨型陽具（像吉力馬札羅山那樣高大）、興華學校校長的尊貴屍身（散發出濃濃的福馬林味）、最恭敬的瘋女人信徒的兩個巨人乳房（比炸彈還要威力凶猛）和人類和豬雜交的後代豬小孩的屍首（也是浸泡在福馬林液體中），更不用那些其他最珍貴的禮物了，如能讓九百歲偏癱在床的老男人勃起的神力鹿茸，如東海九百條巨龍看護的鎮海龍珠，如能讓九百隻鳳凰涅槃生還的生命甘露，如能讓唐三藏心猿意馬瘋癲狂熱的美女面具，如能蒙蔽孫悟空火眼金星三生慧眼的幻術噴劑（還能對付九百個比豬八戒還要性飢渴的色豬色狼色鬼色猴色魔），如能打翻觀世音菩薩手中純淨瓶的礦泉水瓶子，如能讓呂洞賓這個號稱純陽仙人狂噴狂瀉的大力採陽補陰丸，如能讓世界上那個最性冷淡的女人（也就是那個因為不堪丈夫性虐待而逃往廣寒宮居住的）嫦娥仙子慾火焚身要死要活、渴望在激情中熊熊燃燒成灰燼的乾柴的催情興奮劑，如那個能熄滅最色情最狂躁最激情薩德伯爵慾火的芭蕉神扇，如能讓蛇髮女怪獅面女魔獠牙女夜叉長舌女吊死鬼這人類歷史上四大醜女變成楊貴妃西施白骨精布魯克雪德絲這人類歷史上四大美女的換顏不老丸，以及諸如此類的等等世界上最寶貴的珍寶——都將一一展出，屆時世界各國的元首（最喜歡在安靜的包廂裡觀看最精彩的人類演出，雖然要忍受無名的幾乎要把人熏倒的臭屁炸彈的襲擊，但他們依舊樂此不疲。他們是藝術女神的狂熱信徒，為了藝術女神他們可以忍受一切痛苦，即使獻出生命他們也毫無怨言）、世界最知名人士、世界最著名的花腔女高音藝術家（喜歡在演唱歌劇的時候利用胸腔共鳴和丹田共鳴而排泄掉體內幾噸重的屎糞垃圾——她患有因嚴重的演出焦慮症而引起的幾年不拉屎的便祕症——而製造出威力與投放到廣島原子彈不相上下的臭氣彈）、世界上最虔誠的信徒（因深入原子彈戰爭廢墟中挽救即將被燒死的兒童而榮獲諾貝爾和平獎）女瘋子、地下帝國的最高首領，掌握著世界上最高權力的瘋子學校的第三十八任校長真龍先生（就是他獻出了上一任校長的屍首，聽童言無忌的全國流傳的童謠說，正是真龍毒殺了龜田！為了權力，人類還有什麼事情沒做出來？殺死自己父親的俄狄浦斯、摔死自己的嬰孩的馬可白夫人、殺死了自己未婚妻美麗純潔的歐菲莉亞的丹麥王子……）

「小母鶴，野狼餐；
獵人箭，鴛鴦單；
淚眼蟾，毒蛇甘；
金銀錢，將士反；
兔撞樹，農夫撿；
罪人面，朝廷黔！

人夜行，歹徒奸；
美女洞，雞巴鑽；

第八章　他者的世界（二）

乳房舔，全身顫；
大陽具，爭相含；
交合歡，得下疳；
梅花毒，俊士寒！

板上鰻，刀殂砍；
野豬貪，心被剜；
驢子蛋，屠夫騸；
帝王痔，宮人舔；
真龍現，龜田完；
人世間，權力斬！」

（……自然，宴會那天的主角是我們的閹割掉性器的著名英雄胸毛先生。他因發射人造衛星而受到「國家騎士勳章」的獎賞。據說，他還是明年諾貝爾物理學獎的最有力的競爭者呢。在人模狗樣的國家皇家交響樂隊隊員喜氣洋洋的演奏下，整個國家大劇院的大廳迴盪這氣勢輝煌的伴奏音樂。每個聽到這個音樂的人都會明白這一天是人類歷史上最值得銘記的一天。

當然瘋子不會這麼想。你也很清楚，瘋子總喜歡搗亂，喜歡逆向思維，喜歡攪得天翻地覆。所以瘋子們會覺得音樂一點也不歡快，相反還充滿著無言的悲涼和淒厲的控訴，很像下葬用的安魂曲。張琅教授的弟子賈春博士還出了一本音樂美學專著《宴會音樂葬禮本質考——奸論宴會音樂的畜生、升漲、膨脹、勃起、猥褻、猥瑣、噴射及其之後的虛空、萎靡、精神不振、哈欠連天、腰酸背疼、勃起困難和快感降低等諸如此類的症狀》，根據電視臺的抽樣調查資料，這本書成了今年夏天最火的暢銷書，銷售了幾百萬冊，為賈春博士帶來滾滾不斷的金幣，遠遠超過張琅教授教學三十年來的財政收入。這讓張琅教授非常氣氛，他寫信給國家領導者真龍先生，揭露賈春博士對帝國的反諷和嘲弄。張琅教授說：「這是對帝國尊嚴的極大侮辱，相當於在聖女面前暴露身體玩弄器官，在外國元首友人面前脫褲子放屁，在女神塑像上噴吐白色黃色混雜的汙垢濃痰，在國家最高領導人也就是尊敬的陛下您的面前閹割自己的性器官然後投擲在您的臉上，就像投擲田徑比賽用的標槍一樣。標槍正中靶心，陽具正中您的鼻子，彷彿您的鼻子一下子長了幾米。啊，您可真像大象啊。在魔鬼可怕的幻術影響下，您變成了大象，多麼可怕；尤其是這是在全球直播的宴會上，成千上萬個攝影機正對準您英俊的臉龐，希望能把您像花兒一樣甜蜜開放的笑臉向全世界傳播！可突然間，您成了長鼻子象，鼻子上突然長長的、醜陋的、可怕的、血肉模糊的長鼻子，您旁邊的王后尖叫著撲向她情人懷抱，宴會上的貴賓們竊竊私語，臉上露出一絲得意忘形的微笑。恥辱啊，您成了眾人暗自嘲笑的恥辱。這都是壞人賈春一手操縱的，他看起來溫柔得像綿羊，可發起狂來卻像匹狼！（我非常羞愧，他曾經做過我的學生；我對自己一生的這個汙點充滿悔恨；可是當我認清他的本質後我就宣布和她脫離師生關係。這一點章郎教授（國家享受特殊津貼的教授）、障狼副授（曾經榮獲諾貝爾化學獎）、張螂研究員（國家著名的黃河學者）、掌郎副研究員（非常著名的瀾滄江後浪推前浪學者）……漲榔先生（著名的世界一流大學京城大學人文學者教授）、長郎研究員（世界一流的性學研究會會長）、丈郎教授（世界著名的性變態性瘋狂性夢魘學會名譽主席）等人可以作證）……啊，那個該死的罪人賈春博士可真該死，他侮辱了您，侮辱了我們的國家，玷汙了我們國家的世界形象，他可真該千刀萬剮啊！」總之，張琅教授在心中寫了許多諸如此類的可怕事情。很快，張琅教授就被投入監獄。

（讀者朋友們，您一定會覺得我把名字寫錯了，賈春博士應該被投放監獄才對啊，怎麼會是張琅教授呢？別著急，有句話您該明白，世事無常啊！張琅教授怎麼也不會想到自己的告密信反而成了自己入獄的憑證，這叫「搬起石頭砸了自己腳」，在這裡也奉勸各位「害人之心不可有，防人之心不可無」啊……不過，別著急，還是讓我慢慢地一點一滴地一清二楚地為您解答您心中的疑團吧……）

（我們這個世界，充滿了稀奇古怪的事情和難以解釋的人物。正是這種多樣性構成了我們存在的地球，我們要尊重這種多樣性、複雜性和微妙性。這可是我們偉大藝術品的基礎啊……閒話少說，我們還是單說張琅教授為何被投放到監獄吧。情況是這樣的……原來啊，我們現在的帝國校長真龍校長在西方世界生活多年，他特別推崇和喜歡西方藝術界中最新流行的現代和後現代理論，在審美趣味上更是如此，他打破了過去傳統的、簡單的二元對立論，也就是說，他不喜歡那種非對即錯、非善即惡、非真即假、非美即醜、非香即臭、非悲即喜、非黑即白、非驢即馬的觀點和態度。（充滿著幾千年的腐朽棺木和腐爛僵屍的惡臭氣味。遺臭萬年，害人不淺。早該拋棄！）他更喜歡真實，喜歡那種複雜世界中的情感體驗：對錯交織、善惡參半、亦真亦假、美醜混合、香臭混雜（鄉愁綿綿）、悲喜交集、黑白混沌（黑白牌餛飩香飄千萬家）、驢馬交配……）

（我們偉大的真龍先生更喜歡下列藝術和學術名字：反諷、自嘲、拼貼、塗鴉、解構、解剖、肢解、血腥、暴力、凶殺、現代、後現代、造夢神話、批判、殘酷、殘酷戲劇、文化批判、社會批判、心理批判、精神批判、文學批判、表演批判、演出批判、劇場批判、潛意識批判、夢境批判、寫作批判、電影批判、電視劇批判、自我批判、造夢神話批判、批判批判、信仰缺失、心理創傷、夢魘、孤獨、絕望、懷疑、虛無、藝術療傷、陽具崇拜、乳房崇拜、性器崇拜、無意識創作、虛無主義、真無主義、白日夢自言自語、瘋子歇斯底里恐懼、極度的創作激情、對上帝說鬼話、在女神身上撒尿、在神仙臉上拉屎、在偶像頭上拉稀（金黃色的像金幣一樣閃閃發光的帶著惡臭味的液體順著偶像發光的帶著迷人光圈的頭上流到腳下。啊，讚美啊，美麗的金黃色的雨露；感謝啊，迷人的金黃色的澡浴啊！）……

不知為什麼，帝國的校長會具有這麼奇怪的欣賞口味（背上蓋上明顯的法國文化的印章，散發出濃重的法國糞便的味道——和地窖裡腐爛的馬鈴薯味道一樣——真龍先生說一口流利的法語，對每個人都會和藹可親（顫抖）地問好：「Bonjour」！每個人都很喜歡他親吻雙頰的法國禮節，覺得那親吻香甜如蜜，如沐春風……。他以醜、惡、凶殺、血腥、殘酷和色情為審美和寫作對象，在這些惡魔中尋找美與善，激情與夢想;他把思考醜、惡、凶殺、血腥、暴力、殘酷和色情當作一種精神的歷練，測試自己的心靈以及他的臣民和他的讀者的容忍度……他一度取得了成功，改變了帝國，改變了人們的欣賞口味……在他身上，有惡魔的影子、有瘋子的吶喊、有戲劇的突轉、有動物的獸性、有天使的歌唱、有智者的詼諧、有蠢人的天真、有文字的想像力、有蝴蝶的飛舞、有鳳翔九天的自由、有被壓抑的欲望、有從小就忍受的心靈創傷、有愛情的甜蜜、有生存的艱難、有人性的複雜、有虛假的甜言蜜語、有快樂的呻吟、有殺戮的快感、有母獸的追趕、有雄毛怪獸的攔截、有陽具的金箍棒打、有黑洞的致命吸引力、有雌雄同體的困惑、有讓人嘔吐的噁心、有無奈的嘆息、有命運的神祕、有絕望的奔跑、有持久的抗爭、有創造的幸福、有停滯的危機……也就是說，有活著的感悟，有死後的體驗，有下一個輪迴中的悲喜，有三生石畔的命運輪迴……

所以，當校長真龍先生接到張琅教授的舉報信後暴怒異常，他從沒想到在新的二十一世紀裡，有人的審美竟然還處在十八世紀的水準;更可怕的是，這人還是全國知名的學者，可以預測張琅教授不知製造了多少的黑暗迷霧，就像中世紀那些蠱惑人心的可怕女巫一樣！天啊，他可真該被大火燒死啊！可我們的校長真龍先生多麼仁慈，他只是把這個可惡的張琅關進監獄，他給了他很多人道主義待遇。比如，提供張琅精美的食物，外加每頓三碗濃稠辣椒水，上面還漂浮著一層死去的蒼蠅、蚊子、跳蚤和蟑螂（蟑螂的繁殖力很強，即使牠們已經英勇地為帝國捐軀，但牠們仍耐心地為帝國產卵生子，白色的蟑螂卵混雜在紅色的俏辣椒中間，紅白相間，煞是好看！）；當張琅穿上厚厚的三層羽絨衣，因為張琅的身體很虛弱，雖然監獄裡的溫度已經降到低溫，雖然張琅先生大汗淋漓，但他還是非常容易感冒的啊，一定要時刻對他關注才對；為了打開張琅先生的眼界，真龍先生用心良苦地安排各種後現代文藝活動，有演講，有幻術，有電影，有殘酷戲劇表演，還有文學創作，還有戀愛演習，電影拍攝，農耕模擬練習，游泳模擬練習等活動，活動十分（屎糞？）充實，十分（屎糞？）豐富多彩（瘋蝠剁菜？），張琅興奮得七天七夜沒有閉上眼睛，在第八天頭上，張琅先生剛闔上眼，就被推醒，張琅必須要學會這些後現代藝術的審美口味啊……為了鍛煉張琅的身體，真龍先生晚上安排他睡老虎凳……為了治療張琅先生的手指顫抖，監獄好心的醫生們把竹簽插入他的十個手指頭中……為了治癒張琅先生的神經頭疼，他一會被丟進八十攝氏度的涼水中，一會被丟進攝氏三度的熱水中……為了治癒張琅可怕的前列腺炎（年輕時過度縱慾的可怕後果），電線插入他的肛門他的身體接受了電擊療法，張琅激動得全身都顫抖起來……為了治癒張琅時常發作的歇斯底里和情緒失常，監獄醫術（藝術）高明的醫生打開了他的頭蓋骨，用鋒利（鳳梨？瘋犁？）的手術刀切處了他的腦前葉額前葉，因為缺少麻醉藥，勇敢的張琅在手術臺上咬掉了舌頭和牙齒：上帝保佑，手術效果及其明顯，這下子張琅變得溫順多了，他再也不會威脅要扼死醫生們的喉嚨了……為了激發張琅的創作激情，為了讓張琅有更多的生活體驗，監獄的醫生們為他胸部增加兩個滾圓的乳房，有籃球和足球那樣大；在切割他的下體後，又為他製造了一個美妙的黑暗洞穴，就像泥鰍居住的房間那樣潮溼溫暖，房間巨大，可以接納最粗暴的訪客和他成萬上億個孩子們。每天晚上，張琅都要接待五十位訪客。這樣，經過一年的體驗生活後，張琅先生（不，現在應該是女士才對！）就有了女性的生活經驗和人性體驗，這對張琅的創作大有好處，他會一下子明白後現代藝術的精髓和美妙之處……為了喚起張琅的雌性激素，監獄管理局每天都派一百隻搖搖晃晃的小猴子來對她打招呼，每隻猴子必須含、並用力咬一千次她的乳頭才能完成任務；他們還派來一千隻烏鴉來到張琅面前，每個可愛的烏鴉幼鳥都要對張琅點頭鞠躬磕頭問安，牠們每個人還必須喊張琅一萬次「媽媽，母親，親愛的母后」，但牠們還不能離開，牠們只有在張琅臉上放了一千個臭屁，在他頭上拉了一百次臭大糞後才能完成任務。這是為了幫助張琅，讓他體驗做父母的不容易，這樣他就可以在監獄裡寫作棄惡揚善的作品《報娘恩》……

這一切都是好心的真龍校長安排的。他為了栽培張琅可沒少花費心思啊，可以說動用了自己所有智囊團的錦囊妙計。張琅也沒有辜負真龍校長的期望。五年後，等她從監獄出來，重出江湖後，她已經成了威震世界的後現代美學家後現代小說家後現代藝術家：東方不敗西方不敗地球不敗太陽不敗銀河不敗的宇宙不敗……這是後話。

在宴會典禮那天，真龍校長激動地等待著。自從接到張琅的舉報信後，他已經苦苦等待三個月了。等待是漫長的，也是美好的，雖然也是折磨人心的；但關鍵是怎麼看，真龍校長劃焦慮為期望，他每天茶飯不死，什麼公務也不處理，只一遍遍在腦海中想像宴會典禮上的高潮：賈春切割自己的長長的生殖器，然後把血肉模糊的陽具丟在真龍校長的高挺的鼻子上（不偏不倚，恰好就在鼻子上，還像瘸子那樣站得穩穩當當），然後是皇后的驚呼撲在她情人的懷抱中，宮廷上的群臣竊竊私語。（正如張琅信上所揭示的那樣）。幾千部攝影機會把這一切都拍攝得清清楚楚，因為有一個幾萬人龐大的攝影師和隊伍在後面服務。真龍校長會假裝驚詫，他的面部表情會停滯十分鐘，攝影機會精準地把他每一個細微的表情變化傳遞給世界各地。因為真龍知道這個結果，但他還要假裝是一個突然事件，這可是對他演技的巨大考驗啊……為了更好地展現自己的驚奇，在這三個月內，真龍校長每天都練習自己的動作和表情。為了製造更好的表演環境，真龍校長每天都讓人往他鼻子上丟血肉模糊的人工大陽具，（並且陽具還要立在他的鼻子上，像釘子那樣紋絲不動。）一天一個陽具，一個也不能少。也就是說，三個月總共需要九十二個大陽具（有兩個月是三十一天）立在校長的鼻子上，三個月總共需要九百二十個大陽具（根據科學計算，十個丟過來的血淋淋大陽具中，只有一個大陽具能站立在真龍校長的鼻子上），三個月總共需要九千兩百個願意貢獻大陽具的人（根據比率，十個大陽具男人中只有一個的陽具符合皇家規定的粗大尺寸），三個月總共需要九萬兩千個願意貢獻自己陽具的年輕壯男（根據統計數字，十個年輕壯男中只有一個才有大陽具），三個月總共需要九十二萬個願意貢獻自己陽具的年輕男人（根據概率，十個男人中只有一個男人才是壯男），三個月總共需要九百二十萬個貢獻自己陽具的男人（根據常識，十個男人中只有一個是年輕男人）……

為了尋找這九百二十萬個男人，真龍校長動用他的祕密武裝部隊，還在全國發起了「貢獻陽具的運動」，有個從法國學成歸來的嫪毐博士後（真龍校長最喜歡的情人）帶頭貢獻了自己的陽具。真龍校長哭天搶地地阻攔，嫪毐博士後拼死拼活地要貢獻。好一場哭泣與叫喊，愛情與陰謀，喧嘩與騷動啊！最後他們抱在一起哭訴衷腸。他們表演了一場驚天地泣鬼神的愛情絕唱，其中的個中滋味只有他們自己最清楚（限於篇幅，這裡就不再一一複述）。當然，在切割嫪毐博士後的陽具前，他們沒忘記做了最後一次愛（暢快淋漓，大汗淋淋），就像玉姬在自殺前沒忘記為項王舞動最後一次劍一樣。（他們可不會浪費製造快感的任何一次資源啊。）他們在觀眾面前表演了精彩的《霸王別姬》。充滿了愛情的捨身奉獻、英雄的無奈悲劇、色情的身體快感、殺戮的暴虐冷酷。（這些可都是大眾文化中不可缺少的賣點噢⋯⋯。）自然，嫪毐博士後切割自己陽具的全過程都在電視上直播了，這起到了極佳的宣傳效果。全國都掀起了「向嫪毐學習」的行動，在嫪毐博士後的帶動下，有幾千萬個男人捐獻了自己的陽具⋯⋯（因為捐獻的陽具太多，大大超過了預期的需要。除了真龍校長需要用的陽具外，還有幾百萬的陽具無人使用。為了不浪費資源，全國員警開動巨型卡車，源源不斷地把陽具運往了農場。雖然有的員警在裝卸卡車時，認出了自己的陽具（透過龜頭底部靠近冠狀物上三顆獨一無二的黑痣），但他十分敬業，忠誠地執行上級命令，沒停一秒鐘，他就把一卡車陽具全倒進了養豬場的食槽中。雖然下體的傷口還在作疼，全身也冰冷得要昏倒，但員警先生依舊像泰山一樣不倒⋯⋯

那一年春節，農場裡的豬特別肥胖，每頭豬的體重都超過六百公斤，是往年豬體重的一倍多。牠們都長得面色紅潤，肥頭大耳，而且，尤其驚奇的是，牠們的雄器都特別巨大。在擁擠的農貿市場，家庭主婦興奮地挑著切割成塊的豬肉，她們都很高興，今年的豬肉又好吃又多又便宜，要是每年的豬肉都像今年的就好了⋯⋯當然，每頭豬在被屠宰前，牠們在農場裡都吃到半年多奇怪的牠們說不出名字的像脆骨的還帶有血腥味的食物。牠們吃得眉開眼笑，放屁多多，大便通暢，性事愉快。也就是說，牠們心情愉快，提前過了春節。（雖然到了最後一個月，牠們的嘴一碰到這種奇怪的牠們說不出名字的像脆骨的還帶有血腥味的食物，牠們就想吐，但由不得牠們反抗，灌腸機就往牠們的胃裡噴射了十幾塊了，牠們也就樂得不用咀嚼，也就樂得不去嘔吐了。吃飽喝足後，牠們躺在地上睡起了大覺。最後一個月的灌腸式餵養，讓我們可愛的大豬的體重整整增加了兩百公斤！創造了養豬史的奇蹟！）所以，在最後被屠宰的時刻，這些享受過人間美食的大豬們死而無憾地閉上了眼睛……

死亡沒什麼可怕，它只是另一個睡眠……在另一個幸福世界裡，肯定也充斥著這種奇怪的說不出名字的像脆骨的還帶有血腥味的食物……那個世界也就是豬的天堂……

盼望著，盼望著，美好的時刻終於到來。幾千臺攝影機對準真龍先生，他的臉上洋洋自得，真龍的夫人穿著得體，臉上掛著淡淡的笑容。所有的臣民都按照次序對真龍先生跪拜，所有人都暗中期待一個大戲的上演。等輪到賈春博士時，全場的目光都集中到他身上。他雖然感受到周圍人的灼熱目光，但他以為這是因為那本暢銷書的緣故，他頻頻揮手微笑著向周圍人問好，他舉止得體，笑容優雅，彷彿是下一屆帝國的元首。看到這裡，真龍的內心已經波濤洶湧了，就好像有幾千隻猴子在播鼓。這還不是最要命的。賈春博士跪在地上的時候，大家都等待著他解開褲子閹割性器並投擲在真龍的鼻子上，正如在過去幾個月中，賈春博士一直在練習的那樣。為了防止割掉真的性器，電視臺在他家裡運送了幾萬隻假陽具（在練習的時候，就綁在大腿根），還幫他做了陽具增大術（原來他的陽具小的還不如猴子的陽具長），臨場前，電視導播（便叨）一直強調要做出完美的閹割動作，因為攝影機會拍切割動作的特寫。賈春博士跪倒在地，很快站起來，他並沒有做閹割的動作，也就不會丟自己的陽具在真龍元首的鼻子上。現場的人群一片譁然，真龍的嘴唇氣得在顫抖，他無法明白這一切是怎麼發生的。真龍夫人也氣壞了，為了維護夫君的利益，她跑到賈春博士面前，狠狠地甩手打了他一個耳光，並厲聲地呵斥道：「你為什麼不切割掉你的陽具，並把它丟在元首的鼻子上？」

「不，不，首先，冒犯元首的事情我是不會做的；其次，對一個男人來說，這是最重要的器官，每一個男人都懂得那種獨一無二的快感，不，不，我不會傻到去割除我的快樂，讓我做國家元首我也不會去做！抱歉啊，夫人，抱歉啊，真龍元首，抱歉啊，電視導播和攝影師們，抱歉啊，所有的電視機面前的觀眾朋友們，我不能做出侮辱你們的動作，我更不能失去自己的快樂源泉……」

賈春博士說完這些話，再次和觀眾們揮揮手，優雅地轉身離開。眾人瞠目結舌地看著真龍元首，真龍元首微微地點了下頭，他面帶笑容地揮手，舉止優雅。有一個大臣氣不過，他憤怒地脫下褲子，割下性器，丟在了真龍元首的鼻子上。那玩意就像黏在真龍元首的鼻子上一樣，一下子，真龍元首的鼻子上就像大象的鼻子。攝影機捕捉到了這個鏡頭。眾人沉默地看著真龍元首，他笑了笑，然後忍不住哭了起來，因為他盼望的這一切都在大臣那裡得到了滿足。他哭著跑到大臣那裡，緊緊擁抱著他，當然，真龍特別注意自己鼻子上的玩意，不讓它掉在地上，也不被擁抱擦掉。現場的觀眾們掌聲雷動，電視機前的觀眾們也長舒一口氣，家庭主婦們抹著眼淚，心中得到大大的滿足……

（當然，那個跳梁小丑賈春博士則被投入監獄。他的性器在切割前，他與獄友張琅患難中產生感情。雖然他們過去是師生關係，也是同性，但現在都同為階下囚，而且，張琅還變成了女士。在女神強大威力的支配下，他們深深相愛了，很快，在賈春博士被閹割的前夕，張琅懷孕了，最後還生出了聰明可愛的孩子 —— 賈浪。這個小孩後來長大進入高科技領域，成為發明家，是人類史上的一個標誌性人物。他為他的父母賺夠了榮光……關於他們一家三口如何艱難度日並最終取得成功的內容，我們暫且不提。但以你的聰明才智來說，你一定能腦補他們一家三口的很多勵志人生的故事和畫面！）

在典禮的高潮，雄毛男人在八個小矮人抬著的棺木中，把自己的巨型性器送到了博物館。他為自己贏得了永久的名望。這正是他一輩子的期望，他永久地被人記住了……人們為他歡呼了很久，胸毛男人久久不能遺忘。可是很快，大家就忘記了他的故事。因為真龍元首又開發了新的英雄人物——魯邕……

（這些都是後話，我們暫且不提。）

瘋女人在車站的演講

瘋女人很清楚，這個城市滋養了各類的病菌，大腸桿菌、結核菌、霍亂菌、鼠疫菌、花柳病菌、黑死病菌、天花病菌、痲風病菌、典型肺炎病菌、非典肺炎病菌、愛滋病菌、肝癌病菌、小腸癌病菌、直腸癌病菌、肛門癌病菌、前列腺癌病菌、陰莖癌病菌、龜頭癌病菌、海綿體癌病菌、睾丸癌病菌、乳癌病菌、卵巢癌病菌、子宮癌病菌、子宮頸癌病菌、口腔癌病菌（透過不潔淨的性方式而感染）、上顎癌病菌、喉嚨癌病菌、胃癌病菌、脾癌病菌、骨癌病菌、扁桃體癌病菌、血癌病菌、染色體癌病菌、遺傳基因癌病菌……

對著這些看不見的病菌們，瘋女人取下口罩，開始了自己的演講。

「城市是病菌的溫床。人成了病菌的俘虜、食物、載體和營養快錢……病菌為人們的存在提供了方向、目的、意義和價值，人們在病菌規定的軌道中交媾、出生、成長、交媾、成熟、交媾、衰老、陽萎、性冷淡、生病、呻吟、生重病、不能呻吟尚能呼吸，被遺棄，屎尿拉在身下無人清理，閉上眼睛尚能呼吸，被送到垃圾場，周圍是烏鴉、老鼠、蒼蠅和蚊子的叫聲、尚能呼吸一息尚存、被蒼蠅叮鳴被蚊子吮吸，逐漸不能呼吸但還有感知，在疼痛中被老鼠啃噬被烏鴉切割吞啄，疼痛感加強耳旁能輕微地聽到瘋女人的演講，感覺逐漸喪失疼痛也逐漸消失，前程往事如煙如幻在眼前閃過就像一場美好的電影放映，耳邊逐漸聽到女神使者的天籟歌聲身子也逐漸變空最終漂浮在空中，因為意識到就要脫離病菌的城市脫離病菌的塵世，就要進入天國的花園，就要進入女神的領地，就要投進女神的懷抱。因為意識到他們塵世的、骯髒的、虛假的、醜陋的身體，現在已經消失，因為明白他們會煥然一新，成為天地間最純潔的靈魂。最香豔的氣味、最絕豔的顏色、最亮麗的顏色、最清新的氣體，因為意識到他們就要被女神歡迎和迎接，就在天國的花園入口處，因為意識到他們是女神的孩子，在歷經如夢如幻的被病菌侵蝕的痛苦一生後，終於重歸家園。因為意識到馬上就能進入天國的浴池，水面上飄浮著七彩的鮮花，他們馬上就要洗去骯髒的病菌、骯髒的肉體、骯髒的一生。因為意識到他們沐浴更衣後馬上就能被女神使者接待和歡迎，他們在漂亮的宮殿中等待女神，因為明白他們很快就可以與女神握手、擁抱和親吻，因為明白他們是女神最疼愛的孩子，被女神熱烈地歡迎，歡迎他們在歷經一場可怕的夢魘後的重新醒來。在經歷一場如真如幻的冒險旅程後，被可怕的怪獸、夜叉和母獸殺死後的恐懼旅程中最終解放出來。因為明白等待他們的將是永久的歡樂、幸福和安康，因為他們明白，他們再也不會失去女神那母親般的懷抱，因為意識到從此後他們將過上最幸福的生活，而激動不已……

所有人都病了，你也病了，你很不舒服，你已經病入膏肓了可你還假裝挺不錯。你的生命已經到了要結束的邊緣，可你假裝還會長命百歲。你內心深處知道自己時日不多，可你還假裝自己很快樂。你為什麼不痛定思痛呢？你要割掉你的手腕，你要丟卒保將，你要敲掉自己的毒牙咽到肚子裡去，你要切割掉你的胃嗎？你要割掉你的大腸嗎？你要縫補你破碎的心嗎？

去找到你的信仰，找到你的熱情，找到你生命中的至愛！為了你一生的幸福付出你生命的一切，把你的潛能全部激發出來，創造你生命中最偉大的輝煌！

如果你失敗了，請允許你哭泣和流淚，請允許你在黑暗中沉寂一段時間！你需要時間來讓自己的生命和激情得以回復！

在你痛苦的時候，請記得回到女神的懷抱了！她溫暖，寬厚，她會把你需要的一切全部提供給你，甚至比你想要的還要更多！

只要你願意臣服在她的腳下，你會得到你生命中渴望的一切！請你跪下吧。你會得到寬恕、安慰和支持！女神會赦免你所有的罪過！你會在她的愛中得到最偉大的療愈和復興！然後請你展翅飛翔在天空，就像那個最偉大的鳳凰，你會在烈火中重生，然後你會把最偉大的復興和神聖的美帶給人間！

我深深的愛，美麗的女神！

我深深的思念，美麗的神鳥！

我們深深地愛你們，偉大的神靈！」

第九章　地面生活

第九章　地面生活

最偉大的演出

多年過去了，這部小說還沒有寫完。中間發生了太多的事情，在這裡毋庸贅述。為了夢想，我奮鬥了很久，還是沒有多大成效。這一切就像注定好的悲劇，開始於激情，終結於悲愴，中間夾雜了太多的悲歡離合。就像人的一生。如果能夠重來，我一定不會選擇這樣的命運。這樣的論調多說無益，讓我們還是回到作品中吧。

我醒過來，發現自己趴在馬路上，陽光照在我身上。不遠處的挖掘機在挖路，那轟隆隆的聲音正是來自於它。我茫然地看了看四周。這裡是我不熟悉的地方。我忘記了自己是如何來到這裡的，也忘記了自己來自哪裡。我成了失憶的人。

我和瘋女人相逢於垃圾場，她勸我不要回家。但我付出那麼多的代價才回了家，我又豈能聽她勸？我狠狠地教訓了瘋女人（正如您所見，我把她埋在了地裡）。

我離開了垃圾場，我討厭瘋女人，我甚至恨她。她渾身骯髒，穿著破爛，在社會的最底層，沒有人願意和她為伍，沒有任何一個人願意做她的朋友，但她卻毫不在意，處處讓自己顯現出智者的模樣。她根本不知道自己醜陋，骯髒，無人問津。她還不工作，就靠吃垃圾中的食物為生。她自以為是，甚至洋洋自得，喜歡教訓別人，指點江山，這樣缺乏自省和傲慢的傢伙，真的不配做人。我很高興，因為我為民除了害。

我走路到了城市。和幾年前相比，這裡發生了翻天覆地的變化。原來低矮的平房變成了高樓大廈，狹窄的街道也變得寬闊明亮，人們的臉上閃現出喜氣洋洋的神情，原來的陰霾一掃而空。孩子們在街上歡聲笑語地奔跑著。街邊的小店也乾淨明亮，我走進一家音像店裡，我問店員要一張貝多芬的月光奏鳴曲，但他說這裡沒有這個玩意，只有流行歌手的唱片。我要了一張最流行歌手的 CD，在試聽的時候，我聽到了穆達的聲音在聲嘶力竭地歌唱著。造化弄人，幾年沒見，他已經成了最有名的歌手了。

我帶著這張唱片，離開了音像店。我突然覺得自己沒有任何地方可以去，我在街邊小攤那裡買了一份餅，我坐在大街上一邊晒著太陽，一邊吃下食物。我的口袋裡還有幾百塊錢（我也不知道誰塞進去的，估計是魯邕吧，他是那麼愛我，一定會考慮我在地面的生活費），夠我吃上一週時間吧。

在興華學校（也就是瘋子帝國）裡，我一直夢想著從黑暗的深洞中走出來，到地面上生活。但當我真的到了地面上，卻又不知道自己要去哪裡。也許我該聽瘋女人的話，但我一想到要留到垃圾場，就忍不住要嘔吐。那裡真不適合我。

有一個小姐跑過來，她遞給我一塊錢，然後飛快就跑走了。她大約有四五歲吧。不知道她為什麼要這麼做。也許她喜歡我。嗯，這是我回到地面上收到的第一份祝福。我嗅了嗅那張紙幣，上面有銅臭味，但我心中的陰霾突然一掃而空。

我站起來，買了一份報紙，然後我到了瑪麗劇院的門口。因為這裡有一個演出，壓軸上場的是歌手穆達。

我並沒有買票，雖然劇場門口站了很多黃牛。我並不在乎錢，但我還是希望能有早退場的觀眾把票送給我。我想要一個奇蹟。開場後，有幾個人退場，我走過去，向他們要票。他們盯著看了我一會兒，然後走了。又有幾個人走出來，他們個頭不高，應該是中學生，我再次走過去，我還沒說出口，他們就打鬧著從我旁邊過去了。過了十多分鐘，有兩個女士走出來，她們打扮得十分美麗，我走了過去，向她們要票。一個女人拿著手裡的票根，猶豫了下，然後另外一個女的對她說：「給她吧。」這個女人就把票給了我，還對著我笑了一下。我感謝她們，然後就趕緊拿著票根進了劇場門口。我順利進

第九章　地面生活

到劇場，在工作人員的引導下，我穿過看戲的人群，坐在了座位上。

舞臺上演的是我最愛的契訶夫的戲劇《三姐妹》。演員們在舞臺上大喊大叫。我真的沒想到，我才剛剛離開三年，舞臺演出竟然墮落到了這樣的地步。以柔美和悲痛著稱的《三姐妹》，竟然被他們演繹成了帶有情色味道的三角戀情。有那麼一剎那，我想要衝到舞臺上，斥責她們拙劣的表演。我站了起來，但被座位旁邊的一位女士拉住了手。她小聲在我耳邊說道：

「我知道你的感受，我對這次演出的厭惡不比你差，但請不要衝到舞臺上去。不然他們會把你當成瘋子抓走的。」

我回頭看了一眼旁邊的女人，她穿著帶豹紋的毛衣，雍容華貴。她眼睛很大，五官比例有恰到好處。她怎麼看都是個美女，而且看起來很面善，我點了點頭。我感覺她有什麼特別的地方，我的目光落在了她的肚子上，那裡微微隆起。她轉過頭，對我微微一笑：「五個月了，我很快就要做母親了。」

「祝賀。這是偉大的時刻。」

她微笑地點點頭，然後目光又轉到了舞臺上。

幾個演員在舞臺上大喊大叫，他們跺腳，大聲哭泣，以此來表現生活的痛苦。觀眾們都坐不住了，又有十來個觀眾退場，還有的觀眾坐在位置上呼呼大睡……天啊，我頭暈目眩起來，我憤怒得想要大喊大叫，這是我經歷過最痛苦的時刻之一。我不容許人們侮辱舞臺和藝術。我竭力讓自己平靜下來，我大口地呼吸，在內心不斷提醒自己「平靜，平靜」，但最後一刻，我還是爆發了，我衝到舞臺上，對著演員們大喊大叫，怒斥他們的低劣表演侮辱了神聖而偉大的藝術，糟蹋了偉大的女神的信任，他們應該跪下來對女神道歉！

哭喊和流淚的演員們驚呆了，觀眾們也驚呆了，他們以為這是導演安排的驚奇（經期）時刻，而觀眾們一下子就被強烈的衝突所吸引，扮演伊麗娜的女演員脾氣火爆，她忍不住和我爭吵起來，而我也不是善茬，我走過，代表女神打了她兩個耳光，她也衝過來和我扭打起來，我們在舞臺上又撕又咬，又抓又撓，我們兩個人的臉都花了。觀眾看得很起勁，再也不想離開了，昏昏欲睡的觀眾也從睡夢中醒來，以為自己是在做夢，但舞臺上搧耳光的響聲「啪啪」直響，我和女演員的臉也都見血了，還有其他演員也加入了混戰的隊伍，有的是來打我，有的是和排練中就看不順眼的對手演員打了起來，舞臺上一片混戰，所有的道具都丟了起來，觀眾們看得更起勁了。很多人聲稱這是他們最喜歡看過最精彩的演出……

因為這一切，所有觀眾都會記得這次演出，我把那個臭不要臉的女演員騎在身下，她在舞臺上爬著，我抓著她的頭髮，像騎馬那樣驅趕她前進。所有的觀眾都笑了。他們從來沒看過如此真實的演出，因為所有的演出都是最真實的情緒體驗。我處在舞臺的中央，我忍不住哈哈大笑……

我終於為女神報了仇，用一己之力恢復了舞臺和藝術的神聖！

我覺得有人在幕後那裡盯著我看，我扭過頭，看到了穆達懷裡抱著吉他看著我。三年沒見，他比以前更加英氣十足，他英俊了臉蛋上了多了幾分剛毅。我愣住的剎那，被我騎在身下的女演員推開我，開始騎在我身上，抓著我的頭髮，我在舞臺上爬來爬去，其他的演員們也好不到哪裡去，他們有的人渾身顫抖著，躲在角落裡大聲地向偉大的女神祈禱，有的和對手演員們打起來，還有好色的男演員趁機摸了女演員的大腿和屁股，還有的演員拿著雪茄在舞臺上噴吐起來，還有的演員們跳鋼管舞，舞臺上充滿了汙垢和烏煙瘴氣……導演衝到舞臺上，但演員們對他的憤怒也積壓到了極點，他們把他按在地上，抽出皮帶對他鞭打，在他呲牙裂嘴的喊叫中，我們偉大的歌手穆達來到了舞臺上，演唱最後一首歌曲……

觀眾們沉醉在他的歌聲中，也沉醉在偉大的藝術演出中。雖然幕布落下了很久，但大家還是久久不願離去。這是偉大的戲劇演出。所有的人都很歡樂。

第九章　地面生活

憑藉著對女神的深深敬仰，我僅憑一己之力，挽救（玩久）了一次演出，在戲劇史上留下了我的芳名。

你就是我

他們沒有人要起訴我。因為我的功勞最大，成功地幫助他們吸引了觀眾的注意力，創造了戲劇演出的新篇章。演出結束後，導演甚至擁抱了我下，他稱我為女神，還把他的名片留給我，他朝著我眨了下眼睛，我懂他的暗示。扮演伊麗娜的女演員對我的恨意也消失了，我們擁抱了彼此，甚至還行了法國式的貼面禮，因為謝幕的時候，臉上還流著血的她收到了最多的花束。

等我走出劇場大門的時候，穆達站在路燈下，他臉上戴著黑色的口罩，路燈把他的身影拉得很長。我覺得難受，我慢慢走到他面前，我撲進他懷裡，無聲地哭了起來。我從沒想過我們會在這裡碰面，但這一幕卻又非常地熟悉，似乎我以前經歷過很多次，也許是在夢裡，也許是在我想像中，我們這樣擁抱了一次又一次。

他拍了拍我的背，嘴裡說著「好了好了」，他想把我拉出他的懷抱，但我的眼淚已經如絕提的河水，怎麼都止不住，我緊緊地擁抱著他，害怕殘酷的命運再一次把我們分開。在人生最美妙的年紀，我們竟然分開了三年時間，想一想，我們還有幾個三年可以揮霍呢？

「妳剛才表演得真好。」

在我這樣胡思亂想的時候，一個清脆的聲音打斷了我的思緒。不知道那個該死的外人在說話，她可真沒眼色，完全破壞了我和穆達多年分離後相逢的喜悅。真是可惡。但我不得不抬起頭離開穆達的懷抱。我不得不這樣做。因為穆達用了更大的力氣把我拉離他的懷抱。我恨那個臭不要臉的女人，那個破壞我和穆達好事的闖入者。如果我是瘋子，我就完全可以不顧及任何的臉面，繼續賴在穆達的懷抱裡，但我是個人，所以我被迫離開了穆達的懷抱。哎，不管從那個方面來看，做人都是不自由的，完全不像瘋子，可以毫無所忌地去做任何她想做的事。

我抬起頭，看著眼前的妙齡女人，她穿著豹紋毛衣，眼睛大而有神，肚子隆起。怎麼會是她啊？也太沒眼色了吧？誰要是做她的丈夫，那可真夠倒楣的？

穆達往後退了兩步，他指著眼前的女孩說：「這是劉微，我女朋友。」

那個被稱作劉微的女人，快步走到穆達面前，投入他的懷抱，他們在我們面前做了一個很深的接吻，然後趴在穆達的懷裡，劉微對我說道：「哪是女朋友啊，分明是老婆啊，你忘了，我們可是登記過的合法夫妻，我還領了媽媽手冊。再過幾個月，你就是孩子的爸爸了。」

我眼前一黑，一陣眩暈，幾乎倒在地上。天啊，這可真是造化弄人啊。我奮不顧身地離開興華學校，結果卻是這樣丟人現眼！我感覺自己被人「啪啪」打臉，剛才被那個女演員狠狠搧過耳光的臉蛋熱辣辣地疼了起來。但我仍然很好地控制著自己的情緒，飽含熱淚地向穆達表示祝賀：「恭喜！穆達，你就要做父親了。」

穆達朝旁邊看了看，他的眼睛中閃現出了淚光，然後他又扭頭盯著我說道「抱歉，青鳳，我，我，我……」

他突然忍不住，嗚咽起來，那個叫劉微的女孩，趕忙掏出紙巾遞給他，穆達接過紙巾，再也忍不住，竟然趴在劉微的肩頭嚎啕大哭起來。劉微用手拍著他的肩，對他輕聲說道：「好了，好了，我們都知道你受了有多少的委屈……是的，你那幾年的等待真的是傷透了心……」

劉微的話，安撫了穆達的心，因為他哭的更厲害了。我笑了笑，慢慢地離開了他們。我讓自己的身影進入黑暗的胡同中。周圍的居民樓空無一人，

第九章　地面生活

只有推土機「轟隆轟隆」的聲音刺耳地尖叫著。這裡的大樓，很快就會被推倒，一個大型的購物商場會在這裡重建。

此刻，我不知道具體的時間，也許是午夜吧。對我來說，時間並不是最重要的元素。我笑了一下，然後又忍不住流下了眼淚。我知道穆達是在演戲，我也知道劉微也在演戲，一個扮演情不得已的角色，一個扮演體貼入微的角色。我清晰地看到他們很害怕我突然情緒失控地發作，就像我突然衝上舞臺一樣，所以他們刻意扮演這樣的形象，讓我無話可說，無言面對。他們就像一堵棉花牆一樣，已經做好了我鐵拳的攻擊。

可恨的是，我竟然毫不惱怒，我甚至覺得鬆了口氣。因為穆達有了新的歸宿，所以我就再也不用對他有強烈的思念和無法割捨的牽掛了。甚至因為他的成功和婚姻家庭生活的幸福，我甚至對他了無牽掛。我明白，我錯過了一段良好的婚姻，也錯過了一個好丈夫。但又有什麼辦法呢？對女神的信仰和痴迷捕獲了我的心，讓我走上了另外一條路，而不是和穆達成婚的路。事已至此，我毫無改變的可能和想法。

這終究是我的路。沒有任何人可以改變，也沒有任何辦法可以後悔。我無法穿越過去走進同一條河中，也無法穿越未來進入月球中。我前不見來者，後不見古人，念天地之悠悠，獨滄然而涕下。

我突然想起了魯邕，想起他為了救我曾冒著生命的危險並留在了瘋子學校。雖然瘋子都是狡詐的，做一件事會有多種目的，但有一個目的就是愛我並救我出地獄。他這麼做了，付出了沉重的代價，也得到了我的心。所以當穆達有了自己愛人、家庭和（未來的）孩子後，我甚至鬆了一口氣。

我內心祈禱女神——請讓劉微好好照顧穆達吧！說不定這是最適合他的女人。因為劉微聰明會說話還有情商，不像我脾氣暴躁，我還愛女神和藝術遠甚於愛穆達。

我祝願穆達幸福！

我甚至感覺劉微就像另外一個我陪在了穆達身邊。哲人說過：「天人合一，萬物一體。」甚至一個叫寂天的老和尚還說過這樣的話：「你我之間的界線是人為的。」

所以我和劉微之間的界線是人為的。我和她沒有區別。她就是我，我就是她。她懷孕就是我懷孕，我和穆達結婚就是她和穆達結婚，她陪伴穆達就是我陪伴穆達，我和穆達相濡以沫一生就是劉微和穆達相濡以沫一生。

我眼睛含著淚，但我內心卻歡喜異常，彷彿我心中破解了一個致命的謎團，卸去了一個壓在心口的沉重負擔。

我深深地感謝女神給我這麼深刻的領悟，也讓我從欲望之海中解脫出來。

我也深深地感謝穆達為我所做的一切，感謝我和他過去甜蜜的時刻和昔日幸福的關係，我也感謝當下最好的安排！

但在我內心深處，我的心被另一個男人深深牽擾。我想起分別的時刻，魯邕說過的那些話，還有我們最後的擁吻和黑暗中的性事。我這才明白我的心早就被魯邕深深占據，他是我靈魂深處最牽掛的人。此刻，他在做什麼？他就像我思念他一樣思念我嗎？他在進行殊死的權力鬥爭遊戲嗎？他能獲勝嗎？他能得到他夢寐以求的生活嗎？他真的不想離開瘋子帝國嗎？他真的能成為瘋子帝國新的王嗎？他還愛著我嗎？我能成為他的王妃嗎？我的哀愁他能知道嗎？

天啊，天啊，一股強烈的思念之痛讓我心碎不能自已，我倒在地上，再也爬不起來。

第九章　地面生活

家園

第二天一早，我決定去找神武將軍。因為夜裡的時候我做了一個夢，我夢見魯邕腦袋上流著血倒在淤泥中，他的眼睛睜得很大，他一定有很多委屈，因為夢裡我哭著爬到淤泥中，我抱著魯邕的腦袋，想用自己的手帕包紮他腦袋上的傷口（就像過去一樣）。雖然我把手帕纏在他的腦袋上，但血仍然汩汩地流，把手帕都染成了紅色。我忍不住淚流滿面，把他的腦袋靠在我的懷裡，但我吃驚地發現他已經全身冰冷，他一定死了才會這樣。我大叫一聲，忍不住在泥濘中用手撐地，後退了好幾下。他的身體再次沉入淤泥中。我嚇壞了，渾身顫抖著，我很害怕死人和屍體，我不敢再去觸摸他的身體，天下起了雨，寒雨落在他的屍首上，也砸在我的身體上，我再也動彈不了。慢慢地，我的身體沉入了淤泥中，終於被那些泥巴所掩埋，如同魯邕一般，我也進入黑暗之中（這是最終的解脫嗎？）……

我大叫一聲，從夢裡醒來。我的心仍咚咚直跳。我嚇壞了，以為魯邕遇到了不測，我嚇得連哭都不會了，我抬起頭，發現自己躺在地上，周圍仍舊響著推土機推牆壁的轟隆聲音。

我發現口袋裡裝著一封信，我打開信封，是魯邕的字，裡面的內容是他寫給神武將軍的。我以前沒仔細看口袋，這封信卻在此時冒了出來。我想，這一切都有天意，甚至可以說是女神大人的安排。既然如此，我只好去神武將軍家走一趟，如果能讓他們父子和解，也不枉魯邕愛我一場。

我並不了解魯邕是不是真的如夢中那樣已經死去。對我來說，這是一個待解之謎。就是我想破腦袋也給不出答案，所以我決定不去管這個問題。也許我潛意識深處，很害怕聽到魯邕的任何消息吧（我實在是太害怕聽到不好的消息了）。正如他們說的那樣，沒有消息就是好消息。我姑且這樣安慰自己。

神武將軍家很好找，因為作為整個城市第二有權勢的家族，他們家住在昔日宰相家住的梅安四合院中。在去神武將軍家的路上，我路過了貓兒胡同。我曾經在這兒踢過毽子、跳過皮筋、玩過捉迷藏、踢過足球、放過風箏、擂過鼓、和不良少年接過吻……我想起了過去很多的經歷。我想起來了一件很重要的事情；在一個風高夜黑的夜晚，我被一群無恥男人拉到貓兒胡同旁邊的小樹林裡，我遭到了眾人的侵犯，痛徹心扉；我也想起來了我回到家後躺在床上三天三夜都不能動彈，等爸媽發現我的時候，我已經奄奄一息了；我因為羞恥，甚至沒有告訴爸媽發生了什麼；在醫院裡，我曾經自殺了三次，每次都機緣巧合地被救了過來；爸媽問我為什麼要這樣做，我可是他們唯一的孩子啊，我忍受不住痛苦，我告訴了那件讓我心碎的事情……爸媽選擇了報警，但我已經把所有的證據都弄丟了，最後這個案件也不了了之；而且，因為報警，周圍鄰居們都知道了我的故事，大家都在我身後指指點點，還有很多無恥的小孩在我背後喊我是「不要臉的破鞋」，我休學了，整天待在家裡躺在床上一動不動，就這樣過了好幾個月，這還不是最要命的，我甚至發現了自己的肚子大了起來，為了不讓肚子裡的孽種影響我的生活，爸媽再次把我送到醫院裡做了手術……我在醫院裡大喊大叫，我想要留下那個孩子，雖然這孩子是用一種不光彩的方式到來，但畢竟是我的親骨肉，他在我肚子裡跳動，我們的心連結在一起，我能感覺到他很想活下來……我激烈地反抗著，我用嘴咬他們的手臂，用腳踢他們的腿，我像母豬一樣嚎叫著，但他們把我綁在床上，為我注射藥物，我渾身發軟，很快睡去了……肚子裡的那團肉被拿走後，我的生命也基本上結束了，我行屍走肉地活著，每天不是在家裡笑就是鬧，我拿著打火機還把房間裡的窗簾點了起來……毫不奇怪，我被送到了精神病院待了五年時間，我逐漸平靜下來，我還喜歡上了瘋狂寫作，喜歡上了藝術。教我們寫作的老師很欣賞我，她說我寫的很多東西都可以發表出去。她也許在騙我，但我不可救藥地喜歡上了寫作，喜歡上了戲劇，喜歡上了藝術，並成了女神最狂熱的信徒。也是在醫院裡，我遇到了穆達，並和他深深相愛。正如你所見，他也是一個瘋子。醫生對我用的是寫作療癒，對他用的是歌唱療癒。我們都成功地痊癒了。我從醫院裡回來，我告訴父母，我要去興華學校。爸媽兵不同意，但他們知道我留在家裡只會製造出各種痛苦，他們過去已經領教過我的厲害了……所以他們不得不放手……

（哈哈哈……真夠無恥的。用這種方式來寫女主角的過去和經歷，真的很可笑，你們知道嘛，這個該死的作者所寫的文字，沒有一句話是真的。她一直就是一個欺騙讀者的無恥之徒。你們一定要擦亮自己的慧眼，千萬不要被這些文字迷惑了。女主角瘋狂的背後有諸多的元素，甚至有前世或者家族能量的影響，但作者用一個庸俗的被強姦的故事，來描述女主角瘋狂的過程和背後的原因。這種方式非常虛假，把一個偉大的人物降低到了爛俗情節劇的層次；而且，我以自己的生命起誓；上述這段文字都是假的，所謂的被強姦、被墮胎和被送到精神病院的經歷，沒有一件是真實的。你們這些頭腦簡單的讀者們，可千萬不要被作者的詭計和描述所迷惑。女主角瘋狂的背後，有諸多非常深刻的時代主題、人類原型和社會倫理的困境，千萬不要用庸俗的情節劇來誹謗我們的女主角！而且，作者還侮辱了青鳳和穆達的愛情生活。關於穆達和青鳳在精神病院相識的情節，也完全是胡編亂造的。完全是歪曲事實，混淆視聽。這都證明作者們是一群不懷好意的瘋子，她們說的話沒有一句是真的，你們千萬不要受她們的影響，不然你們一輩子都會被她們灌迷魂湯，迷失本心，一輩子生活在幻覺中，永世無法觸摸到真實……她們比最無恥的巫師都凶殘，是世界上最厲害的母獸，吞噬一切真相的母獸……）

三年過去了，爸媽的頭髮一定白了很多。他們是同一年出生，同一年結婚，為了回應政府的計畫生意政策，他們也只生了我一個孩子。為了藝術夢想，這麼多年，我都沒有進過一次孝，這次回家我應該去看看他們。所以我去胡同裡的小賣部裡買了好幾罐水果罐頭。賣東西的是淩阿姨，她手裡夾著香菸，盯著我看了好一會兒，然後她問道：「你是青鳳吧？」

「青鳳？不，你認錯人了。」

說完，我提著網兜裡的罐頭轉身就離開。

「你就是燒成灰我都認識。」淩阿姨說完，猛地吸口香菸，然後從嘴裡吐出好幾個眼圈。「被人弄大肚子的婊子，臭不要臉的瘋子，你爸媽真是瞎了眼生出你這樣的一個孽子……」

她嘴裡還罵罵咧咧地說著更惡毒的詞語。有很多話我都不好意思寫出來。我朝前走著，但那些詞語仍舊像箭一樣射在我背上。我猶豫了很久，要不要轉身衝到小賣部呢？烏鴉在我頭頂的樹上呱呱亂叫……我要不要把水果罐頭砸到她頭上？我要不要用刀子捅爛她的胸口，把她的心挖出來，看是黑心紅心還是白心？（我口袋裡還有一把水果刀，也是我剛剛發現的）……

愈來愈多的鄰居們聚集在她商店門口，還有很多小孩子在我身後叫著：

「臭不要臉的瘋子，騷臭破鞋，被人上爛的公車，趕快滾出貓兒胡同！」

我感到頭暈目眩，我用手扶著腦袋靠在牆上，我幾乎要倒在地上。我伸手摸了摸口袋裡的那把刀，是的，只要我衝過去，用刀捅爛她的嘴巴和屁，割掉她的舌頭和陰蒂，就能解脫掉被人咒罵的羞辱和屈辱感。況且，我還是一個瘋子，在法律上我是喪失民事和刑事行動能力的人，我殺一個侮辱我的人就像捏死一隻螞蟻一樣，根本不用承擔任何的刑事責任。我在精神病院裡讀過法律方面的書籍，對這一塊的法律條文我熟悉極了……

第九章　地面生活

想到這裡，我再次摸到那把刀，它差不多有四十公分長，雖然刀刃放在刀鞘中，但我相信它一定是鋒利無比……如果不是我摸到了那封魯邕寫的信，我肯定會像殺豬一樣殺了這幫鄰居們，還有那幫不懷好意的小孩們。他們甚至比他們的父母還要壞，因為他們已經失去了孩子的天真浪漫，也失去了做人的基本資格。

但我摸到了那封信。它改變了我的命運，我明白，如果我做出瘋狂的暴力事件，即使我最終沒有被法律判刑，我仍舊會被關到監獄裡一段時間。如果這種情況發生，我就無法把這封信送到神武將軍手裡，魯邕就無法和他父親和解。不，這是不被允許的。我不能因為我的衝動而毀滅掉那個如此愛我的男人的一個微小的願望！我一定要幫他完成任務！

所以我長舒了一口氣，想像身後的咒罵聲都是烏鴉的鼓噪聲。我笑了笑，繼續朝前走去。不一會兒，我就走到了我家的院子裡，刷著紅漆的木門關閉著，上面還貼著半舊的門神畫，左邊是程咬金，右面是羅成。天上沒有太陽，周圍一片安靜。我敲了敲門。有幾個膽大的小孩跟在我身後。一陣風吹來，我感覺到冷極了。已經到了冬天，可我仍穿著秋天的衣服。

「誰啊？」

一個蒼老的女人聲音問我。

我沒有說話，繼續敲門。我抬頭看了看跟在我身後的幾個男孩子，他們差不多有八九歲的年齡，看起來也挺和善的，但罵人的話學得倒挺快。我微笑地看著他們，然後向他們招了招手，他們膽子很大，慢慢走到我面前。他們一點都不怕我，可能是看著我好欺負吧。我放下網兜，摸了摸他們的腦袋，然後飛快地搧了他們一人一大嘴巴子，他們哇哇地哭起來，他們要跑走，我伸手抓住他們的頭髮，對他們呵斥道：「要是我再聽到你們罵我一聲，我就會趁你們尿尿的時候，割掉你們的雞雞。」

說完，我掏出那把鋒利的水果刀，在他們面前晃了晃。他們哭著跑走了。我站了起來，長舒一口氣。在瘋子學校裡，我唯一學到的人性就是人善被人欺，馬善被人騎，所以，任何時候都不能做弱者，只有強者才能出人頭地。

我抬起頭，一個頭髮花白的老女人站在我面前。我不知她什麼時候開的門。她一定聽到我的那些話，她的臉顫抖著，眼睛卻往旁邊瞧著，眼淚就像豆子一樣掉下來。

我看了看身後，還有幾個鄰居站在路邊，時不時地盯著我們看。她們一定是在尋找刺探重要的情報吧。我提著網兜裡的水果罐頭進了院子，頭髮花白的女人看了外面的那些鄰居們一眼，然後關上了門。

有一個白頭髮的老人蹲在院子裡，他拿著剪刀在修剪著花盆裡的植物。他穿著一件米色的毛衣（幾年前我幫他織的）。五平方公尺的院子裡種了兩株桃樹，現在也掉完了葉子，院子裡還擺著幾盆葉子枯黃的菊花。現在是冬天，院內一片蕭瑟。屋門的牆上有黑色的斑塊。

我走了過去，蹲在老人面前，看著他滿是皺紋的面孔，我忍不住跪了下來：

「爸……」

老頭睜大渾濁的雙眼，看了我一會兒，然後回頭對年老的女人問道：「這是誰啊？」

老年女人嘆了一口氣，還沒來得及回答，我就忍不住對他說道：「我是你的女兒青鳳啊……」

「青鳳？我的女兒？」老人詫異地看著我，然後又看了看身後的老女人，她點了點頭，眼淚再次從她眼眶中滾落下來。

「不，我沒有女兒，我沒有女兒……」

第九章　地面生活

「青鳳，我是你的青鳳啊？爸爸，你都忘記了嗎？你只有我這一個女兒啊……」我的心揪在一起，我沒想到幾年沒見，父親竟然患上了老年痴呆症。

「青鳳？是的，青鳳，我有個叫青鳳的女兒，妳也叫青鳳？這可奇怪了……妳們怎麼叫一個名字啊？」

「爸，我就是你的女兒青鳳啊……你忘了嗎？小時候你最疼我，總把我放在你的肩膀上啊，爸，你都忘了嗎？」

我哭得肝腸寸斷，我從沒想過父親有老的一天，我也沒想到他會有失憶的症狀。我在瘋子學校的時候，設想了無數種我和父母相逢的狀況，卻從沒想到真相會如此殘酷。

「妳怎麼也叫青鳳啊？天啊，妳偷了我女兒的名字。她死了，就連名字也被人偷走了，她真可憐，我可憐的女兒啊……」

父親邊說邊把手中的的剪刀丟在地上，接著父親就像最愛的玩具被搶走的孩子一樣，坐在地上嚎啕大哭，雙腿還不斷地蹬地。

我嘆了口氣，抬頭看了一眼母親，她的眼睛又紅又腫。我站了起來，走到母親身邊，靠著她的臂膀也忍不住哭起來。我聽到門外有笑聲傳來，我氣壞了，我們家庭的悲劇竟然成了鄰居們的笑料。我想要開門衝出去和那些不要臉的鄰居們打上一架，母親拉住了我。

「妳也看到了，他的情況有多嚴重，這幾年，妳說我過得容易嗎？」說完，母親也哭起來。她哭得肩膀都抖起來，我也忍不住跟著她哭起來。我去抱我的母親，但她推開了我。也許我身上有她不喜歡的味道吧。也許她覺得我是瘋子，和她不是一路人。但我已經做好了贍養他們的準備。誰讓我是他們唯一的女兒呢？我會找個工作，也會很好地控制自己的情緒，為了他們，我會努力成為一個正常人。為了養活我長大，他們操碎了心，老了還要為我擔驚受怕，而我現在也該是回報的時候了，無論他們出現什麼狀況，我都願意待在他們身邊，為他們端茶送飯，端屎端尿，擦洗身子，我已經做好了準備，無論什麼樣的苦我都能吃下……

就在我這樣想的時候，我聽到門口的笑聲更大了。我真的憤怒得要死，這幫狠心王八蛋鄰居們，真的是沒有一絲一毫的同情心，因為我們很痛苦，所以他們很開心，還有這樣無恥的人嗎？這簡直是禽獸啊……我想要衝出去，再次被母親攔住。

「這裡的情況妳也看到了。我照顧一個就夠了。妳就別再為我添亂了。」

「我不是來添亂的，我可以照顧妳和爸爸……」

「就妳？呵呵。」母親冷笑一聲，還搖了搖頭。

「母親？妳什麼意思？妳不相信我？我現在和正常人沒什麼區別。」

「有一次妳把屋子裡的窗簾點上了火，幾乎把房子燒毀；還有一次妳拿著刀，威脅我們要離家出走。我阻攔妳的時候，妳把我的手指頭都砍了。妳看！我現在都被人叫做『九指老太婆』。」

母親伸開左手，上面的大拇指已經消失不見。我伸出手，想要摸上面的疤痕，母親迅速把左手收回。

「對不起……」我跪在母親面前。

「看到妳回來，妳知道對我造成多大的壓力嗎？我一看見妳心臟就撲通撲通地直跳，妳知道嗎？妳對我們造成了多大的心理陰影啊……」

「我想對你們盡孝，補償這麼多年我對你們的虧欠！」我在地上磕頭如搗蒜。

「盡孝？呵呵，妳沒有出現在我們面前，就是對我們最大的盡孝。今天妳回來的正好，我們也把話說到明處：「雖然我生下了妳，養育了妳，後來妳發生那麼多事，不論是妳怪罪於我們也好，恨我們也好，我們之間的恩情和虧欠全部一筆勾銷，從今天起，妳不欠我們的，我們也不欠妳的。我們就是陌生人了，以後就是在路上見面，我們也不用打任何招呼……」

「不，媽媽，請讓我為你們做點什麼，不要把我趕走……」

我爬過去，把水果罐頭推到母親的腳下。「求求你們，我不想離開……」

母親蹲下來，拿起罐頭，高高舉起。

我驚叫起來，同時用手緊緊捂著耳朵。「媽媽不要，不要啊，媽媽，不要啊……」

母親看了看我，然後用力把罐頭摔在了地上。那玻璃製的罐頭一下子就「砰」地變成了碎片。我驚叫起來，我再次聽到屋外鄰居們的笑聲。太有意思的，我們這部熱鬧的家庭倫理真不缺少觀眾。我甚至想她們應該吹口哨為我們鼓掌，因為我們演的真不賴。

我站了起來。我的眼淚已經流乾了。我這一生從沒如此屈辱地求過人。強扭的瓜不甜，既然她都已經這麼說了，我還賴著幹嘛？人沒臉，樹沒皮，百法難治。我想起在我很小的時候，她經常在我耳邊說這句話。

「滾出這個屋子，從此後我們就一刀兩斷。」她背對著我，說出這句話。

我點了點頭，然後朝著門口走去。我打開門，那群鄰居們都圍在門口盯著我看。我盯了她們一眼，她們才識趣地讓開一條路。

「等等。」我聽到父親的聲音從身後傳來，我不禁心中一喜，一定是他想起了什麼，他肯定不忍放我離開，爸爸，我親愛的爸爸啊……

我回過頭去，父親站在身後，他看著我，眼神中帶著笑意，也許他想起了過去甜蜜美好的回憶吧……

在我胡思亂想的時候，我聽到父親這樣說道：「請妳把青鳳的名字留下來。這個名字是我取的，她只屬於我那死去的女兒……」

我心中有一座牆坍塌下來，我大老遠跑回來，從沒想到會是這樣的結局。（早知有今天，我還會回來嗎？）父親說得沒錯，既然名字是人家取的，我還占著幹嘛？我一點都不害臊嗎？

「您放心吧，這個名字我不會再叫了。謝謝您告訴我您的想法。」

我跪了下來，對父親磕了三個頭。在我磕頭的時候，父親笑著說道：「不送！」

我抬起頭，直直地看著父親，希望把他的容貌刻在我心中深處，永不遺忘。父親揮揮手，他把手中的剪刀朝我丟過來，我沒有躲避，也無法躲避，剪刀劃破我的臉蛋，插進我身後的木門上。剛開始我想父親一定是無意中丟出去的，但他的力道那麼大，剪刀已經插進了木門，深度絕對有二指深。我明白過來，就像母親摔碎玻璃罐頭一樣，父親也在對我下馬威，要我滾呢。

我顧不得臉上的疼痛，穿過人群，離開了貓兒胡同，也離開了生我養我的家園。我沒有大哭大鬧，也沒有朝那些看熱鬧的鄰居們的臉上吐口水，更沒有拿刀刺向老太婆。這些事情我全都忘記了。我心中早有什麼東西斷掉了。倒也是好的。

來去了無牽掛，真是乾淨。

傷腳重聚

我在大街上的椅子上坐了幾個小時，直到我感覺臉上的傷口不疼了，我才站了起來。我盯著街上的來往人群，沒有一個是我熟悉的。倒也是好的。我在商店裡買了兩塊熱狗麵包和一瓶豆漿，吃飽喝足之後我就去神武將軍家了。

上午發生的事情變得模糊起來，我想，它們也許是一個夢，或者是我看過的一場電影，或者是我讀過的一個小說，或者是發生在我頭腦中的故事。無論如何，我全都不太記得了，只模模糊糊地記得一個老女人摔碎了玻璃罐，一個老男人朝我丟出一把剪刀……我覺得我並不在乎這個故事，無論真假，和我的關係已經不大了。因為太陽出來了，晒在我身上暖洋洋的，我的心也變得溫暖，雖然我的眼淚不聽話地又流了一會兒，但這肯定是因為蟲子進了我眼睛的緣故。又過了一會兒，太陽被黑色的月亮遮蓋住，人們的大街上叫喊著，我也不為所動……

（事後我想，那個老男人真的老年痴呆了嗎？為什麼他最後丟出的剪刀如此準和狠？而且，他最後說出讓我留下名字的話，卻又是如此精明和狠毒？這真的是一個痴呆人能想出來的法子嗎？也許，他和那個老女人都在演戲吧？鄰居們是觀眾，我是觀眾，就連讀者們也是觀眾，都被他們耍了吧？我想不清楚，也想不明白。所以我索性關閉頭腦中的這一團如亂麻一樣的頭緒，讓自己清淨起來。隨它去吧……)

太陽鑽出黑色的包圍圈，又照耀大地。我心情變得很好。又過了一會兒，太陽又被雲層遮蔽。但我覺得無所謂，有沒有太陽都無所謂。無論如何，我都會好好活著。想明白很多事情的感覺真是好呀……

事不宜遲，我趕緊出發走到了梅安四合院門口，把門的是兩個扛著步槍的士兵，他們問我是做什麼的，我說有一封重要的信要送給神武將軍。他們看了我一眼，讓我滾蛋。

「你們怎麼這樣的態度？」我質問他們。

他們太沒禮貌了，就是瘋子帝國的看門人都比他們禮貌得多。

「我們就這樣，怎麼？妳還能把我們怎麼樣？哼，妳也不看看妳的樣子！」那個黑臉士兵這樣說道。

我恨得咬牙切齒。我實在沒想到，地面上的人變得這麼壞。要是在三年前，有人敢這樣說話，早就被抓住關到監獄去了。真沒想到，三年後，世道竟然變得這樣壞，甚至還不如瘋子帝國呢。

如果不是替魯邕辦事，我早就掉頭走了。但這是我深愛的魯邕交給我的任務，我必須要完成。想到這兒，我臉上露出笑容，對他們說道：「長官，你們就通融通融，我實在是有要緊事要見你們家將軍……」

「去去去，少在這裡磨蹭。就妳？能有什麼事？還不快滾。」那個白臉矮個子士兵對我凶道。

我氣得想要跳起來，如果我口袋裡有槍的話，我早就一槍崩了這兩個雄螳螂。

「大膽奴才，不得如此無禮！」

就在此時，大門口傳來一聲雄厚的聲音。我抬頭看去，神武將軍威嚴地站在我面前，他穿著藏青色的軍服，腰裡還別著一把手槍，在他身後站著一個頭髮花白的老人。我慌忙轉過眼去，我現在一看見頭髮花白的老人，就忍不住轉過頭去，我也不明白這是什麼緣故。

「是，將軍，她說要見你。」那個瘦高個的侍衛低下頭，但眼睛狡黠地盯著將軍看。

「嗯，妳找我有什麼事？」神武將軍問我道。因為將軍上過電視，所以我認得他的模樣。神武將軍在戰場上殺人無數，打敗了敵人的很多次進攻，為保衛國家的和平立下了汗馬功勞，所以他身上有一種不怒自威的氣質，再加上他嘴唇上留的花白鬍子，更讓他顯得凜不可犯。

「啊，是，是這樣的。您，您，您……」我愈是著急，舌頭愈是不聽使喚，可能大部分人見到如此威嚴的將軍，都會嚇得結結巴巴吧。

「小姐，妳不用著急，慢慢講……」

神武將軍身後的老人對我仁慈地一笑，但我還是躲過頭去，不敢看他一眼。將軍的神情也緩和了一點。

「我，我，我有您，您兒子的一封信……」

第九章　地面生活

神武將軍盯著我看了好一會兒，才不緊不慢地問道：「我兒子？」

「對，魯邕。您的兒子……」

我把魯邕的那封信掏出來。在我說魯邕的時候，那兩個侍衛對視了一下，我也忍不住觀察著神武將軍，他雖然面色沒變，但我看到他鼻子旁邊的肌肉顫抖了下。

「不，妳弄錯了，我沒有叫魯邕的兒子……」

神武將軍轉身離開。我很著急，雖然魯邕說過他和家人已經斷絕了關係，但從他悄悄放在我口袋裡的一封信這件事上，我看得出來，魯邕對他的父親和家人還是很在乎的；而這封信我並沒有怎麼看（出於對魯邕和神武將軍的尊重），但我擔心魯邕在信上會需要神武將軍的幫助，萬一他在瘋子帝國遇到了危險需要家人來解救呢？這是很有可能的，誰都知道瘋子帝國的校長就是一個不折不扣的暴君啊！

「將軍，將軍，您至少要看下這封信啊。」我著急地叫喊著，因為真武將軍已經走了兩步，他離大門愈來愈遠。

神武將軍用眼神示意了那個高個黑臉的侍衛，黑臉侍衛跑過來，從我手裡接過那封信，又跑到將軍面前，畢恭畢敬對將軍地鞠上一躬，然後把那封信呈了上去。神武將軍背對我站著，他接過信，連看都不看，就撕成碎片。

我十分生氣，我忍不住喊叫道：「將軍，魯邕……」

神武將軍掏出手中的手槍，他轉過身子，眼神凌厲地盯著我看，他慢慢把手槍對準我。我嚇呆了，竟然忘記逃開。我想，他一定是生氣了，他會一槍嘣了我。我會腦袋上穿個洞倒在地上死去。因為將軍的槍法百發百中。

有好幾個人躲在牆角，鬼鬼祟祟地偷聽著我們的談話。

我渾身抖動著，我知道自己無處可逃，牙齒也不聽話地顫抖著。如果不是我努力控制自己的膝蓋和雙腿，我一定會跪在地上惹人笑話。

將軍把手槍往上抬了抬，然後扣動扳機。「啪啪啪」，三顆子彈順著我頭皮飛走了。我渾身發軟，身體不聽話地倒在了地上。將軍收起手槍，轉身揚長而去。

我不甘心魯邕的心願就這樣破滅了。我在地上叫喊著：「將軍，將軍，請您救救魯邕，救救魯邕吧……」

我喊叫著，兩名侍衛衝過來，拿著步槍對準我的腦袋，逼我離開。我嚇壞了，只好爬起來轉身離開。我邊走邊哭。我傷心壞了，我從沒想到神武將軍如此冷漠，就像我從沒想到那個老太太和老先生如此絕情一樣。

我還是把這個世界想像得太美好了。我身上的詩人氣質太濃，所以在這個世界上無法生存。詩人總是很難生存的，尤其是那些說出真理的詩人。他們更是被逼到天涯海角，流浪到地球的黑暗深處，那才是他們的落腳之處。只有在那裡，他們才能生存下來。

很快，天空飄起了雪花，孩子們在路邊奔跑。行人依舊行色匆匆，我走在十字街頭，茫然地停下腳步。我不知自己要往哪裡去，也不知道自己未來會是什麼……

「小姐，小姐，請等一等。」

身後似乎有人在叫我。他叫小姐，我還是小姐嗎？或者我周圍有其他小姐嗎？我四處看了看，沒發現我身邊還有其他女孩子，也許他真的是在叫我……如果萬一他沒有叫我，我這樣回頭去看不是丟人丟到家了嗎？

就在我思考要不要回頭看的時候，一個老人已經跑到我的面前，他喘著粗氣，我認出他來了，他就是站在神武將軍身後的那位老人。看見他，就讓我想起那個對我丟剪刀的男人，我習慣性地把頭轉到旁邊不去正眼看面前的老人。

老人轉頭看了看周圍沒有人注意到我們，才低聲問道：「請問妳和魯少公子是什麼關係？」

第九章　地面生活

「他是我男朋友……」

「妳怎麼會有他的信？」

「我離開瘋子學校的時候，他塞進了我口袋……」

「唉……」

老人長嘆一聲，他的眼睛紅紅的，還有幾片雪花落在了他白色的眉毛上。「請跟我來。」

老人說完，就拐到左邊一條路，急急地朝前走著。

「要去哪裡？」

我問道，但雙腳已經不由自主地跟在他的身後。

老人沒說話，繼續朝前走著，這條馬路上人很少。雪一直下個不停，路上都變白了，我們差不多走了二十分鐘，來到一幢兩層高的小洋樓鐵門前。老人朝左右看了看，周圍沒有人，就只有幾隻烏鴉立在門口柿子樹的樹枝上呱呱亂叫。老人從腰間掏出一大串鑰匙，他熟練地找到一把，插進鐵鎖的鎖眼中，扭動一下，鎖被打開了。老人拿掉鎖，打開鐵門，帶我走了進去。院子很大，裡面種著幾株桃樹，現在都沒有了葉子，襯得院子很是荒涼。小洋樓還有一個鐵門，也被一個大鐵鎖鎖著。

院子裡還有一個棚子，四面都被黑鐵皮包裹著。鐵棚正對著小洋樓的那一面有一個小鐵門，它也緊緊地被一個大鐵鎖鎖著。鐵門下面，還有一個十幾公分寬的小洞，小洞上面也被鐵鎖鎖著。老人帶著我朝鐵棚走去。我內心突然泛起一種莫名的傷悲，眼淚順著臉頰滑落下來。我停下了腳步。

「老人，這是哪兒？」

老人沒有回答我的問題，他只是停下腳步，回頭看了我一眼，眼神中滿是悲哀，我的眼淚更是止不住流下來。老人轉過身，繼續走到鐵棚的鐵門前。然後，老人從腰間掏出一長串鑰匙，他找出一把鑰匙，插在鐵鎖裡，打開了鐵鎖，然後推開鐵門。一股刺鼻的臭味從小鐵屋裡飄出來，我的雙腿不受控制地走了過去。滿天的烏鴉在院子上空飛著叫著，也許它們會拉出很多的屎尿，有一些會落在我的頭髮上和身上，但我無暇顧及……

我走了過去，從推開的鐵門口，我看到角落裡有個黑色的毯子包裹著什麼東西在抖動。鐵棚的地板是水泥做成的。鐵棚屋裡放著一張鐵床和兩個盆，一個盆裡放著吃剩下的飯菜，另一個盆裡是黃色的冰塊。冰塊盆的旁邊放著一個便桶，便桶周圍都是凍僵的屎尿。正對著門的鐵棚牆上方有個很小的窗戶，也都被鋼筋嚴密地裝飾著，微弱的亮光從窗戶縫隙裡泄進來。

老人從口袋裡掏出一個哨子，放在嘴裡吹起來。尖利的哨聲幾乎刺破我的耳膜。

「出來吧，你看，誰來看你了？」

他從毯子下面慢慢探出了腦袋。他的頭髮亂蓬蓬的，面孔也是髒兮兮的，鬍子拉碴，他黑色的眼睛呆呆地盯著我看，我也呆呆地看著它。我明白自己為何會一直淚流個不停。因為他的左太陽穴上有一顆黑痣，額頭中間還有一個傷疤。

「魯邕，是你嗎？真的是你嗎？」

我忍不住哭出聲來。那個鐵棚屋的怪物看著我，眼睛慢慢變得柔和。他張了張嘴，喃喃自語地說了起來（他慢慢站了起來，我這才發現，他的雙腳也被鐵鍊拴著，鐵鍊的另一端被拴在水泥地板的一個大鐵環中，他的衣服也髒兮兮的，上面還沾著讓人嘔吐的屎尿糞便，但他一定沒有意識到，他只生活在自己的瘋狂和激情中。他的聲音剛開始小而無力，但慢慢地他開始進入激情狀態，他的聲音高亢有力，充滿了熱烈的情感，雙手還做著強有力的勝利姿勢，這讓我依稀看到了他在瘋子帝國的耀人光彩）

「妳知道的，校長就是校長。妳很清楚他的為人。青鳳，我和校長之間確實做了交易，但不是妳所想的情色交易，如果他不安排我在這個位置上，上面的部隊很快就要進入地下攻占瘋子學校。所有的瘋子都會被趕出這個地方，就連校長也會因為違反人道主義精神而被關在監獄裡。妳應該明白下令攻打瘋子學校的就是神武將軍，也就是我的父親，但現在因為我擔任了這個職務，我的父親就不敢再來攻打瘋子學校。而校長和瘋子學校也暫時沒有了危險，我留下來並不是校長威脅我，而是因為妳。當妳被嫪毐抓住後，本來是要被送到火刑架上燒死，我去找校長談，讓他放了妳，校長答應了，但條件是讓我父親不要攻打瘋子學校，並且我要永遠留在瘋子學校。是的，我只是加了個條件，燒死嫪毐！並且讓我坐上嫪毐的職務，誰叫我是神武將軍的獨生子呢？誰叫我又偏偏這麼喜歡妳呢？一切都是命。不，妳要離開這裡，瘋子學校的生活還需要妳的筆和小說才能被世人了解，妳不應該待在這裡。傻瓜，我們肯定有重逢的那一天到時候我們就能永遠在一起了……」

「可你怎麼能離開這裡呢？」我打斷魯邕的激情演講，大聲地問道。我如果不打斷，他會說上三個小時。（瘋子總是缺乏最基本的自我覺察。）

「噓——」魯邕小聲地說道，他看了看四周，確認沒有監視器的監控，他才悄悄告訴我：「傻瓜等我推翻校長的那一天我就讓我爸爸接我回家等我回到地面我們就結婚好嗎你要等著我呀……」

「你怎麼回到地面的，魯邕？」我再次打斷他的話，我需要了解到更多有用的資訊。

「嗯。我與好幾個老師和同學在商量暴動的計畫，妳就等著我們的好消息吧……」

「才幾個？魯邕，你們不是以卵擊石嗎？」我心中一沉，我想，魯邕一定遭遇到極度痛苦的傷害，才變成了這樣。

「妳放心，那些人都好收買，而且他們在地下待了這麼久，早就想回到地面了。這是大家的心聲，所以我們會聯合大多數人，我們一定會取得最後的成功……」

「你們取得成功了嗎？」我不相信地問道。眼前糟糕的狀況已經說明了一切，我不明白他為何還要自欺欺人，唯一一個解釋就是他瘋了，他成為一個精神分裂的怪物，所以才指鹿為馬，把腦袋埋進沙土中，不願面對真實的失敗。

「一定會的，因為正義在我們這一邊……」

「可是……」

「好了！我們不能再多講了，我現在必須要送妳離開了，因為已經快到最後的截止時間了……」

「我很擔心你，魯邕！」

「請把妳的擔心轉化成對我深深祝福……」

我走了過去，慢慢地摸著魯邕的臉蛋，他也定定地看著我，眼睛中閃現出光芒。

「我等著你在地面上和我結婚。」我說道，然後我撲進他懷裡，忍不住抽泣起來。

「那當然了，我們會舉辦盛大的婚禮，從此開始了幸福的生活，直到永遠……」

「古代有一對夫妻，因為戰亂要分開，他們打碎一面鏡子，兩個人各拿一半。多年過去後，他們再次重逢，兩個破鏡終於變成一個鏡子，破鏡重圓……」我也忍不住跟著魯邕的節奏，說著記憶最深刻的情話。

「是的。」魯邕說道，他抬起腳，用手撕扯著自己的左腳後跟。

「你在做什麼？你瘋了嗎？」我慌忙撲過去，阻止他傷害自己的腿腳。

「青鳳，妳多慮了，我只是讓妳明白我的左腳有個傷口，這樣以後我們重逢時憑藉這個傷口，妳就能認出我，這叫傷腳重聚……」

「你啊，真傻。」我破涕為笑，但很快又哭起來。

「不，我只要妳記得我的傷腳。」魯邕固執地說道，他又像一個三歲的小孩子了。

「行，行，就以你的意見為主。」我含笑答道，這是對付孩子的最好方法。

「那妳記好了，我們重逢的口號就是……」

「破鏡重圓……」

「傷腳重聚……」

我用右手摸著他的左後跟，那裡果然有一個傷疤。魯邕也蹲了下來，看著我的眼睛，我想，他一定是認出我來了，因為他把嘴唇貼到我的嘴巴上。我們吮吸起來。

「咳咳咳……」身後的老人咳嗽起來，我和魯邕只能分開黏在一起的嘴唇。老人繼續說道：「被發現的時候，少爺就是這樣子了。誰也不知道這是怎麼回事。老爺氣壞了，覺得太丟人現眼了，因為朝廷所有的官員都盯著看他的笑話呢。老爺就讓士兵們把少爺丟到垃圾堆裡，還登報聲明自己的獨生子已經病死，誰膽敢再來冒充他的兒子，他一定會把對方抽筋剝皮，五馬分屍，大卸八塊，凌遲處死……」

「將軍為何對他的獨子如此殘忍？」我忍不住問道。

「可能是因為老爺權高位重，有很多政敵對他虎視眈眈，他們會抓住他任何細小的錯誤不放，試圖把他從將軍位置上趕下來，這些壓力讓他不得不這樣做吧……」

「所以，你在城市的垃圾堆裡生活了一段時間？」

我問魯邕。魯邕呆呆地看著我，然後他哈哈哈地笑了半天。我覺得耳膜都快被他震壞了，我覺得他的笑聲是那麼地熟悉，但我就是想不起來在哪裡聽到過？是在夢裡面嗎？

「是啊，少爺在垃圾堆裡生活了一段時間，就靠吃垃圾堆裡的剩飯剩菜才活了下來……」

「你真的受了很大的苦……」

我對魯邕說道，他沒有回答我的話，仍舊哈哈哈地大笑著。

老人接著講道：「我找了很久，終於找到這個小鐵棚，在一個伸手不見五指的黑夜，我悄悄帶著老伴，趕著馬車，費了九牛二虎之力，才把他送到這裡。我的工作很忙，平時也很難離開將軍，都是我妻子每天過來給他送飯菜……」

「哈哈哈……哈哈哈……」

魯邕仍舊瘋狂地大笑，但他的眼睛中已經有淚花湧出。我知道他心裡很苦，任何語言都蒼白無力，無法表達他內心痛苦的十分之一，所以他就靠大笑發洩自己的憤怒和委屈。我學過「瘋子心理學」，大概能猜出魯邕心中之所想。

「你為什麼不把少爺安排到洋樓裡住？」我問身旁的老人。

「咳，住洋樓就太明目張膽了，要是讓老爺知道了，少爺一定小命不保。但住在這裡，人們只當是關著一條瘋狗，沒有人會懷疑少爺會住在這麼髒的地方。所以，這裡的髒亂倒是保護了少爺的性命。小姐，我也是沒辦法啊，請你和少爺多多理解，多多擔待。」

說完，老人跪了下來，對著我和魯邕磕起頭來。我慌忙扶起老人家。他已經盡心盡責了，我有什麼權利要求他去做超出他承受範圍的事呢？

「真是可憐，發現的時候就是這樣了。誰會這麼狠心，會對少爺下這樣的狠手？天啊，真是可怕，被發現的時候，少爺的陽具也不見了，肯定是被割掉了……」老人絮絮叨叨地說著，還搖了搖頭。

第九章　地面生活

我伸手摸了下魯邕的褲襠，那裡果然什麼都沒有了。天啊，男人最重要的東西他已經沒有了，他還有什麼人生的樂趣？我們還說過要結婚，要舉辦最盛大的婚禮呢，可他現在再也不能實施丈夫的職責，我也再也享受不到妻子的歡趣，這樣的生活還能有什麼趣味可言？我怎麼也想不到分別後魯邕會有如此殘酷的遭遇，我更想不到校長會如此冷酷無情，我更沒想到權力鬥爭會如此殘酷，不是你死就是我死……早知如此，不管用什麼方法，我都要帶著他離開瘋子帝國。我哭了起來，然後我明白，我的眼淚於事無補，但它們還是如洪水一樣決堤而出。我忍不住抱住魯邕嚎啕大哭……

這時候我聽到鐵鎖「哢嚓」被鎖上的聲音。我心中大驚，回頭一看，那個老人不知什麼時候已經離開了鐵屋，他悄悄地鐵棚的鐵門關上，又用大鐵鎖在外面鎖上。這是什麼意思呢？糟糕，我也太大意了。

我跑過去。「啪啪啪」拍著鐵門：「你為什麼把我關在裡面？」

「嗯，妳不是喜歡少爺嘛？那就留下來，好好陪著他。他很寂寞，正需要妳的陪伴。」

老人的聲音聽起來很誠懇。但我卻感覺到陣陣的寒意；如果他真的不再開門，那我一輩子都要被關在這裡了嗎？我還如何寫小說？我的身體被困在這裡，雖然有魯邕的陪伴，但我的靈魂呢？我的一生就這樣被毀了嗎？為什麼他們總喜歡把我們關起來？難道我們又成了他們眼中的瘋子了嗎？怪不得魯邕想要留在瘋子學校呢，至少那裡不會無故隨意關押瘋子……

我決定和他好好講道理：「我是很喜歡你家少爺，但這不是你關我的理由。事實上，我是自由的，你沒有任何權利關押我。」

「但我有權力關押妳。妳就安心陪著我家少爺吧，再也不要胡思亂想了，這裡就是妳的家。在這裡，誰也不會欺負妳，誰也不會趕妳走，妳是這裡的女主人！妳看少爺一個人，是那麼寂寞，有妳的陪伴，他會很幸福的！」

老頭說完就走了，不一會兒我聽到外面大門被關上的「咣當」聲。無論我如何拍打鐵棚屋的門，外面都沒有任何回應了。一想到我就要生活在這個暗無天日的黑暗鐵屋子裡，我就禁不住憤怒地嚎叫，用力地握著拳頭捶打鐵門。

「唉，捶打鐵門難道妳就不用被關在這裡面嗎？」身後有人問道。

「不管有用沒用，我都要發洩我的痛苦和憤怒！」我怒吼道。

「怒吼難道就能讓鐵鎖消失，把鐵門打開嗎？」魯邕淡淡地問我道。

我回過頭，魯邕悠閒地坐在地上，沒有絲毫慌亂。我張大嘴巴，說不出話來，經過這麼多的變故後，魯邕確實不再是以前的楞頭青，他說的話太睿智太富有哲理，這讓我很有落伍的感覺。我一時愣住。

「別愣著了。不一會兒妳的腳就麻了。站著不走難道就能讓大鐵門給自動打開嗎？」魯邕微笑地看著我。

「這麼說，你的傻和瘋都是裝出來的？」我疑惑地問道。

「假做真時真亦假，無為有時有還無。」魯邕說完這句哲理，打了個哈欠，然後躺在地上，完全不管地上的髒臭和汙垢。

「別裝了，你告訴我，你到底是怎麼一回事？」

「有很多事情發生了，但我不能告訴妳……」

「你對我還要隱瞞嗎？」我問道，我不能忍受別人對我的絲毫欺騙和隱瞞。因為那會讓我處在失去控制的狀態。

「我知道妳很關心我，但很多事還是妳不知道的好，雖然我目前是這個狀況，但妳也知道老祖先的話『留在青山在，不怕沒柴燒』，十年河東，十年河西。妳放心，我魯邕終有崛起的那一天。」

魯邕說話的語氣特別地輕鬆，就好像在談論天氣和風水，雲淡風輕。

「你都這樣了，還說什麼大話？」我平生最討厭說大話的人，我握起拳頭，恨不得打爆他的嘴巴。

第九章 地面生活

「這個話題我們不聊了，我只問妳，妳想不想出去？想不想離開這裡？」魯邕盯著我的眼睛問道。

「我當然想啊，只是我怎麼出去？」

「只要妳想出去，我就有辦法。」說完這話，魯邕站了起來，他用雙手握住鋼筋棍（因為他個子高，這對他來說，並不是難事），輕輕一拉，鋼筋棍就被拉成彎曲，然後他輕鬆地扯了下，就把那幾節鋼筋棍從窗戶上拔了下來，丟在了地上。我並沒有聽到鐵棍碰水泥地板的「咣當聲」，而是聽到「撲哧」一聲。我撿了起來，發現那幾根鋼筋棍都是假的，並不是鐵做成的，而是由塑膠做成的，只是外面塗成鋼筋的顏色，憑肉眼根本分不清真假。我敲打牆壁，希望那也是假的，但我失望了，牆壁都是鐵做成的，我無論如何用力敲打，鐵牆都紋絲不動。

魯邕推開的窗戶有一人那麼寬，我和他應該都可以鑽出去。我走過去拉住魯邕的手。「我們鑽出去，一起浪跡天涯……」

「不，這是不可能的。」魯邕抽出自己的手，轉過身去。

「妳應該很清楚，這裡比瘋子帝國還要糟糕，妳想用性命來給這個爛地方殉葬嗎？」我苦口婆心地勸道。我心中的怒火有幾十米高，但我知道身為獨生子的魯邕從小就被慣壞了，他只吃軟不吃硬，我必須好言相勸，才有可能說服他離開。

「我已經習慣這裡了，這裡無論怎麼糟糕，至少我還有吃喝和睡覺的地方。到了外面，他們會隨意把我們驅逐，每天都食不果腹，朝不保夕，那樣的生活有什麼意義？」魯邕眼中含淚，他的頭髮亂得如雞窩，臉上又黑又髒，早就不是昔日的風流模樣。但對我來說，這些外在的條件都不重要。誰讓他和我靈魂相互吸引呢？

「可是到了外面，至少我們的身體是自由的，靈魂也是自由的。你不是一直對我說『你自由地飛，高高地飛，勇敢地飛，一定要實現你的夢想啊』！」我幾乎是扯著嗓子喊道，我深深地依戀這個叫魯邕的男人，無論他有沒有性器，對我來說，他都是我永世的夫君。

「真的嗎？我真的說過這樣的話嗎？」魯邕不相信地問道。

「是的，你一直對我說要飛，勇敢地飛。可這樣的話，你都忘記了。」我看著魯邕的眼睛，我想為他遞出關心、信任和深深的愛。它們儲藏在我心臟，如果在不溢出來，心臟一定會爆炸。

「我也許真的說過這樣的話，可是妳看看我。」魯邕抖了抖腳上的鏈子，繼續說道：「我的翅膀早就被剪短了，我飛不起來了。我深陷泥潭，無力掙扎，只能自甘墮落，這是我的命，我唯一的命啊！」

「我不相信，只要我們努力，一定能找到解決方案。」

「能有什麼解決方案呢？不，我已經毫不在乎了，請妳讓我待在這裡吧。這就是我最終命運的歸宿。」

「不！」我吼叫著說道。「這裡不是你的家園，你也不會在這裡終老。」

「哈哈哈……妳過於擔心了，也過於強勢了。」魯邕輕輕地搖了搖頭，眼神也不再迷離。「在我出事前，我找過那個牛鼻子女道，她幫我占卜，她說我會東山再起，我會重新做王！但我要忍受十六年的身心痛苦，才能破繭重生，成為人類新的王！」

我冷笑了兩聲，我決定撕下魯邕所有的遮羞布，不管他能不能承受。為了我和他的幸福，我必須做最後的爭取！

「你非常看重權力。我能理解。這是雄性動物的本性，你們必須要在激烈搏殺的社會中占據要位，如此才能保證你們獲得更多的資源和配偶讓你們延續自己的DNA和血脈。你為此努力就好了，我並不反對。但我詫異的是，你一直沒有認清自己的實力和現狀，在你實力不夠的時候，保存自己就是最重要的事情。如果連生命都沒有了，還如何發展壯大自己，更不用說獲得最終的勝利！但你本性卻喜歡冒險，喜歡搏殺，喜歡走捷徑，喜歡一夜暴富，但你根本沒看意識到；正是因為你的莽撞，過早暴露了實力，才讓那些權高位重的人很早就對你就做出防範，並率先下手為強，你卻一直天真地做夢以為很快就能成功！你這樣一而再再而三地以卵擊石，蚍蜉撼樹，螳螂擋車，最後的結果只能是被敵人的車輪碾得粉碎！你已經失去了自己的陽具，好容易保住了你的小命，就是在這樣危急的情況下，你還依舊想要冒險，以小博大，就連你父親都放棄你了，你還怎麼能取得成功呢？走吧，跟我走吧，讓我們歸隱山田，笑忘這一切，努力寫作，修練內功，祈禱女神的加持，等局勢對我們有利的情況下，你再出山重出江湖不遲！」

這些話都出自真心，字字帶血，句句帶淚。

魯邕的眼淚流了下來。他輕輕地告訴我：「也許妳說得都對，因為妳是站在自己的角度來判斷，所以在妳這裡永遠都是對的。我尊重妳的想法，就如我尊重我的想法一般。我們都經歷很多痛苦和悲喜的人生歷程，女神把我送到了不同的道路。妳痴迷於寫作，在寫作中妳滿足了你內心的一切欲求；而女神為我安排的是另外的路，祂讓我建功立業，創造更美好的世界。我知道，妳的道路和我的道路都沒有錯誤。我也知道，如果妳的道路和我的道路能夠結合，那我們的生命就更加完美的。但我也知道，女神只是安排我們的道路在某幾個點上交叉和重合，之後又很快地分開。女神沒有讓我們的道路一直交叉。這是遺憾，也是幸運。因為我們分別有不同的人生要去體驗。對我來說，寫作會帶給我很大的滋養和支持，但如果只是寫作，我遲早有一天也會發瘋。因為除了寫作，我更願意改造舊世界，創造更美好的世界。這就是我此生為人的目的。如果不讓我走這樣的路，那還不如早點宰了我。」

魯邕說完，用力握緊拳頭，他又黑又髒的臉都漲得通紅，他的胸口也一起一伏。這也是他的心聲。真好，我們都在講掏心窩的真話。想在這個世界上，你又能同幾個人講這種真心話？

所以，我靠在魯邕的懷裡，繼續說道：「我現在了解到你的心聲，我尊重女神為你選擇的道路，如果我之前對你有誤解的話，我向你道歉……我講這麼多，只是覺得你並不適合在這裡生活，我們完全可以逃出去，走到自由的天空下，我繼續寫作，而你可以繼續從事你的改造舊世界的權力鬥爭遊戲。我並不反對，反而能給你支持。只要我們能在一切，我們就是無敵的，所向披靡的。因為我們的真愛是沒有任何事情能夠打敗的。」

我親了親魯邕柔軟的嘴唇。無論他此生模樣如何，品行如何，身體狀況如何，我相信他都會是我最愛的男人。一種看不見的靈魂之愛把我們緊緊纏繞。我想，這一定是女神送給我的最寶貴禮物！

魯邕用他的大手輕輕撫摸我的頭髮，我覺得他的手很冰冷，我忍不住打了個冷顫，魯邕的聲音在我耳邊輕輕迴響著，就如夜晚靜謐的沙灘上大海的波濤聲一樣。

「妳講這些我都能理解，因為我能感受到妳的心。它充滿了孤獨和憂傷，所以妳才如此渴望寫作，因為寫作能把妳從痛苦的深淵中解救出來。所以妳才如此崇拜女神。同樣，妳的心也充滿了太多的痛苦和孤單，所以妳才渴望有個靈魂伴侶陪伴你，給妳永久的支持，並分擔妳的喜樂、痛苦和憂傷。我深深地理解這一切。」

「是的，你說的也許是對的。那你能陪伴我做我的人生伴侶和良師益友嗎？」

「妳的願望是正當的，合理的。只有寫作的生涯太苦，妳當然需要一個塵世的愛情和愛侶的陪伴。這是最正當不過的要求。我祝福妳早日實現！」

「你的意思是你不能滿足我的這個願望和要求？」

第九章　地面生活

「對不起，我有不同的道路。」

「噢，是這樣的啊……」我忍不住輕輕嘆了口氣。

「是啊，我並不反對離開這裡，但根據女神的神諭，我只有留在這裡，才有事業發展的最好機會。我在這裡受的苦愈多，我就愈有力量創造未來的幸福！我們都是女神的信徒，都是孤獨的人，所以真的很抱歉，我不能離開這裡。那就祝福我們都能夢想成真吧！」

說完，魯邕就站了起來，走到了窗戶邊，看著外面白茫茫的雪花飄舞。

「這間鐵屋子，有窗戶而萬難破毀，裡面住著一個不願離開的人。我想，我們大部分人都住在這樣的鐵屋子裡，一生都很難打破走到外面真實的世界……」

「你大聲叫起來，驚起了較為清醒的幾個人，使這不幸的少數者來受無可挽救的臨終的苦楚，你以為對得起他們嗎？」

「然而幾個人既然起來，妳不能說絕沒有毀壞這鐵屋的希望。」

「我明白了。這只是你的想法吧……」

我厭倦了無休無止的長篇大論和觀點思辨（就光聽瘋子們談哲學了），決定直指中心，一招制敵。所以我截斷了他的話題。「我們做最後一個交易，只要我能把你腳上的鏈子弄斷，你就跟我走，如何？」

「這個要求有點過分。但可以考慮。」

「你同意了？」

「是的。」

我用力拉住魯邕腳上的鏈子，我想它們也許和窗戶上的鋼筋一樣，也是塑膠做成的。但我很失望，腳鏈是鐵做成的，而且，腳鏈的另外一端是被焊接在水泥地板下面的巨石中。我和魯邕用力扯著鐵鍊，我們的手都磨出血了，它依舊紋絲不動，這個鐵屋子就像我們想要推翻的瘋子帝國和地面世界一樣，堅不可摧，牢不可破。

我們是可憐的失敗者，被拋棄者，手上（受傷）無用的第六根手指頭，災難的製造者，煽風點火的叛徒，邪念和歪理的傳播者，創造災禍的危險分子，被毀滅後甚至會為這個世界做出巨大貢獻，不被任何人需要的負能量，不懂感恩的無恥之徒，浪費了生命和巨大精力的毀壞者，空想主義者，虛無主義者，在任何社會都會抗爭的反叛分子，邊緣人，瘋子們的信徒，空性主義者，空中樓閣建造師，寫出沒有任何藝術價值的偽藝術家，偽道夫，假裝自己是真理的宣傳機，瘋狂女神的狂熱信徒，繆斯女神被開除的學生，戰爭女（武）神的逃跑弟子……

我們狂熱，暴躁，激情，充滿理想，我們願意砸破舊的世界，重建光明的新世界，我們願意在毀滅中重塑生命的光和愛，美和自由，我們願意在瘋狂中重建永恆的歡樂和無限的愛的世界。我們在藝術的世界中流連忘返，我們吞下女神的魔豆開始瘋狂生長，然後我們的身心成了魔豆的營養源泉，我們成了它的宿主，永遠被它追趕和吞噬，我們在毀滅中得到了大自由和大快樂……

我們成了女神戲弄人間的小玩意，小點心，小餅乾，開胃小菜，學前班，性愛前的小遊戲……終其一生，我們都無法擺脫祂的控制，祂是魔王，女巫，母獸，天仙，雌皇，創造者，道，源頭和空性。

我們徜徉在女神的懷抱裡，被祂溫柔地撫慰，被祂殘忍地吞噬。我們在女神的懷抱裡獲得新生，也在這裡毀滅和死亡。這是我們永恆的家園，也是可怕的牢獄。祂是我們的聖歌，也是我們的魔咒。祂是我們的生，也是我們的死，是我們的解脫，也是我們的禁錮，是我們的地獄墜落，也是我們的飛升九天。祂是我們的始祖，是我們的水中金龍，也是我們的火中銀鳳。祂是我們的開悟，也是我們的迷霧，是我們的永恆真我，也是我們的九層妖塔。我們迷失在祂的胸間，狂喜在祂的胯間，毀滅在祂的喉間……

第九章　地面生活

我鑽出了那個黑洞，在魯邕的幫助下（我踩在他的肩上爬上了黑洞），我站在窗口旁，望著黑暗的天空和白色的大地，我深深地吸了口新鮮空氣，然後我跳了下去。

我聽見魯邕在鐵屋子裡吟唱，為我餞行：

「妳飛得高高的，遠遠的，
像一頭雄鷹，
像一隻美麗的鳳凰，
妳飛回母親的懷抱，
再一次把我銘記在深處！
飛，不停地飛，
用妳高貴輕盈的生命去飛！
寫，不停地寫，
用妳純潔美麗的靈魂去寫！
跑，不停地跑，
用妳踏著大地的雙腳
不停奔跑……」

在黑暗的夜空下，遠處傳來烏鴉的叫聲和狼狗的叫聲，我害怕極了，也不知道自己在何方，我聽從靈魂的指示，在黑暗中不停地奔跑，我聽到身後有人沉重地呼吸著，就像狼犬一樣，一直追逐我不放，我害怕極了，我想，這一定是神武將軍的僕人派人來緝拿我重回小屋，或者是瘋子學校校長派來的殺手吧……他們一定害怕我的作品暴露了他們的祕密……他們會抓住我，把我關在類似魯邕住的小黑屋裡吧，我的一生都會在黑暗的鐵屋子裡度過……不，我的靈魂是自由的，沒有任何人可以限制我的自由，自由的價值遠高於生命和世間的一切。為了保護我的自由和生命，我會做出一切的事情……

所以，當身後的那個人靠近我並拍我肩膀的時候，我毫不猶豫地掏出水果刀向後捅了過去。有人驚叫了一聲，我回頭看了一下，一個穿白衣服的女子站在我身後，她瞪大眼睛不相信地看著我，我也愣在那兒，我覺得她的面容十分熟悉，但我就是想不起來在哪裡見過她。

「妳、妳……」她用手指著我，說不出話來。

她低頭看了下自己的胸口，水果刀已經插進她整個胸口，紅色的鮮血順著胸口滴在白雪覆蓋的大地。我嚇壞了。她的嘴裡也有鮮血湧出。

「妳為什麼……我是、是白狄呀……」

說完她倒在白色的大地上。白狄，這個名字好熟悉。我一下子想起來了，她是我瘋子學校的同事，她不是被燒死在女神廣場了嗎？她怎麼又在這裡出現？

我俯下身子，抱著白狄的腦袋：「對不起，我不知道是妳……妳不是已經……」

白狄看著我，緩緩地搖了搖頭。「我是被燒死在廣場上，可我又在這裡復活了……」

天啊，怪不得白狄也被送到了瘋子學校，她的腦袋真的壞了，才能說出如此不合常理的話。白狄呼吸變得虛弱，眼神已經有點渙散迷離，但她看出我並不相信她的話，她艱難地吸了一口氣，然後緩緩說道：「我被安排在這裡……追趕一個奔跑的女人，然後拍下她的肩膀……這是我的命運，女神安排的命運。我可能不信。但我要告訴妳一個事實……」

我用手掩住她的嘴巴，因為她的聲音愈來愈弱了，我不想她就這樣死去。我應該送她去醫院，我想要站起來背她起來。但白狄使出吃奶的勁把我的手推開，她繼續說道：「我們……我們……都是不存在的……我們不是，不是真人。因為我們，我們都是作家寫出來的人物。她創造了我們，設計了我們的命運，又製造了我們的死亡……」

第九章　地面生活

白狄還說了好幾句其他的話，但我的腦袋嗡嗡直叫，我根本沒聽清她後面的話。她的話給了我當頭一棒。我也覺得我的命運太奇怪，我一會兒在瘋子帝國，一會兒回到了人間，一會兒又住在黃哪裡……（中間的轉換也太快了吧。）魯邕的命運何嘗不也是如此？上一場他還是如龍似虎的青年人首領，後面沒過一會兒他就成了被閹割了性器的瘋子。也許真的如白狄說的那樣，我們真的並不存在，我們只是作家筆下的人物，我們的命運和死亡早就被作者或者女神安排好了……天啊，如果真的是這樣，那我們的生命還有什麼意義和價值？我的寫作還有什麼意義和價值？（因為不是我在寫，而是我背後的作家操縱著我的頭腦在寫，表面上是我在寫這些文字，但實際上這些文字都是被背後一個更強大的力量（也就是作者，或者是女神）操縱中冒出來的……）我奮鬥的一切都將毫無價值和意義，我的人生也將毫無意義和價值，魯邕的奮鬥和打拚也將毫無意義和價值……我們都是被操控的人偶、木偶、假人、皮偶和皮影等……我們口裡發出一些聲音，都只是作者的傳聲筒，是女神的虛擬人格……

我們在舞臺上大喊大叫，充滿了喧嘩和騷動，卻沒有任何的意義。

「跑，趕快跑，不停地跑啊……」白狄用最後一點力氣推了推我的身子（人偶），我猝不及防地倒在雪地上。白狄溫熱的鮮血染紅了大地，我的手掌觸到紅色的黏液中，我嚇得又後退了好幾下，然後我身體不聽使喚地爬起來，然後朝前面奔跑起來。

身後白狄還用力地喊道：「跑啊，永不停息地奔跑啊，只有跑著，你才知道自己活著，才明白……」

白狄話還沒說完，就沒聲了。她應該是死了，我這樣想道。雪下得愈來愈大，我沒頭沒腦地朝前跑著，完全不顧忌是那個方向。如果白狄說的是真的，那我跑到哪裡都是一樣的，反正女神或者作者會安排我的命運和最終的結局。但她說的是真的嗎？她只是一個瘋子，瘋子說的話真的能信嗎？等等……我真的遇到過白狄嗎？我真的用刀捅了她的胸口嗎？還有魯邕，我真的在鐵屋子裡看見了他嗎？他真的被閹割了嗎？他是真實的嗎？他為什麼不會是我頭腦中虛幻出來的人物？雖然我把他想像得栩栩如生，但那些對話和行為只發生在我的頭腦的幻覺中，我以為他是真實的，但他是虛假的不存在的（那我的愛情也是虛假的，是瘋子的幻覺遊戲）……為什麼沒有這些可能呢？我拿不出任何的證據能證明魯邕活過，我也拿不出任何的證據能證明白狄出現在我面前，我更拿不出任何的證據能證明我殺了白狄，不是嗎？我記得我的雙手沾滿了白狄的鮮血，我還記得她的血十分黏稠（我的手掌都感覺很不舒服），但我奔跑時我攤開了雙手，我發現我的雙手根本沒有那些黏乎乎的連接物，我的雙手甚至一點都不紅，它們乾乾淨淨的，就像少女的雙手一樣……

在奔跑中，我的頭腦愈來愈疑惑——那些我記憶中發生的最深刻的事情真的發生過嗎？嫪毐真的被燒死了嗎？瘋女人真的被我殺死了嗎？那個老頭真的朝我丟出了剪刀嗎（扎進木門，長度有二指深）？我真的衝到舞臺上大喊大叫了嗎？孫師兄真的發生過車禍嗎？湯姆真的和母豬有過超越種族的人獸戀嗎？胸毛男人真的出現在我的生活中嗎？

不，這些記憶我不知道真假，也不知道它們是怎麼進入我的頭腦中的，真的如白狄所言是被作家強行塞進去的嗎？還是它們都是我的幻覺（包括白狄和她的話也都是我頭腦幻化出來的形象和話語）？如果是幻覺的話，那我是不是真的如它們所說就是一個瘋子？如果是真實的，難道真的如白狄所言，我是不存在的人物，在我背後還有一個作家或者女神（是她創造了我們）？或者我所看到的畫面、人物和對話，只有一部分是真的，其他一部分則是幻覺？（那就更可怕了，到底那一部分是真的？那一部分是假的？那一部分是我頭腦的幻覺和加工？那一部分又是真實確定無疑的？）誰能告訴我真相到底是什麼？

難道我真的是瘋子嗎？還是我背後還有一個操控我這個瘋子的瘋子師？或者還有更可怕的一種可能，我既是一個瘋子，又有一個操縱我的瘋子師？（哇，我同時承受了三重痛苦；瘋子的痛苦，人偶的痛苦，人偶和瘋子交織在一起的痛苦）……

這些問題就像針一樣不斷扎著我的腦袋。我在雪地裡大喊大喊，我趴在雪地裡嚎啕大哭。我以為被父母趕走已經很糟糕了，我以為被魯邕拋棄是最糟糕的事情，但遠遠有比它們更糟糕和殘酷的事情……現在我不僅失去了父母，也失去了愛人，我連自我也失去了（因為我無法確認我是否真實地活著，我也無法確認我頭腦是否正常），我更是失去了女神……

對，我失去了女神。我對女神開始了懷疑。如果真的如白狄所言，我真的是被作家或者女神創造出來的人偶，那我過去對祂深深的愛，也一定是祂強塞進我的頭腦，也一定不是我的本意，既然如此，那我幹嘛崇拜祂、信任祂、跪拜祂呢？

我撲在雪地上嚎啕大哭的時候，雪已經停了下來，地上一片白茫茫煞是好看。一輪圓月照著大地，我聽到烏鴉在樹枝上叫著，遠處還傳來狼的嗷叫聲。我也忍不住對月嗷叫，就像一匹受傷的野狼。我聽說，學狼的叫聲就能吸引狼跑過來，我的心太疼了，我想，還是被狼吃掉的好。死亡是最好的解脫（我只是不知道我這種想法是不是也是作者或者女神安排的？）……

「為什麼要一直逃避妳的命運呢？」我聽到身後傳來幽幽的聲音。

我滿懷恐懼（不知道又會是什麼怪物或者怪人出現），但還是強迫自己回頭，想死的心讓我吞噬掉了恐懼，連死都不怕的話，恐懼也就不再可怕。一個頭髮蓬亂的女人站在我身後，月光把她長長的影子投到大地上。我鬆了一口氣，因為她有影子，所以她不是鬼魂。她身旁還有一棵沒葉子的柿子樹，上面立著幾隻黑色的烏鴉。柿子樹上掛著幾顆橘黃色的柿子。

「妳已經不認識我了。哈哈哈哈……」

她哈哈大笑了很久。這個笑聲我很熟悉，也在夢裡聽到過很久。所以我試探性地問道：「妳是瘋女人？」

她對我笑了笑說道：「虧妳還記得我……」

「我記得不是把妳弄死了嗎？還把妳埋了……」我再一次感到膽戰心驚，現實的事情一樁又一件，早就超出了我的理性範疇，我真的不知道該如何面對。

「別說這些沒用的。別管妳是不是瘋子，也別管妳是不是作家筆下的人物，也別管妳看到的是真實還是幻覺，妳需要做的只是勇敢地擁抱你的命運！」

「擁抱我的命運？妳說的是什麼意思？」

「去寫妳的作品，去寫妳那本偉大的著作，絕不要拖延，人生的時光飛快流逝，白駒過隙，黑雲蒼狗，只有寫作時妳才能活著，才能真實地活著……」

「也許我是一個作家筆下的人物，這個人物瘋狂地迷戀寫作，想寫一本關於瘋子的書。可這一切都是安排好的，被作家安排好的，被女神安排好的……」

「那又怎麼樣？讓他們安排去吧，而妳的任務就是寫作，不停地寫，白天寫夜晚寫，年輕的時候寫，年老的時候也寫，健康的時候寫，生病的時候也寫，就連死的時候也要寫……」

「只是不停地寫嗎？連出版、發行、戀愛、吃飯和大小便都不管地去寫嗎？」

第九章　地面生活

「是的，只有寫作的時候妳才真正地活著，只有寫作的時候妳才是真正的生存著，通天通敵，通仙通鬼，世上無敵……」

「真的是這樣嗎？」

「妳試一試不就知道了……」

「可是我會覺得很苦。」

「妳一直做了那麼多的投射，生活在那麼多層幻覺中，現在是破迷開霧歸真歸心的時候了。」

「沒有任何人能幫我？沒有任何事情能幫我？」

「妳的人生體驗不是告訴你了嗎？」

「可是我覺得心裡空落落的，還誠惶誠恐……」

「這裡是妳的歸宿，是妳存在的家園。」

「這是哪裡？」

「女神廣場。」

是的，我看到了，在不遠處，有一個巨大的女神雕像，她被白雪覆蓋著，但她慈悲的眼睛俯瞰整個大地和上面的子孫。

我真的沒想到，我跑了這麼久，奮鬥和掙扎這麼久，又回到了這裡。我記得，我正是在女神廣場上體驗到了寫作的巨大歡愉，也是在女神廣場上目睹了嫪毐被燒死（等等，那個廣場在地下，這個在地面上，它們一定不是一個廣場，只是一重名罷了……但我真的能確定嗎？不，我不知道，我真的什麼都不知道……），現在又有人要我在女神廣場上不停寫作，也許我會孤獨終老，不名一文，煢煢孑立，形影相弔，死時沒有人知道我的作品，更沒有人知道我的身世，我就像一隻螞蟻一樣，生和滅都沒有人關注到，還有比我更悲慘的命運嗎？

「女神知道這些，女神知道一切……」

「女神？」

「是的，我們偉大的女神……」

「哈哈哈哈哈……」我忍不住狂笑起來，笑出了眼淚，笑出了瘋狂和懷疑，笑出了麻木和驕傲，也笑出了落魄和孤單。在我的帶動下，瘋女人身後的烏鴉也瘋狂地叫了起來。

我一直對著月亮笑了很久，直到瘋女人走了過來抱住了我。她在我耳邊說道：「再見。」

「什麼？你是什麼意思？」

「妳來了，所以我走。」

「為什麼？不要走。」

「我必須要走。」瘋女人看了看我，一字一頓地說出下面的話：「因為妳就是我，我就是妳。」

這話讓我詫異，我覺得她瘋了。她一定是在誣陷我。想我是好人家的女兒，受過良好的教育，還在學校任教，還是個藝術家，談吐和教養都不俗，我怎麼會是這個又髒又亂又臭的瘋女人呢？我又想瘋狂地大笑，但烏鴉的怪叫聲一直響個不停。我呆呆地看著瘋女人，陷入停頓中。

瘋女人一字一句地繼續說道：「妳不相信我的話嗎？妳會相信的，因為妳就是我，我就是妳，我們本來就是一個人……」

月亮又大又圓，照著蒼涼大地，我剛想笑，但我不由自主地緊盯著瘋女人的眼睛，從她的眼睛中我看到了她和我有著相似的東西；迷離的大眼睛，亂蓬蓬的頭髮，圓滾滾的面孔，黑色的髒衣服……

也許我們真的是同一個人吧。

不過這好像不重要了。

瘋女人看著我，剛想發笑，但卻在我眼中看到了和她相似的東西；迷離的大眼睛，亂蓬蓬的頭髮，圓滾滾的面孔，黑色的髒衣服……

第九章　地面生活

我覺得十分可笑，我花了那麼長時間去冒險，最終卻發現自己就是一個瘋子。還有比這更荒誕和可笑的事情嗎？（幸虧我不是「殺死瘋子」遊戲的行刑官，不然，我豈不是要殺死我自己嗎？）……

但事情不由我說了算。就像瘋女人說的那樣，這是我的命運，我必須學會接納。瘋女人對我微微一笑，明白我已經領悟到生命的真諦，她就消逝在明亮的月光中。

真是神奇的一天。

在這短短的一天中，我經歷了這麼多的告別和結束。先是和父母，之後是和和魯邕，然後是和白狄，最後是和瘋女人。他們都以某種形式成就了我。現在是和他們說再見的時候了。

我從口袋裡掏出了圓珠筆和筆記本。我也不知道誰放進去的，也不知道是什麼時候放進去的，就像那封信和那把刀一樣，也許是女神的安排吧，只有她才能創造這些奇蹟……或者是作者吧，也許我真的是作者筆下創造出來的人物，所以她才會幫我安排這些筆和紙張……我就是想破腦袋也不會想得明白，算了，我應該像瘋女人說的那樣 —— 只是瘋狂寫作就行了。所以，我靠著那棵柿子樹，借助皎潔的月光，開始寫起了自己的故事。

烏鴉們已經睡著，因為我沒再聽到它們的叫聲。但它們睡夢中也不老實，因為我感覺我頭頂落下了一灘稀屎（還熱乎乎的）。但我不管不顧，仍舊奮筆疾書。書寫是我的生命，也是我的救贖。我胸中有那麼多的故事要噴薄而出。如果我不把它們寫下來，它們一定會破膛而出。

遠處是女神的雕像，她微笑地看著蒼茫大地。她懂得我生命中發生的一切，就如那個瘋女人一樣。我總是聽到瘋女人的笑聲，就像看到女神的微笑一樣。有時候我甚至能看到瘋女人鑽進女神的懷抱，她們一起哼唱一首古老的歌謠。我明白，她們透過這種方式給我深深的支援。我花了很多年，才寫完這些故事。我的眼花了，頭髮白了，背也駝了，胸也扁了。我把寫滿故事的筆記本放在了女神像下。那裡還放著幾個腐爛的蘋果和發黑的香蕉，是日前香客們送給女神的祭品。

我明白，我的使命結束了。我長舒了一口氣，倒進女神的懷抱裡，沉沉睡去，再也不想醒來。我做了很多很多的夢，有天堂的，也有地獄的，還有人間的。這些夢已經在我筆記本中被記錄下來。我沒有什麼可留戀的，也沒什麼可抱怨的。我既不再幻想，也不再追憶。

我的靈魂陷入虛空中，我的身軀化為陣陣清風，和萬物融為一體，就像女神那樣。

（完）

瘋魔人間（下）

作　　者：劉紅卿
發 行 人：黃振庭
出 版 者：崧燁文化事業有限公司
發 行 者：崧燁文化事業有限公司

E-mail：sonbookservice@gmail.com
粉 絲 頁：https://www.facebook.com/sonbookss/
網　　址：https://sonbook.net/
地　　址：台北市中正區重慶南路一段六十一號八樓 815 室
Rm. 815, 8F., No.61, Sec. 1, Chongqing S. Rd., Zhongzheng Dist., Taipei City 100, Taiwan
電　　話：(02)2370-3310
傳　　真：(02)2388-1990

印　　刷：京峯彩色印刷有限公司（京峰數位）
律師顧問：廣華律師事務所 張珮琦律師

定　　價：299 元
發行日期：2022 年 06 月第一版
◎本書以 POD 印製

國家圖書館出版品預行編目資料

瘋魔人間 / 劉紅卿著 . -- 第一版 . -- 臺北市：崧燁文化事業有限公司，2022.06
冊；　公分
POD 版
ISBN 978-626-332-394-0(下冊：平裝)
857.7　111006995

電子書購買

臉書